ROMEON
VERLAG

Die Prinzessin und der Werwolf II - Eine Liebe, eine Gefahr
1. Auflage, erschienen 2-2020

Umschlaggestaltung: Romeon Verlag
Text: Alexander Richter
Layout: Romeon Verlag

ISBN: 978-3-96229-153-2

www.romeon-verlag.de

Bibliografische Information der Deutschen Nationalbibliothek:
Die Deutsche Nationalbibliothek verzeichnet diese Publikation in der Deutschen Nationalbibliografie; detaillierte bibliografische Daten sind im Internet über *http://dnb.dnb.de* abrufbar.

Die Prinzessin und der Werwolf

Teil II

Eine Liebe, eine Gefahr

Alexander Richter

Prolog: Die Gefahr des Ordens

Zusammen kamen sie nach einer langen Reise endlich in London an. Adam und Kira waren froh, wieder zu Hause zu sein. Im Gegensatz zu Victoria und der kleinen Elise. Sie waren eher aufgeregt. London bedeutete für sie eine neue Welt. Etwas anderes außer ihrer Heimat hatten sie nie gesehen. Zu viert traten sie aus dem Schiff, welches sie nach Hause gebracht hatte. Der erste Blick auf die Stadt ließ Victoria unsicher werden. Sie hatte Angst davor, wie die Menschen hier auf sie reagieren würden. Ihr Blick ging zu Adam, worauf er sie ansah und ihre Unsicherheit bemerkte. Sanft nahm er sie an der Hand und flüsterte ihr zu: „Hab keine Angst. Kira ist bei dir und ich bin es auch. Hier in London wird dir nichts passieren."

Elise, die auf Kiras Arm war, war erstaunt und zugleich verunsichert von der Stadt. Fest klammerte sie sich an Kiras Hals und fragte: „Wie groß ist die Stadt?" Lächelnd antwortete Kira: „London ist eine sehr große Stadt. Hier gibt es viele Orte zu entdecken. Doch zuerst werden wir zu unserem Orden fahren." Darauf hatte Victorias gleich noch eine Frage: „Glaubt ihr, der Orden wird mich akzeptieren?" Adam küsste Victoria und antwortete: „Das müssen sie. Ansonsten kriegen sie Probleme mit mir."

Zusammen gingen sie vom Schiff und wurden gleich von zwei Männern empfangen. Sie waren völlig in Schwarz gekleidet und hatten kurzes braunes Haar. Die Männer wirkten wie Auftragskiller, gehörten aber zum Orden. Sie waren die Fahrer für die wiedergekehrten Vampirjäger. Gleich hinter den Männern stand eine schwarzsilberne Kutsche. Angehängt war die Kutsche an zwei pechschwarzen Pferden.

Mit großer Freude wurden Adam und Kira von den Männern begrüßt. Victoria sowie Elise wurden von den Männern gar nicht beachtet. Was Adam und Kira gar nicht schmeckte. In strengem

Ton wies Kira die Männer auf Victoria und Elise hin: „Was sind das für Manieren, meine Herren? Wir haben zwei Gäste mitgebracht, wieso stellt ihr euch nicht vor?“ Die Männer entschuldigten sich in höflicher Form und stellten sich vor. Die Namen der Männer waren William und Jonathan. Mit freudiger Stimme stellte Elise sich vor: „Es freut mich sehr. Mein Name ist Elise Lefevre.“ William und Jonathan schenkten Elise zur Begrüßung ein Lächeln. Dann kam Victoria: „Ich bin Prinzessin Victoria van Darkblood.“ William und Jonathan wirkten erschrocken, als sie ihren Namen hörten. Vlad van Darkblood war ihnen ein Begriff. Die Blicke richteten sich auf Adam und Kira. William fragte beide in nicht gerade leisem Ton: „Ihr bringt allen Ernstes eine Verwandte des Vampirkönigs Vlad van Darkblood mit nach London.“

Im gleichen Tonfall antwortete Adam: „Sie ist seine Tochter und ja, sie ist hier in London. Doch das hat euch nicht zu interessieren. Das Einzige, was ihr jetzt zu tun habt, ist, uns zum Orden zu bringen.“ Jonathan widersprach: „Der Rat wird darüber nicht begeistert sein. Jeder im Orden kennt euren Auftrag. Ihr solltet nur nach Rumänien, um den Vampirkönig zu töten. Euer Auftrag war nicht, ein kleines Kind und die Prinzessin der Vampire mitzubringen.“ Kira wurde laut: „Victoria ist meine Stiefschwester! Ihre Mutter ist meine Mutter! Jetzt bringt uns zum Orden. Denn es gibt einige Sachen zu klären.“ William und Jonathan sparten sich jedes weitere Wort und öffneten die Tür der Kutsche. Ohne den beiden einen Blick zu würdigen, stiegen sie in die Kutsche ein. Kaum saßen sie drin, fuhr die Kutsche auch schon los. Während Elise aus dem Fenster schaute und die Schönheit der Stadt bewunderte, kamen bei Victoria Zweifel auf. Mit jeder Sekunde, in der sie dem Orden näherkamen, stieg ihre Angst. Ihr Vater war ein gesuchter Vampir. Ihre Angst war, dass der Orden sie ebenfalls als Feind betrachten könnte. Sie nahm Adams Hand, hielt sie so fest sie konnte und schaute aus dem Fenster.

Adam spürte ihre stärker werdende Unsicherheit. Er lenkte ihren

Blick auf sich und versprach ihr leise: „Im Orden wird dir keiner etwas tun. Kira und ich werden dafür sorgen. Falls es irgendwer wagen sollte, dich anzufassen, werden sie den Wolf kennenlernen.“ Bei dem letzten Satz wurden Adams Werwolfaugen sichtbar. Victoria war gerührt von dem Versprechen und küsste Adam.

Kira unterbrach den Kuss nur ungern, dennoch gab es was zu klären. Mit einem Räuspern unterbrach sie den Kuss und lenkte die Aufmerksamkeit auf sich: „Der Orden, besonders der Rat, wird wissen wollen, was auf der Jagd alles passiert ist. Was sagen wir ihnen?“ Adam antwortete kurz und bündig: „Die Wahrheit.“ Kira fand es schwachsinnig: „Du meinst, wir sollen einfach in den Orden spazieren und jedem sagen, dass wir gegen einen Geist gekämpft haben.“ Adam nickte und antwortete: „Ja, genau das werden wir tun. Der Rat soll wissen, was in Rumänien passiert ist. Sie sollen wissen, wer in Wahrheit der Feind war. Kira bezweifelte den Plan von Adam. Zumal sie die Wahrheit gar nicht sagen konnte. Denn das würde bedeuten, dass sie dem Orden schildern müsste, wie ihr Vater gestorben ist. Das konnte sie dem Rat nicht erzählen. Der Gedanke an den Tod ihres Vaters war noch zu schmerzhaft. Zumal erinnerte sie sich noch an Agathas Worte: In dem ganzen Krieg geht es um den Kampf zwischen Edward Dragonheart, Victoria und Adam. Ein Vampirkönig gegen die Vampirprinzessin und den Werwolf (der großen Legende). Ihre Familie hatte mit dem Krieg nichts zu tun. Sie begann auch darüber nachzudenken, ob der Orden überhaupt wusste, dass es ein Krieg war. Im Auftrag wurde nichts davon erzählt. Der Gedanke daran, dass sie und ihre Familie in der ganzen Geschichte keine Rolle spielten, machte sie nur wütend.

Den Rest des Weges verbrachten alle mit Schweigen. Bald kam die Kutsche an einem Schloss an. Das Schloss war umringt von einem schwarzen Zaun. Die Enden der Zaunpfähle glichen einer Speerspitze.

Elise und Victoria schauten aus dem Fenster der Kutsche und

betrachteten das Schloss mit staunenden Blicken. Adam und Kira folgten ihren Blicken. Alle vier sahen, wie schwarz gekleidete Männer, begleitet von bellenden Schäferhunden, zum Tor kamen. Sie öffneten das Tor so, dass die Kutsche passieren konnte. Gleich hinter ihr wurde das Tor wieder geschlossen. In langsamen Schritten folgten die Männer der Kutsche, die direkt vor den Türen des Schlosses hielt.

In freudiger Erwartung fragte Elise: „Ist das euer Zuhause?" Adam antwortete: „Nein, es ist unser Zuhause." William und Jonathan öffneten die Tür der Kutsche und warteten bis Adam, Victoria, Kira und Elise ausstiegen.

Mit weit aufgerissenen Augen betrachteten Victoria und Elise das Schloss von der Nähe. Hinter ihnen verschwand die Kutsche. Victoria schaute hinter sich und sah einen riesigen Vorhof. In der Mitte des Vorhofes stand ein gewaltiger Brunnen. Um den Brunnen herum stand eine blühende Rosenhecke. Große Kerzenleuchten beleuchteten die Wege. Victoria wandte sich wieder dem Schloss zu und meinte: „Der Anblick von all dem gleicht einem Palast." Kira verbesserte ihre Schwester: „Jedoch ist es nur ein Schloss, bewohnt von lauter Vampirjägern."

Zu viert gingen sie eine kleine, aber breite Treppe hoch. Direkt über der Treppe war ein Vordach, gestützt auf vier perlweiße Säulen. Die Türen des Schlosses waren riesig, schwarz und mit silbernen Türklinken versehen.

Kaum hatten sie die Türen erreicht, gingen diese auch schon auf und ein vornehm gekleideter Herr kam heraus. Der Name des Mannes war Ronald Black. Der Name Black passte zu ihm. Denn egal, was es war, Ronald sah alles immer gleich so schwarz und wirkte daher sehr spießig. Er hatte kurzes braunes Haar und auf der Nase trug er eine Brille, die ihn wie ein strenger Lehrer oder Aufseher aussehen ließ. Mit dabei hatte er immer ein in braunes Leder gehülltes Buch, wo er alles notierte, was ihm wichtig erschien. In diesem Buch stand alles zu jedem Vampirjäger des

Ordens. Jeder Auftrag, jedes Training und jeder Auslandseinsatz. Ronald war immer über alles informiert. Insbesondere von Adam und Kira.

Adam und Kira hatten nicht gerade das beste Verhältnis zu Ronald. Denn bevor beide einen Auftrag annahmen, gab es von Ronald immer noch eine strenge Unterweisung, auf was sie bei der Jagd achten mussten und was sie nicht durften. Ronald nannte es auch die „strengen Regeln der Vampirjagd". Eine Regel davon war: Bring niemals einen Vampir mit zum Orden. Nun war die Frage, ob es auch auf Victoria zutraf. Sie war ja nur zur Hälfte ein Vampir. Doch das entschied Ronald.

Bei dem Anblick von Adam und Kira verdrehte Ronald gleich die Augen und sprach im nicht gerade begeisterten Ton: „Wie schön, ihr seid endlich aus Rumänien wieder zurück. Der gesamte Auftrag hat ja nur etliche Jahre gedauert." Kira ballte die Fäuste. Der letzte Satz passte ihr gar nicht. Am liebsten hätte sie ihm sofort was aufs Maul gehauen. Ronald fiel es noch nicht einmal auf, dass Wladimir nicht dabei war. Sein Blick ging gleich ins Buch. Suchend blätterte er nach den Namen von Adam und Kira. Dabei brabbelte er Worte vor sich hin, die keiner verstehen konnte. Beim Suchen wurde er von Elise unterbrochen: „Ich bin Elise Lefevre. Wer bist du?" Ronald klappte das Buch zusammen und stellte sich in höflicher Manier vor: „Mein Name ist Ronald Black. Hüter der Regeln des Ordens und Beobachter des Rates …" Ronald unterbrach seine Anrede. Erst jetzt bemerkte er, dass Adam und Kira noch zwei fremde Personen mitgebracht hatten. Er rückte seine Brille zurecht und warf Adam sowie Kira einen strengen Blick zu: „Was haben ein Kind und eine Frau hier zu suchen?" Adam wollte gerade antworten, da wurde er schon von Ronald lautstark unterbrochen: „Ihr sollt es mir erzählen!" In dem Moment fuhr Kira lautstark dazwischen: „Dann halt doch die Klappe und hör zu!" Entsetzt über die Redeweise von Kira, lauschte er Adams Worten: „Elise hat sich ja schon vorgestellt. Die wunderschöne Frau vor dir ist Victoria van Darkblood …“ Lautstark wagte es Ronald Adam schon wieder zu unterbrechen: „Van Darkblood?! Hatte Vlad van Darkblood eine Tochter? Davon ist mir nichts bekannt. Es steht nicht in meinen Unterlagen zu diesem Vampir. Wie …“ Ronald wirkte ratlos. Das ging gar nicht. Im selben Moment wurde Victoria von allen anwesenden Vampirjägern angestarrt. Die Schäferhunde bellten in einer Tour, als würden sie Victoria gleich angreifen wollen.

Adam starrte mit einem wütenden Blick die Hunde an. Sofort wurden die Hunde ganz still und setzten sich brav hin. Kira versuchte Ronald gleichzeitig die Sache zu erklären: „Pass auf jetzt. Ja, Victoria van Darkblood ist die Tochter von Vlad van Darkblood. Jedoch ist sie auch die Mutter von Arsenia Bridges. Die auch meine Mutter ist. Das macht Victoria zu meiner Schwester.“ Ronald wollte die Erklärung nicht ganz glauben: „Das stimmt doch gar nicht. Ich bin nicht blöd, Kira. Arsenia Bridges hatte keine zweite Tochter. Du bist ihre einzige Tochter.“ Kira wurde lauter: „Anscheinend bist du doch blöd in der Birne. Vor Jahren habt ihr meine Mutter alleine nach Rumänien geschickt, wahrscheinlich mit denselben Informationen wie uns. Der Auftrag hat sie das Leben gekostet.“ In dem Moment fiel Ronald noch eine Sache auf. Wladimir war nicht da. Erzürnt stemmte er die Fäuste in die Seiten und fragte: „Wo ist dein Vater? Wieso ist er von dem Auftrag nicht wiedergekommen?“ Kira musste sich zusammenreißen. Die Art, wie Ronald nach ihrem Vater fragte, reizte sie nur noch mehr. Adam bemerkte die Anspannung. Er beruhigte seine beste Freundin und antwortete für sie: „Wladimir ist bei dem Auftrag gestorben.“ Ronald war geschockt: „Wie kann das sein? Er war doch einer der besten Vampirjäger. Wladimir Bridges hatte große Chancen, im Rat zu sitzen.“ Adam beendete das Gespräch: „Das ist eine zu lange Geschichte, um sie hier draußen zu erzählen.“ Ronald hatte Verständnis dafür und bat alle vier ins Schloss. Im Schloss führte ein langer roter Teppich durch einen langen

Gang. Beleuchtet wurde der Gang von mehreren Wandleuchten. Zusammen folgten sie Ronald. Auf dem Weg sah Victoria riesige Gemälde von Männern und Frauen. Bei einem Gemälde blieb sie stehen. Die Frau auf dem Gemälde wirkte auf Victoria irgendwie vertraut. Sie näherte sich dem Gemälde und sah genauer hin. Neugierig fragte sie: „Wer ist diese Frau? Irgendetwas in mir sagt mir, dass ich zu dieser Frau eine Verbindung habe." Kira trat neben ihre Schwester, starrte auf das Gemälde und antwortete leise: „Das ist unsere Mutter, Arsenia Bridges." Victoria konnte es gar nicht glauben. Zum ersten Mal erfuhr sie, wie ihre Mutter aussah. Bis auf die Haare ähnelte sie Victoria vollkommen. Dies bemerkten auch Adam, Elise und Ronald.

Bei dem Anblick des Gemäldes entkam Victoria eine Träne. Kira tröstete sie: „Unsere Mutter wäre bestimmt stolz auf dich. Schließlich hast du den Krieg beendet." Victoria hingegen sagte darauf: „Dies ist das erste Bild, das ich von ihr sehe. Agatha hatte mir nie viel über sie erzählt. Ich versuchte, mir daher immer vorzustellen, wie sie aussah. Es ist schön und traurig zugleich, unsere Mutter auf diesem Gemälde zu sehen." Adam umarmte Victoria von hinten und tröstete sie. Elise und Kira kamen auch dazu. Es war eine große Umarmung. Flüsternd sagte Victoria: „Die Umarmung fühlt sich wie eine richtige Familie an. Darauf fragte Elise mit einem großen Hundeblick: „Sind wir denn eine Familie?" Kira nahm Elise auf den Arm, sah in ihre treuen Augen und versprach ihr: „Wir sind und bleiben eine Familie. Adam, Victoria, du und ich werden immer aufeinander aufpassen." Kiras Aussage zauberte Elise ein Lächeln ins Gesicht.

Ungeduldig bat Ronald alle weiterzugehen. Er wollte sie zum Rat bringen. Mit einem letzten Blick auf das Gemälde von Arsenia folgten sie Ronald zu zwei riesigen braunen Holztüren. Davor stand eine kleine Gruppe von Wachen mit verschränkten Armen und finsteren Blicken. Jede dieser Wachen hatte ein Tattoo in Form eines chinesischen Drachens. Allesamt stammten sie auch aus China. Jeder von ihnen war mit zwei Katarnern bewaffnet. Zudem besaßen sie einen Gürtel, ausgestattet mit Messern. Diese Gruppe war die Elite der Elite. Laut Geschichte waren sie für das Kämpfen geboren. Der Name der Gruppe war „The Legacy of the Black Dragon." Die Gruppe diente alleine dem Schutz des Rates. Denn kein Vampir schaffte es jemals, einen von ihnen zu töten. Viele glaubten sogar, dass die Gruppe so kampfstark sei, um mit einer ganzen Vampirarmee fertig zu werden. Nicht einmal ein Vampirjäger des Ordens schaffte es in einem Trainingskampf, sie zu besiegen. Der Anführer der Gruppe hieß Sheng Li. Adam kannte Sheng Li gut. Im Orden waren beide als erbitterte Rivalen bekannt. Immer wenn es Training gab, versuchten sie, sich gegenseitig zu übertrumpfen. In der Vergangenheit hatten beide auch einen Auftrag, den sie zusammen ausführen mussten. Ein Vampirpärchen trieb ihr Unwesen in London. Durch die Rivalität der beiden ging der Auftrag schief. Das Vampirpärchen entkam und wurde bis heute nicht gesehen. Bis heute geben sie sich gegenseitig die Schuld. Keiner will sich einen Fehler eingestehen. Das Schlimme an der Sache war noch nicht mal, dass das Vampirpärchen entkam. Durch den neuen Auftrag, den Adam erhalten hatte, stiegen der Neid und die Eifersucht bei Sheng. Jetzt, wo Adam wieder kam, sah Sheng ihn mit einem herablassenden Blick an. Er tat so, als würde er ihn nicht kennen. Jedoch erregte Kira seine Aufmerksamkeit.

Sheng war in Kira verliebt. Jedoch Kira war es nicht. Sie hielt Sheng für arrogant und eingebildet. Zudem war sie zu gut mit Adam befreundet, um mit Sheng zusammenzukommen. Ein weiterer Grund war, dass Sheng gerne jede hübsche Frau anmachte, die ihm über den Weg lief. Daher glitt sein Blick von Kira zu Victoria. Er stellte sich ihr in den Weg und zwinkerte ihr zu. Dabei setzte er, wie er es nannte, sein Bad-Guy-Lächeln auf. Victoria war nicht gerade beeindruckt von Sheng und sie wusste auch nicht, was das komische Lächeln zu bedeuten hatte. Eingebildet verschränkte er die Arme und sprach leise: „Mein Gott, was steht hier nur vor mir. Du bist die schönste Frau auf der Welt.“ Victoria setzte ein gespieltes Lächeln auf: „Äh, danke, aber ich glaube nicht, dass du und ich zusammenpassen.“ Sheng blieb hartnäckig. Er schien Victorias Worte gar nicht gehört zu haben. Mit dem Zeigefinger rieb er sich das Kinn. Mit der Geste wollte er schlauer wirken: „Oh, Schätzchen, wir beide gemeinsam in meinem Bett … eine wunderbare Vorstellung. Eine Nacht mit mir wird dein Leben verändern.“ Sheng erlaubte sich die Vorstellung, wie Victorias nackter Körper auf seinem Bett lag. Sie rekelte sich und konnte das extreme Verlangen nach ihm nicht mehr aushalten. Die Vorstellung, dass er es Victoria besorgen würde, zauberte ihm ein breites Lächeln ins Gesicht. Doch die Realität trübte die Stimmung. Als Sheng aus seiner Erotikvorstellung erwachte, sah er Adam vor sich stehen. Sofort wurde sein Blick ernster. Victoria stellte sich neben Adam und nahm seine Hand. Dieser Anblick stieß Sheng sauer auf. Da war es nur noch eine weitere Provokation, dass Adam ihm den Mittelfinger zeigte. Sheng musste sich zusammenreißen, um nicht auf Adam loszugehen. Dennoch flüsterte er ihm leise zu: „Wir sehen uns beim Training.“ Adam grinste ihm nur hochnäsig zu. Ronald unterbrach die ganze Sache: „Leute, hört auf mit diesem Blödsinn. Adam, Victoria würdet ihr endlich kommen. Der Rat wartet.“ Sheng deutete mit einer Kopfbewegung auf die Türen hin und sprach leise: „Der Rat wartet auf dich.“ Ein letztes kurzes Blickduell lieferten sich beide, dann ging Adam mit Victoria und den anderen zum Rat.

Ronald öffnete die Türen, ging mit Abstand zu den Jägern rein und kündigte sie dem Rat an. Adam, Victoria, Kira und Elise folgten Ronald. Zu sehen waren zehn ältere Männer. Sie alle waren im Alter von fünfzig bis sechzig. Die zehn Männer waren das Oberhaupt des Ordens. Ohne ihre Entscheidung passierte gar nichts. Nur von ihnen kam jeder Auftrag. Unter den Vampirjägern waren sie als Legenden bekannt.

In einer Reihe saßen sie auf thronähnlichen Stühlen. Gleich neben ihnen stand das Schwert von jedem. Die Schwerter dienten nur noch als Dekoration. Denn eine Vampirjagd hatte keiner von ihnen mehr mitgemacht. Der Saal des Rates wirkte auch fast königlich. Alles sah recht prachtvoll aus. Vom Boden bis zur Decke. An den Wänden hingen riesige Gemälde von jedem Ratsmitglied in einer jeweiligen Heldenpose. Vor oder unter ihren Füßen lag der gefallene Vampir. Laut den Geschichten des Rates waren diese gefallenen Vampire alles große Bösewichte, die die komplette Welt auslöschen sollten. Dasselbe stand auch im Buch über die Geschichte des Ordens.

Ronald ging runter auf ein Knie und verneigte sich vor den in Schwarz gekleideten Männern. Das oberste Ratsmitglied stand auf und klatschte vor Freude in die Hände. Er war froh, Adam und Kira lebendig wiederzusehen. Der Name des Mannes war Marcus Thompson. Er war der Älteste und erfahrenste aller Vampirjäger. Für sein Alter hatte er einen beeindruckenden muskulösen Körper. Seine Haare waren kurz und braun. Ein Stoppelbart schmückte sein Gesicht. Adam und Kira gingen vor ihm auf die Knie, worauf Victoria und Elise folgten.

Marcus bat sie, wieder aufzustehen. Voller Freude fragte er beide: „Wie ist die Jagd gelaufen?“ Kira konnte die Frage nicht fassen. Dem Obersten aller Ratsmitglieder fiel nicht auf, dass Wladimir nicht da war. Erregt brüllte sie Marcus schon fast an: „Wie ist die Jagd gelaufen? Die Jagd ist folgendermaßen verlaufen. Mein Vater ist tot, getötet von einem rachsüchtigen Vampir.“ Victoria beruhigte ihre Schwester. Marcus schenkte Kira sein Beileid: „Der Tod von Wladimir Bridges schmerzt sehr. Er hatte große Chancen, in diesen Rat zu kommen.“ Sein bedrückter Gesichtsausdruck wurde ernst: „Jedoch erinnere dich, dass dein Vater und du mitwolltet. Den Auftrag, Vlad van Darkblood zu töten, sollte alleine Adam bekommen …“ Adam unterbrach Marcus: „Es ging nicht um Adam. Am Anfang waren alle vollkommen auf den Auftrag fixiert. Doch mit der Zeit wurde uns klar, dass Vlad van Darkblood gar nicht der Feind war. Der Geist von Edward Dragonheart war die Bedrohung." Marcus belächelte die Aussage von Adam, worauf die anderen Ratsmitglieder und Ronald ebenfalls anfingen zu lachen. Ein weiteres Ratsmitglied stand auf. Der Name dieses Ratsmitglieds war Abraham Johnson. Abraham Johnson war ein eher schmächtiger Vampirjäger. Auf der Jagd glänzte er weniger mit seiner Kraft. Seine Stärke war die Schnelligkeit. Im gesamten Orden gab es keinen Vampirjäger, der schneller war als er. Seine Haare waren schwarz und nach hinten gekämmt. Auf der Nase trug er eine Brille, welche ihn schlauer wirken ließ. So wie Marcus hatte auch Abraham blassgrüne Augen.

Die Hände in die Ärmel seines Mantels geschoben, trat er zu den Vampirjägern und fragte: „Wie kommt ihr auf diese lächerliche Geschichte, dass der grausamste aller Vampire noch als Geist umherwanderte?" Kira antwortete: „Weil wir es gesehen haben. Victoria hat gegen ihn gekämpft." Kira deutete auf ihre Schwester. Marcus und Abraham schauten die Prinzessin an. Hinter ihnen begannen die übrigen Ratsmitglieder leise zu flüstern. Niemand kannte Victoria. Daher wurde die Neugier von jedem geweckt. Marcus betrachtete Victoria mit strengen Augen. Was ihr ziemlich unangenehm war. Minutenlang sagte keiner etwas. Dann sprach Marcus zu Victoria: „Du willst den gefährlichsten aller Vampire getötet haben. Du wirkst nicht wie ein Vampirjäger, trägst aber die Kleidung eines Jägers."

Kira antwortete für ihre Schwester: „Ich gab ihr die Kleidung." Marcus und Abraham schienen Kira nicht gehört zu haben. Vielleicht ignorierten sie sie auch nur. Ohne dass Victoria etwas getan hatte, hatte sie die Aufmerksamkeit des Rates auf sich gezogen. Victoria fühlte, wie die Blicke jedes Ratsmitglieds sie durchbohrten. Die Augen halb zusammengekniffen fragte Abraham: „Aus welchem Orden kommst du?" Kira wollte wieder für Victoria antworten. Doch sie wurde von ihr zurückgehalten. Still sahen Adam und

Kira Victoria an. Die Vampirprinzessin nahm ihren ganzen Mut zusammen und antwortete: „Ich komme aus keinem Orden. Mein Name ist Victoria van Darkblood, Prinzessin der Vampire." Marcus sowie Abraham rissen die Augen auf und gingen ein paar Schritte nach hinten. Die restlichen Ratsmitglieder standen auf, griffen nach ihren Schwertern und richteten die Spitze der Klinge auf Victoria. Kira zog Elise schützend hinter sich und Adam stellte sich schützend vor Victoria. Ronald, der sich mittendrin befand, nahm einen großen Abstand zum Geschehen. Sein Gefühl sagte ihm, dass die ganze Geschichte gleich ungemütlich werden konnte. Wütend sprach Marcus zu Adam und Kira: „Ihr bringt einen Vampir in unsere Mitte? Noch dazu das Kind von Vlad van Darkblood …" Adam unterbrach Marcus lauthals: „Sie ist genauso das Kind von Arsenia Bridges." Der Rat befand es als eine lächerliche Theorie. Wütend befahl Adam, dass sich jedes Ratsmitglied Victoria genau ansehen sollte.

Marcus, Abraham und die anderen Ratsmitglieder beobachteten Victoria ganz genau. Jeden von ihnen traf es wie ein Blitzschlag. Sie sahen die Ähnlichkeit von Victoria und Arsenia. Kira trat neben Adam und sagte: „Sie ist meine Schwester. Am Anfang war es für uns auch unglaubwürdig. Aber es stimmt. Das einzige Familienmitglied, das mir noch geblieben ist." Der Rat wollte es dennoch nicht verstehen. Misstrauisch fragte Abraham: „Wie kann das passieren? Vlad van Darkblood war ein Vampir … Arsenia war ein Mensch. Das müsste heißen, dass sie eine Liebschaft hatten. So was ist verboten." Die letzten Worte betonte er in einem lauteren Ton. Wiederum antwortete Kira im lauten wütenden Ton: „Diese Geschichte lastet auf euren Schultern. Ihr habt meine Mutter damals alleine nach Rumänien geschickt." Marcus konterte darauf: „Arsenia war eine gute Vampirjägerin. Anscheinend war sie für den Auftrag nicht gut genug." Das reichte Kira. Gepackt von ihrer ganzen Wut schlug sie Marcus ins Gesicht und brüllte ihn an: „Meine Mutter war eine sehr gute Vampirjägerin!

Sie hat mehr Vampire erledigt als ihr in eurem ganzen Leben! Behauptet ihr dasselbe von meinem Vater? Er ist auch gestorben!" Adam zog Kira zurück und wollte, dass sie sich wieder beruhigt. Marcus hielt sich seine blutende Nase fest und sendete Kira einen wütenden Blick. Rasch kam Ronald herbeigelaufen und kümmerte sich um das oberste Ratsmitglied. Im ganzen Saal wurde es still. Weder die Vampirjäger noch der Rat sagten ein Wort. Jeder sah zu Marcus und wartete auf eine Antwort. Wütend ließ er Kira, Victoria und Elise aus dem Saal verbannen. Es sollte ein Gespräch alleine zwischen Adam und dem Rat geben. Mit einem letzten wütenden Blick ging Kira als Erste aus dem Saal. Victoria nahm Elise an der Hand und folgte ihrer Schwester. Auch Ronald musste gehen. Niemand sollte etwas von dem Gespräch mitbekommen. Sobald die Türen hinter Ronald zugingen, traten die restlichen Ratsmitglieder heran. Sie umkreisten Adam mit gezogenen Schwertern.

Still sahen sie Adam an. Marcus trat zu Adam in den Kreis und sprach in ernstem Ton: „Dein Auftrag war es, Vlad van Darkblood zu töten. Du solltest keinem Geist hinterherjagen und du solltest auch keine Prinzessin in unseren Orden holen. Der Auftrag ist nicht nach Plan gelaufen." Adam widersprach: „Der Auftrag ist erledigt. Vlad van Darkblood ist tot. Als er von Edward Dragonheart kontrolliert wurde, hat Victoria ihn getötet."

Hinter Adam begann ein Ratsmitglied zu sprechen: „Wenn diese Geschichte stimmen sollte, bedeutet es trotzdem das Victoria van Darkblood eine Gefahr für den Orden ist." Adam drehte sich zu dem Ratsmitglied um. Es war ein glatzköpfiger schwarzer Mann. Der Name dieses Mannes war James Brown. Er war ähnlich schmächtig gebaut wie Abraham. James war der Klügste des Rates. Wenn jemand gedankliche Hilfe brauchte, war er zur Stelle. Von allen Ratsmitgliedern war James Brown für Adam der Liebste. Man hätte auch fast sagen können, dass sie Freunde waren. Doch jetzt sprach James gegen Adam. Leicht gereizt sah er James an und sprach jedes Wort betont aus: „Sie ist keine Gefahr für den Orden." Sein Blick ging zu Marcus: „Die einzige Gefahr für den Orden bin ich." Marcus näherte sich Adam bedrohlich nah: „Ich weiß, welche Gefahr du bist. Als du deinen Vater, deine Mutter und deine kleine Schwester getötet hast, wusste ich, welche Gefahr du für den Orden bist. In dem Moment, als die Bestie die Kontrolle übernahm, hab ich es gewusst. Jedoch hatte ich auch einen Nutzen davon. Ich wusste genau, dass die Kraft in dir stark genug war, um diesen Vampirkönig zu töten. Arsenia Bridges war nur ein Test, um herauszufinden, wie stark Vlad van Darkblood wirklich ist. Es war dein Auftrag, Werwolf. Wladimir und Kira waren bloß eine Belastung. Obwohl es schade um Wladimir ist, bedauere ich seinen Tod nicht. Ebenso wenig würde ich Kiras Tod bedauern. Du bist der Werwolf und das bedeutet Macht für den Orden. Du bist eine Gefahr für den Orden. Doch die Vampirprinzessin ist eine größere Gefahr."

Die Gebrueder Darkblood

Razvan und Florim van Darkblood gingen durch die Nacht auf der Suche nach dem Schloss „Dragonhell." Beide hatten vom Tod ihres Bruders gehört und wollten es mit eigenen Augen sehen. Weder Razvan noch Florim wollten glauben, dass ihr Bruder Vlad van Darkblood tot sei. Er war der beste Schwertkämpfer. Niemand konnte ihm das Wasser reichen. Nicht einmal seine Brüder. Obwohl sie selbst hervorragende Schwertkämpfer waren. Jedoch war Razvan unter den Vampiren eher für seine Intelligenz bekannt. Im Vampirvolk gab es keinen Vampir, der so schlau war wie Razvan van Darkblood. Razvan hatte kurzes schwarzes, nach hinten gekämmtes Haar und stechend rote Augen. Er war schmächtig gebaut und trug sehr formelle Kleidung. Ein Schwert war seine einzige Waffe. Razvan hatte einen sehr eleganten Kampfstil. Mit einer Hand auf den Rücken stellte er sich jedem Schwertkampf. Auch dabei hatte er ein braunes Buch. Denn ihr müsst wissen, ohne Buch ging Razvan nirgendwo hin. Jedoch war es kein einfaches Buch mit Abenteuergeschichten. In diesem Buch standen wichtige Informationen über alles und jeden, den er kannte, über jeden Ort und welche Gefahren sich dort befanden. Daher wusste Razvan genauestens über die Nebelvampire Bescheid.

Florim war für seine Schnelligkeit bekannt. Unter den Vampiren gab es keinen, der so schnell war wie er. Zum Kämpfen brauchte er kein Schwert. Seine Waffe waren zwei große Dolche, mit denen er alles und jeden niedermetzelte. So wie Razvan war er auch formell gekleidet. Er war nicht gerade ein Muskelpaket und er war nicht gerade schmächtig. Florims Körperbau hatte ein sehr gutes Mittelmaß von beidem. Seine Haare waren schulterlang und blond. Seine Augen hatten eine dunkelrote bis hellrote Farbe. Florim war ein hervorragender Stratege. Aus jeder Situation, sei sie noch so schlecht, konnte er einen Plan machen, um doch noch zu gewinnen

Razvan und Florim erinnerten sich noch an früher, als sie noch Kinder waren. Zusammen mit ihrem Bruder Vlad gaben sie sich das Versprechen, zusammen ein ganzes Vampirvolk zu führen. Mit dem Tod von Vlad brach dieses Versprechen. Razvan und Florim sehnten sich daher nach Rache. Doch zuerst mussten sie herausfinden, was passiert war. Die Suche führte sie in das Dorf „Tralgia." Ein Gefühl sagte beiden, dass hier alles begann. Sie gingen zum Gasthaus. Ihr Gefühl verriet ihnen, dass etwas Unbekanntes in diesem Gasthaus war.

Dank der Fähigkeiten, die sie sich über Jahre angeeignet haben, konnten Razvan und Florim den Geruch von etwas wahrnehmen, das schon seit Jahren weg war. Es war der Geruch des Werwolfes, der in ihre Nase kam. Auch nahmen sie einen anderen Geruch wahr. Den Geruch eines Menschen und zugleich eines Vampirs. Dieser Geruch war völlig neu. Es war ein Wesen halb Mensch und halb Vampir. Wie konnte das sein? Die Paarung zwischen Mensch und Vampir war verboten und doch nahmen sie den Geruch einer Kreatur wahr, die aus beidem bestand.

Razvan und Florim schlichen sich langsam in das Gasthaus. Alles war dunkel. Doch für einen Vampir war das kein Problem. Ohne Probleme schlichen sie durch das Gasthaus. Weit und breit war keine Person zu sehen und dennoch nahmen sie den Geruch von frischem Blut wahr. Fauchend folgten die Brüder schleichend dem Geruch des Blutes. Sie waren wie zwei Schatten in der Dunkelheit.

Der Weg führte sie eine knarrende alte Treppe hinauf. Oben erstreckte sich für Razvan und Florim ein langer finsterer Flur. Leise schlichen sie den Flur entlang. Der Geruch von frischem Blut hatte sie gierig gemacht. Die Augen beider Brüder leuchteten förmlich in der Dunkelheit. Die Fingernägel wurden zu langen schwarzen Krallen. Jeder erdenkliche Sinn der Brüder war durch den Geruch des Blutes betäubt. Es roch so wunderbar herrlich süß. Razvan und Florim fanden die Tür, aus der der Blutgeruch kam.

Langsam öffneten sie die Tür. Im Zimmer fanden sie einen schlafenden, dicken Mann mit lockigem Haar und einem Bart. Der Mann war Trevor. Der Wirt ahnte nicht, dass sich zwei bluthungrige Vampire in seinem Zimmer befanden. Seelenruhig schlief er. Razvan und Florim schlichen sich an jeweils eine Bettseite und starrten schweigend auf Trevor. Langsam beugten sie sich zu ihm runter. In ihren Fingern kribbelte es. Auf ihren Zungen schmeckten sie schon den süßen Geschmack von Blut. Alles was fehlte, war ein Biss.

Die Finger streckten sie nach seinem Hals aus. Jedoch berührten sie ihn nicht. Um Trevors Hals hing etwas, was bei Vampiren einen brennenden Schmerz verursachte. Rasch wichen sie vor der Halskette mit dem Kreuz zurück. Eine einfache Beute sollte der Wirt nicht sein. Dennoch verschwanden sie nicht aus seinem Zimmer. Flüsternd befahlen sie Trevor, aufzuwachen. Gleich nachdem die Worte ausgesprochen waren, öffnete Trevor die Augen. Noch bevor er etwas machen konnte, fuhren zwei Hände über sein Gesicht. Razvan und Florim hatten ihn in Trance versetzt. Sie befahlen Trevor, dass er aufstehen solle. Sofort tat Trevor, was sie wollten. Mit einem vollkommen erstarrten Blick stand Trevor auf und bewegte sich in einem weißen Nachthemd und einer Schlafmütze vor den Gebrüdern van Darkblood. In Trance versetzt, konnten sie Trevor befehligen, die Halskette abzunehmen.

Beide dachten an etwas anderes. Den Geruch von der fremden Kreatur und dem Werwolf hatten sie nicht vergessen. Sie waren hier im Gasthaus. Daher musste Trevor was über die beiden wissen. Im finsteren Ton fragte Razvan: „Mein Bruder und ich nehmen den Geruch einer fremden Kreatur wahr. Sie ist weder Mensch noch Vampir, aber dennoch riecht sie nach beidem. Wer ist diese Kreatur?“

Mit starrem Blick auf die Brüder antwortete Trevor: „Die Kreatur, von der ihr sprecht, ist halb Mensch und halb Vampir. Sie ist die Prinzessin der Vampire. Ihr Name ist Victoria van Darkblood." Entsetzt sahen sich Razvan und Florim an. Flüsternd fragte Florim: „Victoria van Darkblood? Heißt das, unser Bruder hatte etwas mit einem Menschen?" Razvan antwortete seinem Bruder nicht. Sein Blick ging wieder zu Trevor. Er wollte mehr wissen: „Wer sind die Eltern von Victoria van Darkblood?" Trevor antwortete starrend: „Der Vater ist ein Vampir. Er war ein König. Vlad van Darkblood war sein Name. Die Mutter war ein Mensch. Sie jagte den Vampirkönig, denn sie war eine Vampirjägerin. Ihr Name war Arsenia Bridges." Florim fragte gleich in rauem Ton hinterher: „Lebt die Mutter noch?" Trevors starrender Blick richtete sich auf Florim: „Nein, weder Vater noch Mutter leben. Vlad van Darkblood tötete die Vampirjägerin gleich nach der Geburt der Prinzessin. Die Prinzessin selbst wurde sicher versteckt, bis sie stark genug war, die Prophezeiung zu erfüllen. Sie tötete Vlad van Darkblood."

Der letzte Satz entfachte Wut bei den Brüdern. Egal ob Victoria van Darkblood ihre Nichte war, sie war schuld, dass ihr Bruder tot war. Florim konnte seine Wut nicht mehr halten und schlug Trevor mit geballter Faust ins Gesicht. Mit blutender Nase fiel Trevor zu Boden und erwachte aus seiner Trance.

Er hatte noch gar nicht realisiert, was passiert war, da bekam er vor Razvan und Florim einen Schrecken. Die leuchtend roten Augen verrieten Trevor, dass beide Vampire waren. Vor Angst kroch er zu seinem Bett, zog sich hoch und fragte vollkommen verängstigt: „Was wollt ihr von mir?" Die Brüder antworteten nicht. Finstere Blicke trafen den Wirt und es lief ihm eiskalt den Rücken hinunter. Die Brüder näherten sich dem Wirt mit langsamen Schritten, bis sie nur noch wenige Zentimeter voneinander entfernt waren. Beide Brüder packten den Wirt an den Schultern. Trevor wollte schreien, brachte vor Angst aber keinen Ton heraus. Er wusste genau, dass sein letztes Stündlein geschlagen hatte. Flüsternd fragte Razvan: „Wo befindet sich Victoria van Darkblood jetzt?" Zitternd sah er beide an und antwortete: „Sie ist mit den Vampirjägern verschwunden." Florim drückte seine Krallen an den Hals des Wirtes und flüsterte: „Sorge dafür, dass die Prinzessin der Vampire nach Rumänien kommt. Wir wollen sie haben." Trevor schloss seine Augen vor Angst und nickte. Razvan flüsterte ihm in aggressivem Ton ins Ohr: „Bis du Victoria gefunden hast, sollst du keine Ruhe finden. Du sollst nicht schlafen und nichts essen. Bringe Victoria van Darkblood zu uns." Die flüsternden Worte durchfuhren Trevors Körper wie ein Zauber. Still nickte Trevor erneut und öffnete seine Augen. Er stand alleine in seinem Zimmer. Gepackt von der Angst sah er sich um. Weder Razvan noch Florim waren im Zimmer.

Beide Brüder befanden sich wieder vor dem Gasthaus. Gepackt von der Wut gingen sie weiter. Das Ziel war das Schloss. Im schnellen Tempo eilten sie zum Wald. Vor dem Eingang blieben sie stehen. Razvan wusste genau, was sich in diesem Wald befand. Die Nebelvampire waren noch immer da und sie waren der Feind jedes Vampirs. Vorsichtig betraten sie den Wald. Sofort wurden sie von einem Nebel verschlungen. Florim zog sein Messer. Er war bereit, jeden Nebelvampir zu töten, der es auch nur wagte, sich den Brüdern in den Weg zu stellen.

Der Weg führte sie zur Villa. Weder Razvan noch Florim kannten die Villa. Sie war völlig fremd. Das nervte Razvan. Verärgert fragte er sich, woher die Villa kam. Zusammen wagten sie sich in die Villa. Sofort fiel beiden auf, dass dort ein Kampf stattgefunden hatte. Auch fanden sie den Geruch von Victoria und dem Werwolf. Florim fragte seinen Bruder: „Hier rieche ich neben Victoria auch den Werwolf. Was hatte der Werwolf mit unserer angeblichen Nichte zu tun?" Razvan antwortete leise: „Ich weiß es nicht. Egal was es ist, wir werden es herausfinden und unseren Bruder rächen."

In der Villa fanden sie Überreste von der Asche von Jacob und Jason. Razvan und Florim kannten diese Vampire. Sie waren so wunderbar bösartig. Sie hatten alles, was ein Vampir brauchte.

Wiederum fanden sie die Skelette toter Wölfe. Vorsichtig berührte Razvan eines der Skelette. So konnte er sich ein Bild von dem Geschehen machen. Razvan sah den Kampf, als wäre er selbst dabei. Er sah den Werwolf, wie er gegen einen für ihn unbekannten Dämon kämpfte und er sah seinen Bruder, wie er dem Werwolf sein Schwert in den Rücken rammte. Dabei fiel ihm auf, dass Vlad gemeinsame Sachen mit Nebula van Blutstein machte.

Die Zusammenarbeit mit Nebula van Blutstein schockte Razvan. Noch nie hatte sich ein Vampir mit einem Nebelvampir verbündet. Wieso aber verbündete sich Vlad mit einem Nebelvampir? Razvan verstand die Bilder nicht. Nachdenklich ließ er das Skelett los, richtete sich auf und versuchte, die Bilder zu ordnen. Florim trat zu ihm und fragte besorgt: „Was hast du gesehen, Bruder?“ Leise antwortete Razvan: „Ich sah einen Kampf. Ein Werwolf kämpfte gegen einen geflügelten Dämon. Unser Bruder Vlad war auch da. Es schien mir, als ob er mit der Prinzessin der Nebelvampire zusammenarbeiten würde.“ Auch Florim war geschockt. An den Worten seines Bruders hegte er keine Zweifel. Er stellte seinem Bruder dieselbe Frage, die sich Razvan selbst stellte: „Wieso arbeitete unser Bruder mit dieser Hexe zusammen? Glaubst du, dass sie etwas mit seinem Tod zu tun hatte?“ Razvan zuckte mit den Schultern: „Ich weiß es nicht. Die Bilder, die ich sah, deuteten darauf hin, dass Vlad mit Nebula van Blutstein zusammengearbeitet hat.“ Die Bilder beschäftigten beide sehr.

Mit einem letzten Blick durch die Eingangshalle zogen die Brüder weiter. Direkt vor der Villa wurden sie von etwas festgehalten. Sie konnten weder Arme noch Beine bewegen, als würde sie ein Zauber daran hindern. Mit ganzer Kraft versuchten sie, sich wehren. Jegliche Anstrengung war wirkungslos. Der Nebel, der den Wald umfasste, sammelte sich bei Razvan und Florim. Aus dem Nebel heraus kamen wunderschöne Frauen. Darunter war auch Nebula. Sie hatte die Brüder mit einem Zauber daran gehindert, weiterzugehen. Umzingelt von Nebelvampiren ließen sich die Brüder jedoch nicht einschüchtern. Ganz im Gegenteil. Sie wurden wütend und zeigten ihr Vampirgesicht. Worauf jeder Nebelvampir bis auf Nebula ebenfalls sein Vampirgesicht zeigte. Jeder von ihnen richtete auch Schwerter gegen die Brüder, wartend auf den Befehl, sie zu töten. Doch Nebula sagte nichts. Mit einer furchteinflößenden Ruhe und leuchtend eiskalten, blauen Augen näherte sie sich den Vampirbrüdern. Einen kurzen Moment lang sahen sie sich nur an. Dann sprach Nebula leise mit finsterer Stimme: „Was sucht ihr hier in Rumänien? Jeder Vampir, der einst hier lebte, ist verschwunden. Vermutlich sogar tot."

Razvan wollte antworten. Doch Florim kam ihm zuvor: „Unser Bruder wurde getötet. Wir wollen Rache an jedem nehmen, der dabei war." Nebula wirkte nicht überrascht. Dennoch haben die Brüder eine gewisse Neugier in der Hexe geweckt: „Wer seid ihr?" Finster antwortete Florim: „Wir sind die Brüder von Vlad van Darkblood. Wir sind hier, um Rache an jedem zu üben, der an dem Tod unseres Bruders teilhatte." Ernste Blicke trafen sich. Bedrohlich näherte sich Nebula den Brüdern, zeigte ihre Krallen und pickte sie in Florims Kinn. Nah ging sie mit ihrem Gesicht an Florims Gesicht heran, als würde sie in küssen wollen. Ihre kalten blauen Augen ließen Florim erzittern. Eine unerträgliche Kälte durchzog seinen Körper und ließ ihn auf die Knie fallen. Gepackt von der Kälte brachte er kein Wort heraus. Sie ließ seine Stimme gefrieren. Razvan hatte sie nicht vergessen. Langsam ließ sie von Florim ab und wandte sich Razvan zu. Razvan zeigte keine Reaktion. Nebula sollte nicht das geringste Gefühl von Angst oder Wut in ihm erkennen.

Er kannte die Prinzessin der Nebelvampire. In seinem Buch hatte er alle Informationen über sie notiert. Jede Stärke und jede Schwäche. Still starrte Nebula ihn an. Ihr finsterer Blick durchbohrte auch seinen Körper. Mit ihrem Zeigefinger zeigte sie auf Razvan. Im nächsten Moment zwang sie den Vampir durch einen Zauber auf die Knie. Razvan versuchte, sich gegen den Zauber zu wehren. Doch gegen die Kraft von Nebula van Blutstein war er machtlos. Er ging auf die Knie, schaute zu Nebula hoch und fragte: „Willst du mich jetzt töten?“ Wütend packte sie Razvan am Hals und rammte ihm dabei ihre Fingernägel in den Hals. Ein lauter Schrei ließ sämtliche Tiere der Nacht aufschrecken. In ihrer Wut sprach Nebula mit finsterer Stimme: „Der Gedanke, die Brüder von Vlad van Darkblood zu töten, ist da. Das Verlangen, euch zu töten, ist da. Jedoch wurde der Krieg zwischen Vampiren und Nebelvampiren für beendet erklärt. Der Frieden herrscht über den Wald und ganz Rumänien …“

Florim brüllte Nebula an: „Das hat die Prinzessin der Nebelvampire nicht zu entscheiden!“ Florim bekam einen harten Tritt in den Rücken. Dann packte ihn ein Nebelvampir an den Haaren, zog ihn hoch, hielt ihm das Schwert an den Hals und warnte ihn:

„Niemand brüllt die Königin an. Ein falsches Wort und dein Körper trägt eine Last weniger.“ Der Nebelvampir war Nebulas rechte Hand. Ihr Name war Celestina Youngblood. A gesehen davon, dass Celestina die rechte Hand von Nebula war, war sie auch die beste Freundin der Königin. Für Nebula war sie bereit, alles zu tun. Wenn es um das Kämpfen ging, packte sie immer der Ehrgeiz. Manchmal war er so stark, dass Nebula sie zügeln musste. So wie in diesem Moment. Nebula ließ von Razvan ab, um ihre Freundin zu beruhigen. In dem Moment ließ auch der Zauber nach und Razvan nutzte seine Chance. Er packte sich Nebula und hielt ihr ein Messer an die Brust. Wie ein Schutzschild hielt er sie vor sich. Ihre Nebelvampire wollten helfen. Konnten es aber nicht. Denn es bestand die Gefahr, dass sie ihre Königin verletzen könnten.

Mit finsterer Stimme warnte er die Nebelvampire: „Wenn ihr meinen Bruder nicht sofort loslasst, bringe ich eure geliebte Königin um.“ Nebula befahl Celestina Florim loszulassen. Widerwillig befolgte sie den Befehl. Florim nutzte die Chance zu einem Gegenschlag. Blitzschnell hatte er Celestina im Würgegriff. Langsam ließ er seine Fingernägel zu Krallen wachsen. Gebannt und in einem Rausch von Wut fuhr Florim mit seinen Krallen Celestina quer über das ganze Gesicht. Celestina schrie vor Schmerzen. Florim genoss die Schreie und ritzte ihr Gesicht umso langsamer auf.

Nebula wollte ihrer Freundin helfen. Jedoch konnte sie sich nicht aus Razvans Griff befreien. Je stärker sie sich wehrte, desto stärker drückte er sein Messer an ihre Brust. Bis nicht mehr viel fehlte, dass Razvan sein Messer in Nebulas Brust stach. Nebula wusste genau, eine falsche Bewegung und sie war tot. Stattdessen befahl sie ihren Nebelvampiren lauthals: „Tötet die Vampire!" Ihre Nebelvampire zögerten nicht lange und griffen die Brüder an. Gleichzeitig ließen die Brüder ihre Opfer los, zogen ihre Schwerter und töteten die angreifenden Nebelvampire. Die Brüder waren so schnell, dass kein Nebelvampir hinterherkam. Ein Nebelvampir nach dem anderen wurde getötet. Bis am Ende nur noch Nebula und Celestina übrig waren. Weder Nebula noch Celestina konnten es glauben. Noch nie hatten sie gesehen, dass zwei Vampire es fertigbrachten, so viele Nebelvampire zu töten.

Geschockt von dem Anblick der toten Nebelvampire, die zu Asche verglühten, gingen beide auf die Knie. Sie wussten nicht, wie sie reagieren sollten. Der Anblick überforderte beide. Razvan und Florim standen mit blutverschmierten Schwertern vor der Königin und ihrer rechten Hand. Stille Blicke trafen sich. In der Stille wurde die Frage gestellt: „Was nun?" Die Worte kamen von Nebula. Florim packte Nebula am Kinn und drückte seine Krallen in ihre Wangen. Er hob sie hoch, bis sie auf Augenhöhe waren und flüsterte mit finsterer Stimme: „Wir sind die Brüder van Darkblood. Wir sind hier, um unseren Bruder zu rächen. Jeder, der an seinem Tod beteiligt war, wird sterben. Der Krieg, der beendet sein sollte, geht weiter. Mein Bruder und ich töten alle!" Die letzten Worte brüllte Florim Nebula förmlich entgegen und um seinen Worten Nachdruck zu verleihen, schmiss Florim sein Schwert auf Celestina. Das Schwert traf Celestina mitten im Gesicht und schaute aus dem Hinterkopf wieder heraus. Gleich darauf wurde Nebula zu Boden geworfen. Die Brüder verschwanden in der Dunkelheit und ließen Nebula alleine zurück. Nebula verlor keine Zeit und eilte zu ihrer besten Freundin. Doch noch bevor Nebula sie erreichte, zerfiel Celestina zu Asche. Nebula konnte und wollte es nicht glauben. Der Schock war ihr förmlich ins Gesicht geschrieben. Vor Wut und vor Schmerz um den Verlust von Celestina stieß Nebula einen lauten Schrei aus. Danach brach sie in Tränen aus. Sie nahm die Asche von Celestina in ihre Hände und starrte zitternd darauf. In Nebula brodelte es. Sie wusste nicht, ob es Wut oder Trauer war, die ihre Hände zittern ließen. Vielleicht war es auch eine Mischung aus beiden. Nebula ballte ihre Fäuste, stand auf und starrte in die Richtung, in der die Brüder verschwanden. Durch das Gefühlschaos begannen ihre Augen in einem kalten Blau zu leuchten. Leise sprach sie: „Ihr wollt einen Krieg? Den könnt ihr haben.“ Nebula wusste auch, dass sie den Krieg nicht alleine führen konnte. Dazu waren die Brüder zu stark. Sie brauchte Hilfe von Freunden.

Ein gefaehrlicher Auftrag

Victoria und Adam lagen zusammengekuschelt im Bett und küssten sich. Seit der Heimkehr hatten sie viel Zeit zusammen verbracht und jeden Moment ihrer Liebe genossen. Dennoch ging der Kampf gegen Edward Dragonheart nicht spurlos an ihnen vorbei. Ihre Gedanken drehten sich um jene Personen, die in diesem Krieg ihr Leben ließen. Jedoch gab es auch schöne Momente. Abgesehen davon, dass Adam und Victoria sich verliebt hatten, hatte Adam für einen kurzen Moment seine Familie gesehen. Dadurch erfuhr Adam auch, was der Grund für den Werwolf ihn ihm war.

Ja, die Reise nach Rumänien und der ganze Kampf hatten ihn sehr verändert. Vorher bestand sein Leben nur aus der Jagd auf Vampire und jetzt sah er neben sich und fand eine bildschöne Frau vor, die zur Hälfte ein Mensch und zur Hälfte ein Vampir war.

Victoria konnte fast dasselbe behaupten. Obwohl ihr Leben durch den Tod ihrer Mutter Agatha und ihres Vaters von Trauer erfüllt war, fand sie darunter ihre große Liebe. Oder wie es die kleine Elise bezeichnen würde, ihren Märchenprinzen. Die Blicke trafen sich bei der ersten Begegnung. Ohne, dass sie es ahnten, war es bereits um beide geschehen. Die Prinzessin und der Werwolf. Die Reise nach Rumänien und der Kampf gegen das Böse hatten beide zusammengebracht. Jetzt lagen sie zusammen im Bett und sahen sich an. Ohne Worte wussten sie, was der andere dachte. Der Blick von Adam verriet es Victoria und umgekehrt war es genauso. Die stillen Blicke verloren sich in einem Kuss. Ein Kuss, der zu zarten Streicheleinheiten führte. Sie genossen diesen Moment. Sehr zum Missfallen des Rates.

Der Rat fühlte sich durch den Werwolf mächtig. Keiner hatte so viele Vampire getötet wie Adam. Die Vampire fürchteten den Werwolf. Das gefiel dem Rat und so konnten sie die Macht des Werwolfes genießen. Doch jetzt war diese Macht in Gefahr. Die

Liebe zu Victoria bändigte den Werwolf. Zudem befürchteten die Ratsmitglieder, dass Victoria den Werwolf gegen den Orden hetzen könnte. Ja, so sehr sie sich in der Macht sonnten, fingen sie an, den Werwolf zu fürchten. Besonders Marcus hatte dieses Gefühl. Doch was sollten sie machen? Adam und Victoria auseinanderreißen? Das würde den Werwolf ebenfalls bloß erzürnen. Dem Rat blieb daher nichts anderes übrig, als still zuzusehen. Victoria und Adam bekamen von den Beobachtungen des Rates gar nichts mit. Sie konzentrierten sich nur aufeinander. Alles andere schalteten sie ab. Nur bei einer Sache sahen sie zu. Das Training von Elise.

Elise ließ sich von Kira zur Vampirjägerin ausbilden. Schnell lernte sie, sich gegen die Kreaturen der Finsternis zu wehren. In zahllosen Trainingskämpfen zeigte sie jedem, was sie draufhatte. Mit sechzehn Jahren war Elise so gut wie ihre Trainerin Kira. Zudem war Elise zu einer schönen, starken jungen Frau herangewachsen. Strahlend, schulterlanges blondes Haar, Augen in einer warmen Lavendelfarbe. Das äußere Erscheinungsbild von Elise kam einer jungen Prinzessin nah. Im Inneren hatte sie ein Kämpferherz. Im Orden war sie gern gesehen. Jeder mochte sie. Unter den Männern hatte sie viele Verehrer. Viele junge Männer brachten ihr Blumen und sonstige Geschenke. Es kam auch vor, dass sich zwei junge Männer wegen ihr prügelten. Elise war so viel Aufmerksamkeit gar nicht gewohnt. Jedenfalls nicht in der Form. Das Blutritual in ihrer Kindheit hatte sie vergessen. Noch heute war Elise Victoria dankbar, dass sie sie nicht getötet, sondern gerettet hat. Einerseits muss man auch sagen, war ihr die Aufmerksamkeit der Männer egal. Ihr Interesse galt der Vampirjagd.

Die Chance sollte sie auch nach einem langen harten Training bekommen. An jenem Tag wollte der Rat Elise im Saal sehen. Niemand außer Elise sollte sich im Ratssaal sehen lassen. Aufgeregt kam Elise zum Saal. Vor den Türen standen Ronald Black und Sheng Li. Sie waren über alles informiert und empfingen Elise.

Sheng Li konnte es nicht sein lassen und haute gleich einen Anmachspruch raus: „Oh, Elise. Wir beide zusammen. Das wäre doch einfach himmlisch.“ Ronald beendete seine Anmache mit einem leichten Schlag seines Buches auf den Hinterkopf von Sheng. Dann wandte er sich lächelnd Elise zu und erklärte ihr, was sie zu beachten hatte: „Junge Mrs. Elise Lefevre, der Rat wird dich in den Rang eines Vampirjägers befördern. Das ist eine große Ehre, die nicht jedem zuteil wird. Nur die Allerbesten werden in den Rang eines Vampirjägers gehoben. Zudem bekommst du deinen ersten Auftrag. Das Einzige, was du während der Zeremonie beachten musst, ist, nicht zu reden, wenn der Rat dich nicht dazu auffordert. Hör den Worten des Rates genau zu.“ Elise nickte still. Dann sollte es auch schon losgehen. Die in einem vornehmen Anzug gekleideten Ronald und Sheng öffneten für Elise die Türen des Ratssaales. Leicht nervös schaute sie in den Saal und sah den Rat in einer Reihe stehen, auf Elise wartend.

Nachdenklich sah Elise an sich herunter. Sie war in einer schlichten schwarzen Hose und einer schwarzen, ärmellosen Bluse gekleidet. Ihre Haare waren hochgesteckt und wurden von einer silbernen Haarspange zusammengehalten. Elise begann, an sich zu zweifeln. War sie jetzt wirklich bereit für den Rang eines Vampirjägers. Wie Adam und Kira müsste sie die Monster der Nacht jagen. Jede Jagd auf Vampire war gefährlich. Jede Jagd könnte die letzte sein. Jedoch war es auch ihr sehnlichster Wunsch, endlich eine Vampirjägerin zu sein. Die Nervosität war ihr ins Gesicht geschrieben. Plötzlich berührten sie von hinten zwei Hände an den Schultern. Elise drehte sich um und fand heraus, zu wem die Hände gehörten. Eine Hand gehörte zu Kira und die andere Hand zu Adam. Beide waren in der Kleidung der Vampirjäger zu sehen. Kira trug eine hautenge schwarze Hose und eine weiße Bluse. Adam trug eine schwarze Hose und ein ärmelloses schwarzes Hemd. Darüber trugen beide ihre schwarzen Mäntel. Das Einzige was bei ihnen fehlte, waren die Waffen. Victoria ließ es sich ebenfalls nicht nehmen, Elise zu sehen. Hand in Hand stand sie neben Adam, gekleidet in einem engen schwarzen Trägerkleid. Die Haare von Kira und Victoria waren ebenfalls hochgesteckt und mit einer silbernen Spange befestigt.

Alle drei wollten Elise die Nervosität nehmen. Beruhigend flüsterte Kira ihrer Schülerin zu: „Du hast alles gelernt, was ich dir beigebracht habe. Du bist die beste Schülerin des Ordens. Der Rat wird dich in den Rang eines Vampirjägers nehmen." Kira umarmte Elise und schenkte ihr ein Lächeln, welches erwidert wurde. Dann atmete Elise einmal tief durch, nickte allen dreien lächelnd zu und betrat den Ratssaal. Gleich hinter ihr wurden die Türen wieder geschlossen. Elise befand sich mit den neun Ratsmitgliedern allein in einem großen, schwach beleuchteten Saal. Der Weg zu den Ratsmitgliedern war mit großen schwarzen Kerzenleuchtern beleuchtet. Langsam schritt Elise den Weg entlang zum Rat. Jedes Ratsmitglied hatte eine weiße Robe mit einer großen Kapuze an. Die Kapuze bedeckte das Gesicht des Rates. Vor dem Rat kniete Elise nieder und wagte es nicht, den Rat anzusehen. Erst als Marcus hervortrat und direkt vor ihr stand, sah sie hoch zu ihm. Langsam nahm er seine Kapuze ab. Elise wurde immer nervöser. Sie fragte sich schon selbst, wie sie so ruhig auf den Knien bleiben konnte. Im ganzen Saal herrschte eine unheimliche und angespannte Ruhe, die Elise gleichzeitig auch noch etwas Angst einflößte.

Marcus holte ein braunes Buch hervor, schlug es auf und las laut daraus vor: „In den Zeiten der Dunkelheit, als die Not der Menschen am größten war … tat sich eine kleine Gruppe von mutigen Männern und Frauen zusammen und trotzten den Kreaturen der Finsternis. Die kleine Gruppe wuchs mit jedem tapferen Menschen weiter." Marcus klappte das Buch zusammen und fuhr fort: „Heute wird ein weiterer tapferer Mensch in die Reihen der Vampirjäger aufgenommen." Sein Blick ging runter zu Elise: „Erhebe dich, Elise Lefevre, und empfange die Zeremonie." Ohne Worte erhob sich Elise. Marcus zog sein Schwert und richtete die Spitze auf Elise. In dem Moment traten die anderen Ratsmitglieder hervor, umzingelten Elise und richteten ebenfalls die Spitzen ihrer Schwerter auf sie. Eingekreist von neun Schwertern fing Elise an, leicht zu zittern. Leichte Panik machte sich bei ihr breit. Was wollte der Rat mit den gezogenen Schwertern machen? Ohne, dass Elise auch nur die kleinste Chance hätte, könnten sie sie töten.

Angespannt ballte sie die Fäuste. In ihr trat die Angst auf, gegen den Rat kämpfen zu müssen. Alles sah danach aus. Die gezogenen Schwerter und die ernste Miene der neun Ratsmitglieder. Elise rechnete fest mit einem Kampf. Sie sah in jedes Gesicht von jedem Ratsmitglied. Keiner von ihnen zeigte eine Reaktion. Doch dann, ganz plötzlich begann der Rat, im Chor zu sprechen: „Die Gefahr aus der Dunkelheit zu bekämpfen ist unsere Aufgabe. Mit unserem Leben widmen wir uns dem Schutz der Menschheit vor der Gefahr aus der Dunkelheit." Gleichzeitig schlugen sie ihre Schwerter auf den Boden. Elise zuckte dabei leicht zusammen. Marcus lenkte ihren Blick auf sich und sprach zu ihr: „Elise Lefevre, schwörst du, die Menschheit vor den Vampiren zu schützen, jeglicher Gefahr zu trotzen und sei sie noch so groß?" Mit einer inneren Freude sah sie Marcus an. Es brauchte nur ein Wort, dann wäre Elise eine Vampirjägerin. Sie atmete noch einmal tief durch und antwortete mit voller Entschlossenheit: „Ja, ich schwöre." Die Worte waren ausgesprochen. Jetzt war sie eine echte Vampirjägerin. Ein Teil des Ordens. Jedoch war das noch nicht alles. So schön das Gefühl für Elise war, trat auch gleich der Ernst ein. Sie sollte ihren ersten Auftrag bekommen.

Abraham überreichte ihr ein kleines schwarzes Notizbuch. Marcus erklärte ihr den Auftrag: „Jegliche Art von Informationen über Vampire findest du in diesem kleinen Buch. Dieses Notizbuch wirst du bei jedem Auftrag dabei haben. Praktisch gesehen ist es dein Tagebuch, wo du alles über deine Jagd dokumentieren wirst. So wie jeder Vampirjäger des Ordens. Dein erster Auftrag führt dich zu einem Friedhof. Eine Gruppe, bestehend aus zehn Vampiren, treibt dort und in der nahen Umgebung ihr Unwesen. Sie suchen sich hilflose Opfer, meistens junge Frauen und führen auf dem Friedhof satanische Rituale durch. Soweit alles klar?" Elise wirkte von dem Auftrag leicht eingeschüchtert. Satanische Rituale und dann noch gleich zehn Vampire auf einmal. Der Rat bemerkte ihre Unsicherheit und glaubte, dass Elise Angst bekam. Abraham Johnson fragte Elise in leisem Ton: „Gibt es ein Problem mit dem Auftrag? Es sieht ganz danach aus, dass du Angst hast." Marcus Thompson belehrte sie gleich: „Jetzt bist du eine Vampirjägerin des Ordens. Angst darf keine Rolle mehr spielen." Elise blickte auf ihr Notizbuch und schaute dann nachdenklich zu Marcus. Abraham stellte sich vor ihr und sagte: „Du hast Angst. Doch wie Ratsmitglied Marcus sagte, die Angst darf keine Rolle mehr spielen. Nimm den Auftrag an und erledige ihn." Elise sah wieder auf ihr Notizbuch. Ihre Hände fingen an zu zittern. Ohne, dass sie den Rat ansah, fragte sie: „Das ist mein erster Auftrag. Darf ich Unterstützung mitnehmen?" Marcus und jedes andere Ratsmitglied verneinten ihre Frage. Elise musste es ganz alleine schaffen. Still nickte sie und verließ eingeschüchtert mit dem Auftrag den Ratssaal.

Kira sowie Adam und Victoria warteten vor den Türen. Der erste Blick von Elise reichte, um zu wissen, dass etwas nicht stimmte. Dennoch teilte Elise ihnen eingeschüchtert und zugleich voller Freude mit: „Ich bin jetzt eine Vampirjägerin, aber …" Elise traute sich nicht, weiterzusprechen. Besorgt berührte Kira ihre Schülerin an den Schultern und fragte leise: „Was ist es? Was bedrückt dich?" Elise schaute in die Runde. Jeder wartete auf eine Antwort. Selbst Ronald und Sheng hingen gebannt an ihren Lippen. Die Blicke jener Leute machten sie noch nervöser. Victoria trat an sie heran und sprach leise: „Du kannst es uns sagen. Kira, Adam und ich helfen dir." Mit einen Blick auf Adam, Kira und Victoria erzählte Elise es ihnen: „Der Rat hat mir gleich einen Auftrag anvertraut. Doch dieser Auftrag ist schwierig. Zehn Vampire soll ich aufspüren, die auf einem Friedhof satanische Rituale vollziehen. Ich habe gefragt, ob ich Hilfe bekomme. Der Rat wollte, dass ich den Auftrag alleine erledige. Zehn Vampire sind zu viel für mich. Ich bin doch gerade erst eine Vampirjägerin geworden …“ Sheng unterbrach sie und antwortete großkotzig: „Mädchen, da mussten wir alle durch. Zehn Vampire sind doch ein Kinderspiel.“ Kira reagierte äußerst allergisch auf die Aussage. Wütend sah sie Sheng an und brüllte: „Sheng, halt die Klappe! Hör auf, hier den Oberhelden zu spielen!“ Sheng hob die Hände, grinste Kira dreckig ins Gesicht und antwortete: „Keine Aufregung. Beruhig dich mal wieder, Schätzchen. Ich habe dem Kind nur die Wahrheit gesagt.“ Kira ballte die Fäuste. Sie war kurz davor, Sheng eine zu verpassen. Sie wollte es auch. Doch Ronald kam ihr zuvor und entschärfte die Situation: „Sheng, Kira, beruhigt euch beide wieder. Keiner von uns hatte je so einen Auftrag gekriegt wie Elise zu Anfang. Der Auftrag ist zu groß für sie. Dennoch hat der Rat sich dafür entschieden, dass Elise den Auftrag alleine vollziehen muss.“

Adam mischte sich mit ein: „Dann hat der Rat ihr Todesurteil unterschrieben.“ Ohne weitere Worte riss Adam die Türen des Ratssaals auf, ging in schnellen Schritten auf die neun Ratsmitglieder zu und sprach dabei: „Ist das jetzt eine neue Masche? Noch junge, unerfahrene Vampirjäger auf eine Jagd zu schicken, die sie nicht überleben können!“ Verärgert trat Marcus ihm entgegen: „Wie kannst du es wagen, einfach in den Ratssaal einzudringen. Du hast keine Erlaubnis.“ Leise antwortete Adam darauf: „Zum Teufel mit deinen Regeln. Die interessieren mich nicht.“ Das war ein regelrechter Schlag ins Gesicht für Marcus. Das wollte er nicht dulden: „Sind das jetzt die neuen Verhaltensmuster des Vampirjägers Adam Knight. Das muss wohl an dieser Frau liegen.“ Das war der Worte zu viel. Adam zeigte die Augen des Werwolfes sowie die spitzen Zähne. Jedes Ratsmitglied wich zurück und bewaffnete sich mit ihren Katanaschwertern. Nur Marcus blieb vor Adam stehen. Er trotzte dem Werwolf. Adam verwandelte sich nicht ganz. Er wollte dem Rat eine Warnung senden: „Wagt es nicht, über Victoria so zu sprechen." Adam beruhigte sich wieder und verwandelte sich wieder zurück. Marcus zeigte dennoch keine Angst. Bedrohlich nährte er sich Adam bis auf wenige Zentimeter und flüsterte ihm zu: „Vergiss du nicht, wo dein Platz ist. Du bist ein Vampirjäger. Du bist ein Werwolf. Die Bestie, die jeder Vampir fürchtet. Auch deine Freundin Victoria." Er deutete mit dem Finger auf Victoria van Darkblood. Adam folgte dem Finger und sah Victoria, wie sie Elise tötete. Adam wusste genau, was Marcus meinte. Victoria war halb Mensch und halb Vampir. Adam ist ein Werwolf. Ohne weitere Worte ging Adam aus dem Saal.

Marcus sowie die anderen Ratsmitglieder sahen ihm hinterher. Ihr Blick richtete sich langsam auf Victoria. Die Prinzessin wurde ein immer größerer Dorn im Auge von Marcus. Das durfte nicht passieren. Die größte Angst des Rates drohte wahr zu werden. Vor den Ratstüren teilte Adam Elise, Kira und Victoria mit: „Wir werden Elise bei dem Auftrag helfen. Zumindest Kira und ich. Ich möchte Victoria nicht solch einer Gefahr aussetzen." Stille Blicke trafen sich nur. Die Nacht brach herein und Elise sowie Adam und Kira machten sich für den Auftrag fertig. Die Worte von Marcus gingen Adam nicht mehr aus dem Kopf. Immer wieder fragte er sich, wie sicher Victoria in seiner Nähe war. Was ist, wenn im Eifer des Gefechts Adam sich verwandelt und über alles herfällt, selbst über Victoria? Während er sich fertig machte, ging sein Blick immer wieder zu Victoria, die auf dem Bett saß und ihn ebenfalls beobachtete. Leise fragte sie: „Wieso darf ich bei diesem Auftrag nicht dabei sein?" Adam verstaute seine Waffen am Körper und antwortete ebenfalls leise: „Weil es gefährlich ist. Ich will nicht, dass dir etwas passiert." Victoria ging zu Adam, nahm seine Hände und flüsterte ihm zu: „Es gibt keine Gefahr auf der Welt, die mich von dir trennen kann." Unsicher sah Adam sie an. Er wusste, dass ihre Antwort nicht stimmte. Es gab eine Gefahr und die war er selbst. Victoria erkannte die Unsicherheit in Adam und fragte: „Liebster, was ist es, das dich zweifeln lässt?“ Adam antwortete leise: „Wir kommen aus zwei verschiedenen Welten. Ich bin ein Werwolf. Du bist ein Mensch und doch bist du ein Vampir. Was ist, wenn ich eines Tages als Werwolf vor dir stehe und dich nicht erkenne? Wenn ich im Kampf dich töten sollte?“ Victoria küsste Adam und flüsterte ihm zu: „Das, vor dem du dich fürchtest, wird nie passieren. Einst standen wir uns schon so gegenüber. Noch bevor wir uns überhaupt kannten. Deine Werwolfsaugen trafen auf meine. Nichts passierte. Ich liebe dich und das kann keine Gefahr zerstören.“

Adam sah es ein. Auch er flüsterte Victoria die Worte zu: „Ich liebe dich.“ Sanft berührten sich ihre Lippen zu einem innigen, leidenschaftlichen Kuss, der ein jähes Ende fand, als Kira und Elise in ihr Zimmer stürmten und den Kuss unterbrachen. Damit hatte weder Kira noch Elise gerechnet. Peinlich berührt entschuldigten sie sich. Adam und Victoria lächelten nur. Zusammen gingen sie los. Hand in Hand gingen Adam und Victoria voraus, gefolgt von Kira und Elise. An der Tür wartete schon Ronald. Ebenfalls für die Jagd angezogen. Kira fragte ihn: „Was ist mit dir los?“ Ronald antwortete: „Ich war beim Rat und habe die Anweisung, Elise bei dem Auftrag zu begleiten. Ich soll alles genau dokumentieren. Elise soll zeigen, was sie kann.“

Adam und Kira verdrehten die Augen. Jeder der vier sparte sich seinen Kommentar. Elise und Kira gingen voraus zur schwarzen Kutsche. Adam wendete sich noch einmal Victoria zu. Ein Kuss von beiden und die flüsternden Worte von Victoria: „Pass auf dich auf. Wenn der Auftrag so gefährlich ist, dann will ich nicht, dass dir, Elise oder Kira etwas passiert.“ Adam flüsterte: „Wir werden schon wieder kommen. Hab keine Angst um uns.“ Ein letzter Kuss sollte Victoria die Sorge nehmen. Still sah sie, wie Adam in die Kutsche einstieg. Ronald blieb noch kurz stehen. Er hatte noch ein paar Worte für Victoria, die er ihr flüsternd zuteilte: „Sei vorsichtig, wenn du durch die Gänge des Ordens gehst. Du magst zwar nur ein halber Vampir sein. Doch das reicht einigen schon, um dich zu töten. Sei vorsichtig."

Mit diesen Worten ging Ronald zur Kutsche und ließ Victoria stehen. Besorgt um Adam und um die Worte von Ronald sah sie still zu, wie die Kutsche wegfuhr.

Sie drehte sich um und wollte rasch in Adams Zimmer gehen. Dabei kamen ihr einige Vampirjäger entgegen. Von außen wirkten sie freundlich. Doch wer weiß, was sie wirklich dachten. Unter anderem stieß sie im schnellen Schritt mit Marcus, der ein Buch in der Hand hatte, zusammen. Das Buch fiel beim Zusammenstoß herunter. Still sahen sich beide an. Der Blick von Marcus wirkte erzürnt. Langsam wich Victoria ein paar Schritte zurück. Sie hatte ein komisches Gefühl bei Marcus. Ihr Gefühl bestätigte sich, als Marcus erzürnter Blick sich in ein nettes und zugleich finsteres Lächeln verwandelte. Er hob sein Buch auf und sprach freundlich und zugleich scheinheilig zu Victoria: „Nicht so schnell, meine Kleine. Hier tut dir keiner etwas." Victoria nickte und entschuldigte sich. Ohne Marcus eines weiteren Blickes zu würdigen, ging sie an ihm vorbei und verschwand in Adams Zimmer. Im Zimmer atmete sie erst einmal tief durch.

Vergangenheit und Gegenwart

Aufgeregt saß Elise in der Kutsche. Jeder Gedanke bei ihr drehte sich um den Auftrag. Gleichzeitig stieg auch ihre Angst. Vampire hatte sie schon genug gesehen. Jedoch hatte sie nie gegen einen Vampir gekämpft. Umso froher war sie, dass Adam und Kira bei ihr waren. Mit ihnen fühlte sie sich sicher. Still ging ihr Blick zu Kira. Völlig ruhig saß sie neben ihr. Elise erkannte kein Zeichen der Angst oder Aufregung in ihr. Selbst Adam blieb vollkommen ruhig. Adam und Kira waren halt schon erfahrene Vampirjäger. Zudem waren beide die einzigen Personen neben Victoria, die den Kampf gegen Edward Dragonheart überlebten.

Neugierig fragte Elise ihre Trainerin: „Wie war dein erster Auftrag?" Kira sah sie an und dachte an ihren ersten Auftrag zurück. Der erste Auftrag von Kira war wesentlich einfacher als der von Elise, aber nicht weniger gefährlich. Leise antwortete sie: „Ich jagte ein Vampirpärchen durch halb London. Es war schwierig, ihre Spur zu finden. Denn ihr Vorteil war es, dass sie in der Dunkelheit agierten. Es gab keine Möglichkeit, sie zu kriegen. Sie waren zu schnell für mich. Bis zu jener Nacht, als sie einen Fehler machten." Neugierig fragte Elise nach: „Welchen Fehler haben sie gemacht?" Kira grinste: „Sie griffen mich an. Das war leider ihr Todesurteil." Elise war erstaunt, wie mutig Kira war. So wollte Elise auch sein. Vollkommen fasziniert fragte sie: „Hattest du keine Angst." Leise antwortete Kira: „Ich hatte Angst. Das ist völlig normal. Vor der Angst ist kein Mensch immun. Sie gehört einfach dazu. Aus Angst entsteht der Mut." Elise widersprach: „Bei dir und Adam sieht es aber nicht so aus." Erneut grinste Kira Elise zu und antwortete: „Wir sind abgehärtet. Die Angst haben wir heute noch. Nur wissen wir damit umzugehen. Das wirst auch du lernen." Ronald fing an zu klatschen: „Das war sehr schön gesagt." Die Worte klangen nicht gerade positiv. Sie hatten eher einen fiesen kleinen Unterton. Kira und Elise reagierten aber nicht darauf. Stattdessen wandten sie sich Adam zu, der still aus dem Fenster der Kutsche schaute. Noch immer dachte er an die Worte von Marcus. Gleichzeitig schossen ihn die Worte von Victoria durch den Kopf. Er fing an, sich vorzustellen, wie das erste Aufeinandertreffen von ihm und Victoria war. In jener Nacht, als er gegen die drei Nebelvampire kämpfte. In Gestalt des Werwolfes tötete er sie. Der nächste Gedanke war, wie er als Werwolf vor der unbekannten Schönheit stand. Er hätte sie töten können. Die Bestie verlangte es. Doch etwas hielt seine Klauen zurück. Vielleicht hatte Victoria recht. Adam erlaubte sich den Gedanken, dass ihre Liebe zueinander stärker war als jegliche Gefahr. Sogar stärker als das Monster in ihm.

Versunken in den Gedanken hatte er gar nicht bemerkt, dass Kira ihn angesprochen hatte. Erst als sie ihn anstupste und fragte: „Ist alles o. k.?“ Adam nickte: „Mir fehlt nichts.“ Kira glaubte ihm nicht. Schließlich war sie die beste Freundin von Adam. Daher wusste sie genau, wann Adam etwas bedrückte. Sie hakte weiter nach: „Wirklich? Denn seit wir unterwegs sind, bist du ruhig. Hat es was mit dem Rat zu tun?“ Adam wollte seine beste Freundin nicht damit belasten. Sie sollte nichts von dem Gespräch erfahren. Daher antwortete er leise: „Es ist wirklich nichts. Zudem geht es heute nicht um mich. Elise sollte im Mittelpunkt stehen.“ Da sprang Ronald gleich mit ein: „Genau, heute geht es um Elise und nicht um den Rat. Heute kann Elise beweisen, ob sie das Zeug zu einer echten Vampirjägerin hat, indem sie den Auftrag erledigt. Hilfe darf sie keine kriegen. Selbst wenn der Auftrag noch so schwer ist.“ Adam lehnte sich ernst nach vorne und sah Ronald mit einem strengen Blick an. Beinah flüsternd sagte er zu Ronald: „Sie ist noch sehr jung. Den Auftrag überlebt sie nicht alleine. Vergiss nicht, dass wir alle leichte Aufträge hatten.“ Ronald lachte laut los: „Wie bitte? Was Kira und mich betrifft, hatten wir leichte Aufträge. Doch du nicht. Von Anfang an hatte der Rat ein besonderes Auge auf dich geworfen. Wie war dein erster Auftrag, Adam? Ich bin sicher, das weißt du noch. Elise wurde neugierig. Ahnungslos fragte sie nach, was es für ein Auftrag war. Kira hingegen wollte nicht, dass Elise, Adams ersten Auftrag erfährt. Neben Edward Dragonheart, war dieser Auftrag einer der schlimmsten in Adams Leben.

Es geschah in einer Vollmondnacht. Der Himmel war bedeckt von schwarzen Wolken. Das Licht des Vollmondes trat nur schwach durch die dicken Wolken. In dieser Nacht war Adam allein unterwegs. Die Straßen Londons waren wie verlassen, als wäre die Stadt plötzlich eine Geisterstadt. Nebel schwebte wie dicker Rauch über den Straßen. Nicht einmal die Straßenlaternen vermochten es, mit ihrem Licht den dicken Nebel zu durchdringen. In diesem Nebel wanderte Adam Knight. Sein Weg führte ihn in eine alte unterirdische Leichenhalle. Die Halle war komplett verlassen. Niemand arbeitete dort mehr. Laut der Geschichte vieler Menschen sollte der Teufel dort hausen. Adam sollte dem auf den Grund gehen und er wagte sich daher in die unterirdische Leichenhalle.

Schon beim ersten Schritt stieg Adam ein ekelhafter Geruch in die Nase. Man konnte nicht sagen, aus was der Geruch bestand. Er war einfach nur ekelhaft. Selbst Adam musste sich zusammenreißen. Langsam und mit wachen Augen ging er durch die schwach beleuchteten Gänge. Vorsichtig sah er in jeden Raum. Jeder Raum war vollkommen finster und erlaubte ihm keinen Einblick. In jedem dieser Räume konnte sich ein Vampir befinden. Doch die Räume schienen leer zu sein. Plötzlich hörte Adam in der Stille ein Weinen. Leise rief sogar einer um Hilfe. Die Stimme klang nach einer Frau. Adam wollte wissen, wo die Frau war. In dem Moment verstummte die Stimme. Adam misstraute der Stille und zog sein Schwert. Sein Gefühl verriet ihm, dass hier irgendetwas faul war.

Langsam ging er weiter. Wieder ertönte eine Stimme. Doch dieses Mal klang sie nach einem kleinen Mädchen. Adam gab keinen Ton von sich. Die Vampire sollten nicht wissen, dass er kommt. Plötzlich wurde vor ihm, getarnt in der Dunkelheit, eine kleine Gestalt sichtbar. Adam blieb schweigend stehen und sah die Gestalt an. Wie die Stimme ähnelte auch die Gestalt einem kleinen Mädchen. Versteckt in einer dunklen Ecke fragte sie: „Wer bist du?" Adam gab keine Antwort. Das kleine Mädchen fragte weiter: „Bist du auch ein Monster, das mir wehtun will?"

Die Stimme des kleinen Mädchens klang in Adams Ohren völlig verängstigt. Konnte Adam dem kleinen Mädchen trauen? Schließlich gab es auch kleine Kinder, die Vampire waren. Langsam steckte er sein Schwert weg, aber immer noch darauf gefasst, zuzuschlagen, wenn ihm ein Blutsauger zu nahe kam. Adam antwortete dem kleinen Mädchen: „Ich bin hier, um die Monster zu töten." Das Mädchen fragte ihn darauf: „Wer bist du?" Adam hockte sich hin und antwortete: „Mein Name ist Adam Knight. Wieso kommst du nicht ins Licht? Dann kann ich dich besser sehen."

Zu jeder Sekunde blieb Adam dem kleinen Mädchen gegenüber misstrauisch. Langsam zog er sein Messer hervor, als das Mädchen auf ihn zukam. Jedoch bevor sie ins Licht trat, rannte sie weg. Sofort wollte Adam hinterher. In dem Moment sprang ihn von hinten etwas an und wollte ihn beißen. Es war das kleine Mädchen. Adam hielt dem Mädchen die Klinge seines Messers hin. Sie biss auf die Klinge. In dem Moment schmiss Adam sie von sich runter. Das Mädchen hatte glühend rote Augen und spitze Eckzähne. Adam lag in seinem Misstrauen richtig. Sie war ein Vampir. Er wollte sie mit seinem Messer töten. Doch das Mädchen wich schnell aus und verschwand in der Dunkelheit.

Dieses Mal folgte Adam dem Mädchen und verlor sie in der Dunkelheit. Adam sah sich um. Um ihn herum war alles dunkel. Selbst die letzten Lichter waren erloschen. Adam befand sich alleine in einer komplett finsteren Leichenhalle. Einzig das Mädchen war bei ihm. Was jeden Moment hervorspringen könnte, um Adam erneut anzugreifen.

Der Puls von Adam raste. Sein Blut begann zu kochen. Die Augen verwandelten sich. Seine Zähne wurden scharf und spitz wie bei einem Raubtier. Die Fingernägel wurden zu langen Krallen. Es war die Verwandlung in den Werwolf. Jedoch konnte er die Verwandlung nicht fortsetzen. Noch in der Verwandlung wurde er erneut gepackt und gegen die Wand geworfen. Gleich darauf packte ihn etwas am Hals und hob ihn hoch. Dank seiner Werwolfsaugen konnte er sehen, was ihn packte. Es war eine hübsche Frau. Langes schwarzes Haar. Leuchtend rote Augen. Die Lippen hatten eine blutrote Farbe. Ihre Haut war kreidebleich. Gekleidet war sie in ein schwarzes Kleid. Über dem Kleid trug sie noch ein schwarzes Korsett, welches ihre Brust besonders betonte. Die Frau hielt Adam mit nur einem Arm fest. Langsam zog sie Adam an sich heran und sah ihm in die Augen. Fasziniert sprach sie finster: „Die Augen der Legende. Du bist der Mensch, der das Geschenk Gottes erhalten hat. Der Werwolf, der Vampire jagt. Doch wieso? Du bist genauso ein Monster wie jeder Vampir, den du jagst. Wieso beschützt du diese schwachen Menschen? Sie sind es nicht wert."

Adam antwortete wütend: „Ich beschütze die Menschen, weil sie eine gute Seele haben. Sie sind keine Monster." Die Vampirdame lachte: „Adam, du bist lustig. Die Menschen mögen eine Seele haben. Doch sie sind bei Weitem nicht gut. Vielleicht gibt es ein oder zwei unter ihnen, die wirklich eine gute Seele haben. Jedoch ähneln sie vom Verhalten her jenen Monstern wie dir und mir."

Die Frau ließ Adam los und erzählte ihm: „Jemanden oder etwas als Monster zu betiteln, ist leicht. Jedoch zu unterscheiden, wer böse oder gut ist, ist schwer." Adam wurde neugierig: „Wer bist du?" Die Vampirdame antwortete: „Mein Name ist Jane Larissa Carter. Ich war einst eine Vampirjägerin des großen Ordens. Doch der Orden verriet mich. Durch eine gestellte Falle wurde ich zum Vampir. Daher kann ich dir sagen, trau dem Orden nicht. Er hat längst nicht solch gute Absichten, wie er vorgibt." In jener Nacht tötete er Jane Larissa Carter nicht. Dem Rat log er vor, dass sie durch sein Schwert starb. Die Gefahr in dem Auftrag bestand darin, dass sie eine Vampirjägerin war und sämtliche Geheimnisse ausplaudern könnte. Alles was Jane Larissa Carter über den Orden wusste, hätte ans Tageslicht kommen können. Das wollte der Orden verhindern. Nur war kein Vampirjäger des Ordens so stark, um ihr die Stirn zu bieten. Einzig Adam kam nur infrage für diesen Auftrag. Der große legendäre Werwolf sollte die Probleme des Ordens beseitigen. Was er nicht tat. Was dem obersten Ratsmitglied Marcus Thompson nicht gefallen würde.

Adam hatte seitdem nie wieder an diesen Fall gedacht. Doch durch Ronald kamen die Gedanken wieder. Im ganzen Orden kannte außer Adam nur seine beste Freundin die wahre Geschichte. Elise war dennoch neugierig und wollte die Geschichte unbedingt hören. Daher erzählte Ronald die Version, die er kannte: „Adam befand sich in einer verlassenen Leichenhalle. Umhüllt von Dunkelheit griffen Adam zwanzig Vampire an. In einem erbitterten Kampf besiegte Adam die Vampire. Dann tauchte der Grund seines Auftrags auf. Eine Ehemalige unseres schönen Ordens. Durch eine schreckliche Tragödie wurde sie zum Vampir und musste sterben. Es war ein harter Kampf. Doch Adam war stärker. Er gewann den Kampf und war der Held des Ordens." Elise empfand die Erzählung etwas merkwürdig: „Wieso musste sie sterben? Sie war doch eine von uns." Kalt antwortete Ronald: „Jedes Monster hat es verdient zu sterben." Leicht misstrauisch hakte Elise weiter nach: „Gilt das auch für meine Freundin Victoria? Mein Vater war auch erst ein Mensch und wurde dann zum Vampir. Macht ihn das gleich zu einem Monster?" Adam und Kira sahen sich an. Sie kannten Marek Lefevre und wussten, dass er kein Monster war. Er war ein Vampir, aber kein Monster. Ronald hingegen wusste es nicht und antwortete daher kalt: „Jeder Mensch hat eine gute Seele. Ein Monster hat dies nicht. Ohne jeglichen Gedanken zu verschwenden, töten sie. Ja, Monster haben es verdient zu sterben."

Die letzte Aussage machte Adam wütend. Er ließ es sich nicht anmerken. Doch innerlich kochte er vor Wut. Ronald wusste nicht, dass Adam ein Werwolf war. Er wusste aber, dass Victoria zur Hälfte ein Vampir war.

Die Aussage von Ronald ließ ihn an weitere Worte von Jane Larissa Carter denken. Damals in derselben Nacht führte Jane ihn in einen Teil der Leichenhalle, der eher einer kleinen Wohnung ähnelte als einer Leichenhalle. Zusammen gingen sie in einen Raum, der wie ein Schlafzimmer aussah. In dem Zimmer standen zwei Betten. Eines für ein kleines Kind und eines für einen Erwachsenen. In der Mitte des Zimmers stand ein großer Holztisch auf einem braunen Teppich. Ein großer aus Holz gefertigter Kleiderschrank und ein kleines Bücherregal schmückten das Zimmer. Kleine Kerzen an den Wänden spendeten Licht, sowie eine Kerze auf dem Tisch. Adam betrat das Zimmer und sah sofort das kleine Mädchen auf dem Bett sitzen. Friedlich las sie in einem Buch. Für Adam war dieser Anblick etwas seltsam. Zuerst war das Mädchen total aggressiv und jetzt wirkte sie vollkommen unschuldig. Jane folgte seinem Blick und sagte: „Das ist die kleine Amy, dass kleine Mädchen, das dich vorher angegriffen hat." Amy sah Adam an, packte das Buch weg, sprang vom Bett und lief zu Jane. Etwas schüchtern versteckte sie sich hinter ihr. Adam fragte Jane: „Ist sie deine Tochter?" Jane sah kurz runter zu Amy, streichelte ihr über den Kopf, wendete sich dann wieder Adam zu und antwortete: „Nein. Ich fand sie in einer Nacht, weinend in einer Gasse ..."

Amy sprach Jane dazwischen: „Böse Menschen haben meine Eltern getötet. Dabei haben sie keinem etwas getan." Jane beruhigte Amy und fuhr fort: „Vampirjäger des großen Ordens töteten ihre Eltern. Wahrscheinlich hatten sie noch nicht mal Informationen über ihre Eltern. Der ganze Orden hat sich so auf die Vampirjagd versteift, dass sie nicht mehr zwischen gut und böse unterscheiden können. Ich bin selber ein Vampir und bekam einen Einblick in ihre Welt. Ihre Welt ähnelt der Welt der Menschen. Es gibt gute Vampire und es gibt böse Vampire. Doch der Rat, besonders Marcus Thompson, schert alle Vampire über einen Kamm. Wir sind böse. Wirt sind die Monster und müssen sterben. Es ist nur eine Frage der Zeit, bis sie auch dich jagen." Bis heute hat Adam es niemandem verraten, dass er ein Werwolf ist, aus Angst davor, wie der Orden reagieren würde. Nur Kira und der Rat selbst wussten von der Bestie in ihm.

Die Kutsche hielt am Friedhofstor. Adam, Kira, Elise und Ronald stiegen aus. Kaum ausgestiegen, hallte ein lauter Schrei vom Friedhof. Sofort eilten die Vampirjäger auf den Friedhof. Sie versteckten sich hinter großen Grabsteinen und beobachteten, wie zehn Vampire, gekleidet in ärmlichen Klamotten, eine junge Frau gefesselt zu Boden warfen. Die Augen der Frau waren mit einem weißen Tuch verbunden. Während ein Vampir ihr den Mund mit einem Tuch verstopfte, formten die anderen Vampire mit Kerzen ein Pentagramm um die Frau. Ratlos fragte Elise flüsternd: „Was tun wir jetzt? Wie helfen wir?" Ronald antwortete flüsternd: „Das ist deine Aufgabe. Wir helfen nicht." Kira mischte sich flüsternd mit ein: „Das ist doch Wahnsinn. Hör endlich mit deinen Vorschriften auf." Adam fasste selber den Entschluss, das Ritual zu beenden und jeden Vampir zu töten. Doch Ronald hielt ihn auf: „Wenn du gehst, werde ich dich melden. Elise Lefevre erledigt es allein." Adam sowie Kira warfen Ronald einen wütenden Blick zu. Beide hätten ihm am liebsten eine verpasst. Kira war seit der Kutschfahrt schon kurz davor. Ronald ignorierte die Blicke und schickte Elise mit ein paar letzten Worte los: „Denk daran, was du gelernt hast. Dann kann dir nichts passieren. Sie sind nur Monster." Elise antwortete nicht. Mit ein paar Handbewegungen schickte er Elise los.

Elise zitterte am ganzen Körper. Dennoch musste sie es durchziehen. Ein Rückzieher kam nicht mehr infrage. Langsam ging sie auf die Vampire zu, die sich allesamt auf die gefesselte Frau konzentrierten. Bei jedem Schritt hörte Elise, wie ihr Herz schneller schlug. Mit jedem weiteren Schritt atmete sie tief ein und aus, um sich zu beruhigen. Sie musste einfach ruhig bleiben. Wer weiß, was die Vampire sonst mit ihr anstellen würden. Alle zehn Vampire sahen ziemlich skrupellos aus. In ihrem Kopf sagte sie sich immer und immer wieder: „Elise du schaffst das. Elise du schaffst das. Elise du musst es schaffen." Doch ihr Bauchgefühl sagte etwas anderes. Sie hatte Angst. Sie traute sich keinen Schritt mehr zu gehen.

Vor Angst kam ihr auch nicht die Idee, ihr Schwert zu ziehen. Kira bemerkte ihre Angst und wollte helfen. Ronald hielt sie zurück. Elise selber wollte am liebsten zurückgehen. Doch ein Rückzieher könnte sie den Rang des Vampirjägers kosten. Sie sah zurück zu Kira und Adam. Beide diskutierten mit Ronald. Niemand achtete auf die junge Vampirjägerin. Wenn sie schnell wäre, könnte sie abhauen. Es wäre eine Chance. Doch den Gedanken vergaß sie schnell. Sie wollte eine Vampirjägerin sein. Sie wollte so mutig wie Kira oder ihr Vater sein. Ja, Elise wollte den Auftrag erledigen. Sie zog ihr Schwert und wollte weitergehen. Jedoch konnte sie nicht. Es lag nicht an ihrer Angst oder ihren zitternden Knien, die jetzt umso mehr zitterten. Einer der zehn Vampire hatte sie entdeckt und stand unmittelbar zähnefletschend und mit leuchtend roten Augen vor ihr. Elise ließ vor Schreck ihr Schwert fallen.

Rasch kamen noch zwei Vampire zu ihr und durchbohrten sie mit glühend roten Augen. Elise wollte um Hilfe schreien. Jedoch wurde ihr der Mund zu gehalten. Die Vampire schnappten sie und brachten sie zur Ritusstelle.

Adam und Kira waren zu sehr in ihrer Diskussion mit Ronald vertieft, dass sie gar nicht bemerkten, wie Elise in Problemen steckte. Wie bei den anderen jungen Frauen wurde auch Elise gefesselt.

Die Vampire waren voller Freude, heute zwei Opfer zu haben. Ein Vampir namens Darius Wood brüllte voller Stolz in den Nachthimmel: „Luzifer, heute erwarten dich gleich zwei Jungfrauen!" Darius Wood war ein skrupelloser und blutrünstiger Vampir. Niemand, der in seine Nähe kam, überlebte. Mit seinen Vorlieben für das Okkulte machte er sich beim Orden der Vampirjäger auf sich aufmerksam. Doch bisher konnte ihn kein Vampirjäger schnappen. Auch Elise sollte es nicht gelingen. Ihr wurden die Augen verbunden. Dann wurde auch sie zu Boden geworfen. Bevor ein Vampir ihr den Mund mit einem Tuch zustopfen konnte, schrie Elise laut um Hilfe. Ein harter Faustschlag von Darius knockte Elise aus. Es war vorbei für sie. Niemand konnte ihr mehr helfen. Elise war tot. Oder doch nicht?

Ein Messer durchbohrte von hinten den Kopf eines Vampirs. Fauchend schauten alle in die Richtung, aus der das Messer kam. Ein weiteres Messer, gefolgt von Pistolenschüssen, tötete weitere Vampire. Am Ende blieb nur noch Darius Wood übrig. Er sah zu, dass er verschwand. Doch da machte er die Rechnung ohne Adam. Noch bevor Darius vom Friedhof verschwinden konnte, hatte Adam ihn gepackt und mit den Krallen des Werwolfes seinen Kopf vom Körper getrennt. Kira befreite in dieser Zeit, zusammen mit Ronald, Elise und die andere Frau. Elise wurde leicht angestupst, damit sie wieder aufwachte. Als Elise ihre Augen öffnete und Kira sah, war sie heilfroh, nicht tot zu sein. Kira half Elise hoch. Mit leichten Tränen umarmte sie ihre Trainerin. In dem Moment kam Adam zu ihnen, der auch gleich von Elise umarmt wurde. Sie war einfach nur froh, dass Adam und Kira bei ihr waren.

Die junge Frau bedankte sich bei Kira und Adam. Sehr zum Missfallen von Ronald. Den Auftrag hatte Elise nicht erfüllt. Das würde Probleme geben. Er war sich sicher, dass Elise ihren Rang als Vampirjägerin verlieren würde. Ohne Worte gingen sie zur Kutsche und fuhren zurück zum Orden. Doch vorher brachten sie die junge Frau nach Hause. Denn auch sie sollte sicher ankommen. Bis dahin sagte keiner einen Ton. Jedoch notierte sich Ronald schon den Verlauf des Auftrags.

Als die Frau sicher nach Hause gebracht wurde, warnte Kira Ronald: „Das gibst du nicht dem Rat." Ronald würdigte Kira keines Blickes und antwortete kalt: „Doch das werde ich. Der Rat wird erfahren, was passiert ist." Sofort riss Kira ihm das Notizbuch aus den Händen und riss die Seite mit dem Auftrag heraus. Das Notizbuch schmiss sie Ronald wütend entgegen. Ronald wirkte überrascht über Kiras Reaktion. Natürlich empfand er ihr Verhalten als unangemessen. Jedoch sagte er nichts. Still sah er zu, wie Kira die Seite zerriss und ihm entgegenwarf. Ronald wischte die zerrissene Seite von sich runter und antwortete: „Das ändert nichts an der ganzen Sache. Auch ohne die Seite kann ich dem Rat erzählen, was passiert ist." Sein Blick ging von Kira zu Elise.

Elise machte sich selbst Vorwürfe, den Auftrag nicht geschafft zu haben. Innerlich ärgerte sie sich, zu viel Angst gehabt zu haben. Sie wollte doch nur so mutig wie Kira, Adam oder ihr Vater sein. Jedoch als sie von Angesicht zu Angesicht mit den blutsaugenden Monstern stand, war sie völlig verängstigt. Sie hatte es nicht mitbekommen, aber sie konnte sich denken, wie Adam und Kira jeden dieser Vampire fertiggemacht haben. In ihren Augen waren beide wahre Helden. Genauso wollte Elise auch sein, eine starke, mutige Vampirjägerin. Man konnte es Elise ansehen, wie enttäuscht sie von sich selbst war. Sie stellte sich schon darauf ein, den Rang eines Vampirjägers wieder zu verlieren. Mit glasigen Augen sah sie Ronald an. Eiskalt, ohne mit der Wimper zu zucken, saß er vor ihr und schaute aus dem Fenster.

Ein Albtraum

Victoria befand sich in Adams Zimmer. Still saß sie auf dem Bett und hatte ein Buch in der Hand. Sie wollte irgendwie auf andere Gedanken kommen. Denn die unheimlichen Blicke von Marcus Thompson gaben ihr zu denken. Als sie ihm gegenüberstand, war irgendetwas komisch an ihm. Victoria konnte nicht sagen, was es war, aber es machte ihr Angst. Dann kamen noch die warnenden Worte von Ronald dazu. Die Gedanken an die Worte von Ronald ließen Victoria ebenfalls nicht in Ruhe. Es fiel ihr schwer, sich auf das Buch zu konzentrieren. Seufzend packte sie es beiseite und setzte sich an den Bettenrand. In dem Moment klopfte es an ihrer Tür.

Misstrauisch sah sie zur Tür. Adam konnte es kaum sein. Wieso sollte er auch an seinem eigenen Zimmer anklopfen. Ihre Angst war, dass Marcus Thompson vor ihrer Tür stand. Die Angst bestätigte sich. Es wurde noch einmal an der Tür geklopft, gefolgt von den Worten: „Mrs. Victoria? Hier ist Marcus Thompson, oberstes Ratsmitglied. Würden Sie mir die Tür aufmachen?“ Marcus Worte klangen wie von einem typisch englischen Gentlemen. Langsam ging Victoria zur Tür und öffnete sie einen Spalt.

Sie fand einen nach außen hin freundlich wirkenden Marcus Thompson vor. Lächelnd fragte er höflich: „Darf ich eintreten?“ Victoria wollte nicht unhöflich wirken und öffnete ihm die Tür. Langsam betrat Marcus mit den Händen auf den Rücken das Zimmer. Victoria fragte sich, was er wohl wollte. Er benahm sich, als wäre er an Adams Zimmereinrichtung interessiert sowie an seiner Büchersammlung. Mit strengen und zugleich neugierigen Augen betrachtete er jedes einzelne Buch von Adam. Darunter waren viele Abenteuergeschichten von großen Männern wie König Arthur oder Robin Hood. Jedoch war Marcus nicht wirklich an der Büchersammlung von Adam interessiert. Er wandte sich von den Büchern ab und schenkte Victoria sein Interesse. Immer noch freundlich erzählte er: „Adam hat sich ein schickes, vornehmes Zimmer eingerichtet. Wenn man sich diesen jungen Vampirjäger betrachtet, könnte man das gar nicht glauben. Man würde eher eine rustikale Einrichtung vermuten. Jedoch trügt der äußere Schein. Was sich dahinter verbirgt, ist die Wahrheit. Ich hoffe nur, dass dieses Zimmer einer Frau ihres Ranges Genüge tut. Schließlich sind sie die Prinzessin der Vampire."

Victoria kamen die Worte seltsam vor. Wollte sich Marcus über die Einrichtung von Adams Zimmer unterhalten? Oder sprach Marcus von etwas anderem. Laut seinen Worten könnte er auch über den Werwolf in Adam reden. Still näherte er sich mit ernstem Blick Victoria, sah sie kurz an und fuhr fort: „Was verbirgt sich hinter dieser Schönheit? Der Mensch oder der Vampir?" Victoria zeigte keine Angst und antwortete leicht schnippisch: „Beides steht vor Ihnen. Ein Mensch und ein Vampir." Lächelnd sagte Marcus: „Verstehen Sie mich nicht falsch. Das Verhältnis zwischen Adam und mir ist nicht gerade das Beste. Dennoch zählt er zu den besten Vampirjägern dieses Ordens. Wenn er wollte, könnte er jede Frau des Ordens haben. Jedoch hängt er an Ihnen." Sein Blick verfinsterte sich: „Sie sind Mensch und Vampir zugleich. Da stellt sich mir die Frage. Sind sie ein Monster? Darf man sie jetzt ein Monster nennen? Ich glaube schon. Denn für mich sind sie ein Monster. Egal wie viel Mensch in ihnen steckt, das, was vor mir steht, ist ein Monster."

Mit ernster Miene antwortete Victoria: „Ich sehe aus wie ein Monster? Weil ich spitze Reißzähne habe? Weil sich meine Augen rot färben können oder weil ich einen unstillbaren Blutdurst besitze? Niemand wird als Monster geboren, weil er anders ist. Die Entscheidungen sind es, die einen zum Monster machen können." Marcus nickte und antwortete: „Weise Worte von einer schönen jungen Frau. Spricht der Mensch aus ihnen oder der Vampir?" Marcus ging an ihr vorbei und ging zur Tür. Bevor er aus dem

Zimmer ging, drehte er sich zu Victoria um, die mit dem Rücken zu ihm stand und sagte: „Ihre Worte mögen wahr sein. Doch welche Entscheidung trifft Adam, wenn er in ihrer Nähe ist? Tatsache ist, Sie sind ein Vampir. Das bedeutet, Sie sind genauso ein manipulatives Monster wie jeder andere Blutsauger." Still drehte Victoria sich um. Kurze Blicke trafen sich. Marcus erkannte, dass seine Worte ihren Zweck erfüllten und ging aus dem Zimmer.

Victoria war gereizt. Die Worte von Marcus hatten sie richtig angestachelt. Den Vampir in sich konnte sie nicht bändigen. Ihre Augen färbten sich rot und ihre Vampirzähne zeigten sich. An ihren Händen verwandelten sich ihre Fingernägel zu langen schwarzen Krallen. Die Worte von Marcus hatten sie in einen Rausch versetzt. Doch als sie sich im Spiegel sah, schreckte sie selber zurück. Zum ersten Mal sah sie sich selbst als Monster. Victoria beruhigte sich und vergoss ein paar Tränen. Dann begann sie, sich zu fragen, ob Marcus recht hatte.

Trübe war die Stimmung auch bei den Vampirjägern. Den Rest der Fahrt hatte keiner ein Wort gesprochen. Kira sowie Adam waren wütend auf Ronald. Elise machte sich Gedanken, wie es jetzt mit ihr weitergehen sollte. Ob sie von dem Rat eine neue Chance bekommen würde, sich als Vampirjägerin zu beweisen? Daran glauben konnte sie nicht. Der Rat war sehr streng. Ronald überlegte sich schon, wie er es dem Rat erzählen könnte. Sein Blick ging dabei kurz zu Elise. Könnte er doch noch Mitgefühl für sie kriegen? Er wusste genau, dass der Auftrag zu schwer für eine Anfängerin war. Doch wenn er für Elise den Rat anlog, welche Folgen hätte es dann? Vielleicht wäre der nächste Auftrag noch schwieriger als der jetzige. Innerlich war er sogar froh, dass Adam und Kira dabei waren. Wäre Elise alleine gefahren, wäre sie jetzt wahrscheinlich tot. Was also sollte Ronald dem Rat erzählen? Zeigte er Nachsicht? Nein, durfte er nicht. Ronald musste hart bleiben. Elise hatte den Auftrag nicht geschafft und das musste der Rat erfahren.

Als sie am Hoftor des Ordens ankamen und passierten, schlug Elises Herz gleich dreimal schneller. Es war weder Aufregung noch Angst. Es war die blanke Furcht vor dem Rat und des gesamten Ordens.

Kira bemerkte ihre Unsicherheit. Sanft nahm sie sie in die Arme und flüsterte: „Hab keine Angst. Egal was passiert, ich bin bei dir." Beim Aussteigen aus der Kutsche wurden sie gleich von Marcus Thompson empfangen. Voller Freude und Neugierde wollte er wissen, wie der Auftrag gelaufen war. Er war schon sehr erfreut, Ronald und Elise wiederzusehen. Doch die Gesichter von Adam und Kira trübten seine Stimmung. Dennoch ließ Marcus keine Zeit verstreichen und fragte Ronald: „Mein treuer Freund. Bitte verrate mir, wie der Auftrag gelaufen ist. Ich will alles wissen. Dass Elise unverletzt zurückgekehrt ist, ist schon ein gutes Zeichen."

Ronald sah zu Elise, die es nicht wagte, Ronald in die Augen zu sehen. Auch Adam und Kira würdigten Ronald keines Blickes. Sie gingen mit Elise in die Villa.

Doch auch in der Villa hatte Elise keine Ruhe. Jeder Vampirjäger, der ihr entgegenkam, wollte wissen, wie der Auftrag war.

Der schwere Auftrag hatte sich im Orden herumgesprochen. Schuld war eine Person. Obwohl der Auftrag geheim bleiben sollte, hatte Sheng Li ihn im ganzen Orden verbreitet. Elise wurde schon wie eine Heldin gefeiert. Sie war die Beste im Training und jetzt sollte sie eine Heldin sein. Viele Vampirjäger stellten sie mit Adam auf eine Stufe.

Sheng kam den Vampirjägern mit einem arroganten Lächeln entgegen. Richtig großkotzig stellte er sich vor die drei hin und fragte: „Na, wie ist der Auftrag gelaufen? Wie ich sehe, warst du erfolgreich. Jetzt bist du ja so gut wie ich." Kira ließ einen kurzen Lacher von sich und fragte gleich wütend: „Hast du jedem von dem Auftrag erzählt." Grinsend nickte Sheng: „Jeder musste es doch von der Nachwuchsheldin erfahren." Darauf antwortete Kira: „Man sollte dir eins in die Fresse hauen." Grinsend gab Adam dazu: „Vielleicht passiert es auch bald." Der Spruch passte Sheng natürlich nicht. Was Kira zu ihm sagte, verletzte sein sehr großes Ego. Davon ließen sich Adam und Kira aber nicht stören und gingen mit Elise weiter. Adam rammte Sheng noch in ziemlich grober Manier mit der Schulter. Beide brachten Elise in ihr Zimmer. Während Kira noch bei ihr blieb, ging Adam in sein Zimmer. Er wollte zu Victoria. Elise legte sich in ihrem Zimmer auf ihr Bett und versenkte ihr Gesicht in ihr Kissen. Kira stellte sich mit verschränkten Armen an ihr Bett und wollte Elise aufmuntern: „Vergiss Sheng und die anderen Vampirjäger. Das war dein erster Auftrag …"

Elise richtete sich auf und brüllte: „Die anderen Vampirjäger sind mir scheißegal! Was Sheng meint, ist mir vollkommen gleichgültig! Genauso wie Ronalds Urteil über mich! Das alles ist mir egal!" Kira war völlig überrascht über den Ton von Elise. Dennoch blieb sie ruhig: „Was ist es denn?" Elise stand auf, sah Kira mit glasigen Augen an: „Was mich stört, ist, dass ich nicht so mutig wie du oder Adam war. Ich war völlig verängstigt und ratlos, als ich diesem Vampir gegenüberstand. Ich fühlte, wie seine Blicke mich durchbohrten. Es war, als würde er mich beißen und leersaugen. Ohne Adam und dich wäre ich tot."

Kira antwortete darauf: „Adam und ich machen das aber auch schon eine Weile. Mit der Angst hat jeder Vampirjäger am Anfang zu kämpfen." Elise konterte gleich: „Adam wurde bei seinem ersten Auftrag wie ein Held gefeiert. Ronald hat doch die Geschichte erzählt." Kira atmete einmal durch. Sie ließ nachdenklich einen Seufzer von sich. Ihre Gedanken drehten sich darum, ob sie Elise die Wahrheit verraten sollte. Anders sollte es nicht sein. Elise sollte die Wahrheit von Adams erstem Auftrag erfahren: „Pass auf, Elise. Die Geschichte, die Ronald dir erzählt hat, war gelogen. Ronald selbst kennt die wahre Geschichte nicht. Damals als Adam in der Leichenhalle war, kämpfte er nicht gegen zehn Vampire. Er sollte nur die ehemalige Vampirjägerin Jane Larissa Carter töten. Durch einen Unfall ist sie zum Vampir geworden. Niemand im

Orden weiß, wie der Unfall zustande kam. Adam hat sie nicht getötet, weil sie nie böse war. Der Rat wollte, dass sie stirbt. Aus dem Grund, weil sie die Geheimnisse des Ordens ausplaudern könnte. Das ist die wahre Geschichte um Adams ersten Auftrag." Elise war leicht geschockt über die Geschichte. Kira fügte noch leise hinzu: „Mit dem Orden ist etwas faul. Der mysteriöse Unfall mit Jane Larissa Carter. Dann die Geschichte mit meiner Mutter und ihrem alleinigen Auftrag in Rumänien, den Vampirkönig zu töten." Elise fragte flüsternd: „Glaubst du, deine Mutter hat etwas gewusst, was sie nicht wissen sollte?"

Ahnungslos zuckte Kira mit den Schultern: „Von der Prophezeiung von Victoria mal abgesehen, glaube ich nicht, dass der Tod meiner Mutter und der Unfall von Jane Larissa Carter ein tragischer Zufall war. Der Tod des Vampirkönigs war das erste Problem." Elise fragte leise: „Glaubst du, dass der Rat das Problem ist?" Kira zuckte erneut mit den Schultern: „Keine Ahnung. Jedenfalls ist der Rat seit dem Auftrag von uns nicht gut auf Adam zu sprechen. Victoria ist da nicht besser gestimmt." So war es auch. Die Liebe zwischen Adam und Victoria ist dem Rat die ganze Zeit ein Dorn im Auge gewesen. Sie, die Prinzessin der Vampire, und er, der legendäre Werwolf.

Noch immer stand Victoria vor dem Spiegel und betrachtete sich. Von dem Vampir in ihr war nichts mehr zu sehen. Sie wirkte wie ein normaler Mensch. Doch jetzt hatte sie das Monster in sich gesehen. Es war wie damals, als Victoria herausfand, dass sie ein Vampir war. Sie begann sich zu fragen, ob sie eine Gefahr für Adam war. Hatte Marcus mit seinen letzten Worten recht? Beeinflusste sie Adam so sehr? Victoria schüttelte den Kopf. Marcus hatte nicht recht. Dies wurde ihr bewusst, als sie von hinten umarmt und sanft auf den Hals geküsst wurde. Victoria wusste sofort, wem die Lippen gehörten. Sie drehte sich um und erwiderte den Kuss auf Adams Lippen. Sie war heilfroh, Adam wiederzusehen. Voller

Freude fragte sie: „Wie ist der Auftrag gelaufen?“ Adam antwortete: „Er ist nicht ganz so glatt gelaufen wie geplant. Aber keine Angst, niemand wurde verletzt. Alle sind unverletzt zu Hause angekommen.“ Victoria freute es, dass niemand verletzt war. Doch diese Freude überzeugte Adam nicht ganz. Er sah, dass sie von etwas geplagt wurde. Behutsam fragte er: „Was ist los?“ Victoria überlegte, ob sie Adam von ihrem Gespräch mit Marcus erzählen sollte. Doch wie würde er reagieren? Victoria wusste, wie Adam reagieren würde. Er war selbst kein Freund von Marcus. Sie wollte nicht, dass er sich Ärger einhandelte. Darum verschwieg sie ihm das Gespräch. Stattdessen sagte sie: „Ich bin froh, dass du wieder hier bist und dass euch nichts passiert ist.“ Dann gab sie ihm einen Kuss, der sehr lange anhielt und immer leidenschaftlicher wurde.

Der leidenschaftliche Kuss führte dazu, dass Victoria, Adam den Mantel auszog und seine muskulösen Arme berührte. Beide waren gepackt von einer brennenden Lust. Ohne dass sie es bemerkten, landeten sie im Bett. Schnell befreite Adam Victorias Körper von ihren Sachen und begann, sie sanft zu streicheln, was Victoria eine enorme Gänsehaut verpasste.

Die wilden und zugleich zarten Küsse von Adam auf den Bauch von Victoria ließen ihr Blut vor Lust kochen. Ihr Herz schlug schneller und ließ ihre Augen rot aufleuchten. Victoria spürte die brennende Lust in jeder Faser ihres Körpers. Sie wollte Adam haben. Sie wollte ihn spüren. Mit einem Satz drehte sie Adam auf den Rücken und setzte auf ihn drauf. Gierig danach ihre Lust zu stillen, riss sie Adams Klamotten förmlich vom Körper. Wild begannen sie, sich zu küssen. Bei Adam leuchteten die Augen des Werwolfes auf. Ihre Körper begannen, sich zu vereinen. Beide genossen jeden Moment ihrer wilden Leidenschaft. Victoria fing sogar an, Adam mit ihren Vampirkrallen zu kratzen. Die Hitze ihrer Körper verstärkte den Liebesakt nur noch, bis zum Höhepunkt. Nach einem wilden Techtelmechtel lagen beide nackt im Bett. Ihre

Körper waren schweißgebadet. Zugedeckt lagen beide zusammengekuschelt im Bett und versuchten, zu Atem zu kommen. Das plötzliche Verlangen von beiden, hatte sie ziemlich ausgepowert. Erneut trafen sich ihre Blicke. Die leuchtenden Augen des Vampirs und des Werwolfes waren erloschen. Wie ganz normale Menschen lagen sie im Bett und sahen sich ohne Worte an. Victoria glitt mit den Fingern über Adams Brust. Nur durch die Berührung konnte sie seinen Herzschlag spüren. Er war ruhig und hektisch zugleich. Der Grund dafür war die Person, die Adam anstarrte. Langsam wischte er eine Strähne ihres erdbeerblonden Haares aus dem Gesicht. Erneut verloren sie sich in einem Kuss. Doch so schön der Moment auch war, hallten plötzlich die Worte von Marcus durch Victorias Kopf. Sie klangen so echt, dass sie sie glauben ließen, dass Marcus Thompson im Zimmer wäre.

Sie brach den Kuss ab und sah sich um. Niemand außer Adam und sie selbst befanden sich im Zimmer. Adam setzte sich auf, berührte sie behutsam an den Armen und fragte: „Irgendetwas plagt dich doch. Was ist es?" Ihr Blick ging zu Adam. Sie wollte und konnte ihm das Gespräch mit Marcus nicht geheimhalten. Victoria nahm seine Hände und fragte: „Glaubst du, dass ich dich manipuliere?" Adam verstand nicht, was Victoria mit der Frage meinte. Ahnungslos fragte sie: „Was meinst du?" Victoria fiel es schwer, Adam von dem Gespräch zu erzählen. Ein Teil in ihr glaubte, dass Marcus recht hatte. Ein anderer Teil hatte Angst davor, wie Adam reagiert. Jedoch gab es keinen Ausweg mehr. Sie musste es ihm erzählen: „Marcus war im Zimmer und redete mit mir …" Adam ließ Victoria nicht ausreden. Ernst fragte er: „Was wollte er?" Die Reaktion von Adam bestätigte ihre Angst. Gebannt hing er an ihre Lippen und wartete darauf, dass Victoria ihm alles erzählte.

Victoria atmete durch und erzählte ihm alles: „Er redete davon, dass ich dir keinen freien Willen lasse. Dass du mir komplett verfallen wärst und dass ich ein Monster sei." Das reichte Adam. Er sprang auf, zog sich an und sagte: „Ich mache diesen Typen jetzt fertig. Vollkommen egal, ob der ganze Rat da ist." Victoria hielt ihn auf. Die Bettdecke um ihren Körper gewickelt, stand sie vor ihm und sagte: „Du kannst ihn jetzt nicht fertigmachen. Das würde den Verdacht über mich nur bestätigen." Adam sagte darauf im gereizten Ton: „Ich lasse es aber nicht zu, das man dich ein Monster nennt." Victoria wurde laut: „Aber ich bin ein Monster! Die Worte von Marcus haben mich wütend gemacht! Ich war so wütend, dass ich den Vampir in mir rausließ!"

Victoria beruhigte sich: „Dann habe ich mich im Spiegel gesehen. Der Spiegel zeigte mir das Monster. Ich weiß, dass ich nur zur Hälfte ein Vampir bin. Nur habe ich das Monster nie in mir gesehen. Umso erschreckender war das Spiegelbild, das ich sah." Eine kurze Stille trat ein. Victoria drehte Adam den Rücken zu und sprach den Tränen nah: „Ich frage mich, ob damals wirklich die Prophezeiung uns zusammengebracht hat oder es der manipulative Vampir in mir war." Die Aussage gefiel Adam nicht. Er wollte, dass Victoria sich umdrehte und ihm ins Gesicht schaute. Adam packte sie an den Armen und sagte: „Es war weder die Prophezeiung noch ein manipulativer Vampir. Ich habe mich in dich verliebt, weil es einfach passiert ist. Die Liebe kann nicht bestimmt oder vorausgesagt werden. Sie passiert einfach. An meiner Liebe zu dir ist keine Prophezeiung und kein Vampir beteiligt." Sanft küsste er sie und ließ Victoria dieses Gefühl der wahren Liebe spüren. Adams Kuss verdrängte die schlechten Worte von Marcus aus Victorias Kopf. Beide ließen sich wieder auf das Bett sinken. In liebevoller Zweisamkeit verbrachten sie die Nacht, bis sie letztendlich einschliefen. An Adam gekuschelt fing Victoria an zu träumen.

Im Traum befand sie sich an einem bekannten Ort. Es war das Schloss „Dragonhell." Victoria war einerseits froh, wieder das Schloss zu sehen. Denn hier war ihr altes Zuhause. Andererseits fürchtete sich Victoria, wieder dort zu sein. Denn den Kampf gegen Edward Dragonheart hatte sie nicht vergessen. Dennoch zog es sie in das Schloss. Vorsichtig öffnete Victoria die riesigen Türen des Schlosses und betrat es. Plötzlich befand sich Victoria in völliger Dunkelheit. Egal wohin sie schaute, es war nichts zu sehen. Laut rief sie: „Hallo! Ist hier jemand!“ Niemand antwortete. Das Einzige was sie hörte, war ihre Stimme, die zu ihr zurückhallte. Doch dann tauchte ein kleines blaues Licht auf. Victoria ging zu dem Licht. Jedoch schien sie es nicht zu erreichen.

Darum blieb sie stehen und wurde misstrauisch. In dem Moment begann sich das Licht auf Victoria zuzubewegen und wurde mit der Zeit immer größer, bis es die Gestalt eines Menschen annahm. Victoria kannte den Menschen nicht, fühlte sich der Person aber sehr vertraut. Als würde sie diese Person schon lange kennen. Die Person war eine Frau mit langen, blonden Haaren und strahlenden blauen Augen. Gekleidet war die Frau in einem schneeweißen Kleid. Victoria glaubte erst, sich selber zu sehen. Doch konnte es nicht sein. Sie hatte keine blauen Augen und kein blondes Haar. Wer war die Frau?

Lächelnd trat die Frau dichter zu Victoria, vielmehr schwebte sie. Denn die Frau war ein Geist. Victoria überkam ein seltsames Gefühl. Sie glaubte zu wissen, wer die Frau war. Vorsichtig fragte sie: „Mutter, bist du es?“ Die Frau antwortete im sanften Ton: „Ja, ich bin deine Mutter.“ Victoria konnte es nicht glauben. Sie wollte ihre Mutter umarmen, konnte es aber nicht. Ihre Hände, ihre Arme glitten durch den Körper ihrer Mutter. Das schockte Victoria etwas. Jetzt sah sie ihre Mutter und konnte sie nicht umarmen. Ihre Mutter namens Arsenia begann ihre Tochter zu trösten. Mit einer Hand berührte sie Victorias Gesicht und flüsterte: „Meine kleine Victoria.“ Victoria konnte ihre Tränen nicht zurückhalten. Der Geist von Arsenia umarmte ihre Tochter und flüsterte ihr zu: „Vergieß keine Träne, meine Tochter. Ich werde immer bei dir sein. Tief verborgen in deinem Herzen.“ Victoria weinte dennoch. Noch nie hatte sie die wärmende Umarmung ihrer Mutter gefühlt und auch wenn sie ein Geist war, fühlte sich die Umarmung warm und echt an. Victoria genoss jede Sekunde ihrer Umarmung. Doch dann verschwand der Geist ihrer Mutter. Wieder befand sich Victoria allein in völliger Dunkelheit. Plötzlich wurde es eiskalt. Victoria begann zu zittern. Durch die Kälte wurde ihr Atem sichtbar. Im nächsten Moment verschwand die Dunkelheit und Victoria befand sich bei Nacht auf einem Friedhof.

Vor ihr tauchten drei Grabsteine auf. Die Namen auf den Grabsteinen waren: Vlad van Darkblood, Wladimir Bridges und Marek Lefevre. Doch wieso standen die Namen auf den Grabsteinen? Victoria konnte sich nicht erinnern, dass einer der drei Männer beerdigt wurde. Wieso also die Namen auf den Grabsteinen? Zudem fragte sich Victoria, was sie auf dem Friedhof sollte. Doch darüber nachzudenken hatte sie keine Zeit. Denn plötzlich schoss aus dem Grab von Vlad eine Hand. Gefolgt von zwei weiteren Händen aus den Gräbern von Wladimir und Marek. Gleich darauf kamen drei halbverweste Gesichter hervor, angekettet an einen ebenso halbverwesten Körper. Stöhnend und keuchend krabbelten sie aus den Gräbern.

Victoria bekam panische Angst und wich zurück. Sie starrte auf die in einer Reihe stehenden Leichen. Die Leichen selbst taten nichts, außer Victoria mit blutunterlaufenen Augen anzustarren. Victoria versuchte weiter Abstand von den Leichen zu gewinnen. Das ließen sie aber nicht zu. Mit jedem Schritt den Victoria rückwärts machte, machten die keuchenden Leichen einen Schritt nach vorne. Victoria konnte den Leichen nicht entkommen. Denn wie aus heiterem Himmel tauchte hinter Victoria eine Wand auf. Der Traum, der schön für Victoria anfing, wechselte zu einem Albtraum.

Schreiend versuchte sie, die Leichen zu verscheuchen: „Haut ab! Verschwindet!“ Sie setzte sogar ihr Vampirgesicht mit ein. Die Leichen ließen sich nicht abschrecken. Victoria wurde von den Leichen eingekesselt. Bis auf wenige Zentimeter standen sie vor ihr. Victoria konnte den fauligen Atem der drei Leichen riechen. Die Leiche von Vlad rückte mit seinem Gesicht dichter an sie, bis sie kaum noch etwas trennte. Victoria drehte ihren Kopf zur Seite und schloss die Augen. Der faulige, kalte Atem berührte Victorias Haut und lief ihr kalt den Rücken runter. Victoria spürte, wie ihr Körper immer heftiger anfing zu zittern, als würde es ein Erdbeben geben. Von Angst erfüllt fragte Victoria: „Was wollt ihr?“ Keuchend und stöhnend antwortete die Leiche von Vlad: „Wir wollen dich warnen.“ Erneut fragte Victoria: „Vor wem wollt ihr mich warnen?“

Die Leiche von Wladimir antwortete: „Nichts ist so, wie es scheint. Der große Orden der Vampirjäger hat Geheimnisse, dunkel und gefährlich. Es herrscht ein Pakt mit dem Bösen.“

Victoria verbesserte sie: „Das Böse wurde vernichtet.“ Darauf antwortete die Leiche von Marek: „Ein Teil des Bösen wurde getötet. Verborgen in der dunkelsten Ecke des Schlosses Dragonhell wartet es.“

Victoria verstand nicht, was die Leichen ihr sagen wollten. Jedoch blieb Victoria keine Zeit, weitere Frage zu stellen. Im nächsten Moment wurden die Leichen beiseite gehauen. Ein glatzköpfiger Hüne stand vor Victoria, packte sie mit seinen riesigen Pranken am Hals und hob sie hoch. Wütend brüllte der Hüne: „Ich bin noch nicht tot! Meinen Geist hast du getötet, doch meine Macht existiert noch!“

Nach Luft ringend fragte Victoria: „Wer bist du?“ Der Hüne drückte härter zu und begann Victoria richtig zu würgen. Wenn er wollte, könnte er Victoria das Genick brechen. Wütend brüllte er: „Einst hat mich dein Vater getötet, um König zu sein! Dann kamst du und hast meinen Geist in die Hölle geschickt!“ Der Hüne schmiss Victoria gegen die Wand, packte sie erneut mit einer Hand am Hals und drückte sie förmlich gegen die Wand.

Der Hüne wollte am liebsten das Leben aus der Vampirprinzessin herausschlagen. Wütend brüllte er: „Einst war ich der Albtraum jedes Menschen, jedes Nebelvampirs und jedes Vampirs! Ich bin Edward Dragonheart!“ Victoria traute ihren Ohren nicht. Im nächsten Moment wachte Victoria schreiend auf. Adam hatte sie geweckt, weil Victoria hektisch und schreiend sich hin und her bewegt hat.

Victoria bemerkte Adam im ersten Moment gar nicht. Sie befand sich in einem Rausch. Ihre Reißzähne zeigten sich, ihre Augen begannen, blutrot zu leuchten und ihre Fingernägel wuchsen zu langen schwarzen Krallen. Gepackt von dem Rausch fiel sie Adam an und biss ihm in den Hals. Adam schrie laut auf wie ein Werwolf. Auf das Gebrüll besann Victoria sich wieder und wich zurück. Geschockt von ihrer Tat starrte sie Adam an. Was hatte sie getan?

Die Flucht

Adam rollte sich aus dem Bett und hielt sich seine Bisswunde zu. Victoria eilte zu ihm: „Adam, es tut mir leid. Ich wollte das nicht. Es war ein Albtraum.

Adam war nicht mehr ansprechbar. Der Biss des Vampirs hatte das wilde Monster in ihm geweckt. Der Werwolf drohte auszubrechen. Victoria versuchte, ihn zu beruhigen. Krampfhaft versuchte sie, seinen Blick auf sich zu lenken. Seine Augen hatten sich schon verwandelt. Erneut versuchte Victoria, mit ihm zu reden: „Adam, ich bin es. Bitte beruhig dich. Ich wollte das nicht. Bitte beruhig dich."

Es gab keine Chance. Adam hörte Victoria nicht mehr. Seine Zähne wurden spitz und messerscharf. An seinen Händen wuchsen lange scharf Krallen. Gepackt von einem Rausch, stieß er Victoria zurück und ließ einen lauten Brüller von sich. Der Brüller weckte jeden Vampirjäger des Ordens auf. Darunter waren auch Kira und Elise. Mit einem Schreck standen sie auf. Elise wusste nicht, woher das Gebrüll kam. Sie ging davon aus, dass es ein Vampir war. Kira hingegen wusste, von wem das Gebrüll kam und ahnte, was passieren würde. Schnell eilte sie aus ihrem Zimmer. Die Gänge waren voll von Vampirjägern. Selbst der Rat war vor Ort und versuchte, die Menge zu beruhigen. Dies gelang ihnen mit wenig Erfolg. Die Vampirjäger waren aufgestachelt wie ein Rudel wilder Wölfe.

Jeder Vampirjäger malte sich seine eigene Gefahr aus. In nur einem Punkt gab es einen Zusammenhang. Jeder Vampirjäger glaubte, dass ein Vampir den Orden überfiel. Kira bahnte sich einen Weg durch die Menge und lief direkt Elise über den Weg. Ahnungslos fragte Elise: „Was ist los? Werden wir von Vampiren angegriffen?" Kira antwortete nicht auf ihre Frage. Stattdessen befahl sie Elise schon fast: „Bleib hier. Die Sache ist zu gefährlich für dich." Für Elise fühlte sich die Antwort wie ein Schlag ins Gesicht an. Sofort drehten sich ihre Gedanken darum, dass Kira kein Vertrauen zu ihr hatte. Leicht gereizt sagte sie zu Kira: „Ich will aber helfen."

Kira ignorierte sie und eilte zu Adams Zimmer. Doch der Rat kam ihr zuvor. Alle zehn Mitglieder waren mit ihren Katanas bewaffnet. Anhand der Schwerter ahnte Kira Schlimmes. Ihre Gedanken drehten sich darum, dass der Rat mit ihren Schwertern gegen Adam kämpfen wollte. Doch dieses Vorhaben würde in einem reinen Blutbad enden. Schnell versuchte sie, ins Zimmer zu kommen, jedoch wurde sie von Marcus gestoppt: „Halt! Du kannst nicht in Adams Zimmer." Kira wollte auf das oberste Ratsmitglied nicht hören und ging an ihm vorbei. Sofort wurde sie von James Brown und Abraham Johnson festgehalten. Wütend zappelte sie und brüllte: „Lasst mich durch! Meine Schwester ist in dem Zimmer!"

Wie zwei Türsteher schubsten sie Kira zurück. Marcus stellte sich vor sie und sprach schon fast im finsteren Ton: „Der Werwolf ist entfesselt. Niemand kann deine Schwester retten. Sie ist tot."

Marcus' Worte reizten Kira nur noch mehr. In dem Moment machte sie einen folgenschweren Fehler. Sie schlug Marcus mit voller Wucht ins Gesicht. Ihre Faust brachte Marcus' Nase zum Bluten. Sofort fiel er zu Boden. Daraufhin stellten sich ihr die anderen Ratsmitglieder in den Weg. Ein Ratsmitglied Namens Maxwell White wies Kira erzürnt darauf hin: „Das ist ein schweres Vergehen, Mrs. Bridges. Niemand zuvor hat es gewagt, ein Ratsmitglied zu schlagen."

Maxwell White war einer der Ältesten des Ordens. Auf der Nase trug er eine Brille. Seine Haare sowie sein Vollbart hatten ein leichtes Braun. Kira war die Reaktion von Maxwell White vollkommen egal. Sie wollte zu Adam, um Schlimmeres zu verhindern. Dafür war sie auch bereit, jedes einzelne Ratsmitglied zu verprügeln.

In dem Moment stieß Elise dazu. Sie konnte nicht länger warten. Zudem wollte sie helfen und zeigen, dass sie mutig war. Kira wandte sich Elise zu und meckerte: „Ich habe doch gesagt, du sollst dort bleiben." Plötzlich ertönte ein weiteres lautes Gebrüll. Dieses Gebrüll jagte Elise Angst ein. Flüsternd und mit weit aufgerissenen Augen sagte sie: „Das Gebrüll kommt von keinem Vampir. Es ist etwas anderes."

Auf das laute Gebrüll hörte jeder Vampirjäger, wie Victoria laut um Hilfe schrie. Der Hilferuf reichte Kira, um sich einen Weg durch den Rat zu bahnen. Wenn es notwendig war, schlug sie auch das eine oder andere Ratsmitglied zu Boden. Elise konnte nicht glauben, was ihre Trainerin da tat. Sich gegen den Rat aufzulehnen, war verboten. Jedoch war jedes Wort nutzlos. Für Kira zählte nur, dass sie ihre Schwester rettete.

Kira betrat Adams Zimmer, gefolgt von Elise und den Vampirjägern. Elise sowie die Vampirjäger trauten ihren Augen nicht. Jeder hatte gesehen, wie sich Adam in einen Werwolf verwandelte. Der Rat bahnte sich einen Weg durch die Menge und erblickte den Werwolf mit ihren eigenen Augen. Das Geheimnis, das sie solange geheim hielten, kam raus. Jeder Vampirjäger des Ordens wusste, dass Adam ein Monster war. Marcus, der sich seine blutende Nase festhielt, wusste nicht, wie er es dem Orden erklären sollte. Er und jedes andere Ratsmitglied geriet in Erklärungsnot. Die Fragen der Vampirjäger schossen nur so auf den Rat ein. Marcus suchte nach einer Lösung. Wie konnte er es dem Orden erklären. Dann fiel sein Blick auf Victoria. Vollkommen verängstigt stand sie vor der wilden Bestie. Vorsichtig und mit zitternder Stimme versuchte sie, mit Adam zu reden: „Adam? Bitte Adam … ich weiß, dass du mich hörst. Ich bin es … Victoria." Adam tat nichts. Leicht knurrend starrte er Victoria an. Vorsichtig und langsam berührte sie das schwarze Fell von Adam. Mit ihrer Hand fuhr sie von seinem Arm zu seiner Pfote, die gleich dreimal so groß war wie ihre Hand. Mit der anderen Hand berührte sie Adams Kopf und kraulte ihn wie einem Hund hinter den Ohren. Flüsternd sagte sie zu ihm: „Alles ist gut. Niemand will dir etwas Böses.“ Die Worte und zarten Berührungen von Victoria schienen Adam wieder zu beruhigen. Jedoch sollte alles anders kommen. Marcus nutzte das Bild und erklärte dem Orden: „Seht nur was die Vampirprinzessin angerichtet hat. Sie hat ein Monster in unseren hochgeschätzten Orden gebracht. Adam war ein sehr guter Vampirjäger und sie hat ihn in ein Monster verwandelt.“ Der Blick des Werwolfes richtete sich von Victoria auf Marcus. Laut brüllte er, vorauf Marcus verstummte. Dann sollte es passieren. Adam griff Marcus an. Zumindest wollte er es. Kira stellte sich mutig dazwischen und sprang dem Werwolf entgegen. Sie rammte ihn mit der Schulter in den Bauch und riss ihn so zu Boden. Was nicht gut für Kira war. Der Angriff seiner besten Freundin gegen ihn reizte Adam nur noch mehr. Mit ganzer Kraft wurde Kira gegen die Wand gedonnert. Sofort wurde sie ohnmächtig. Das sollte den Werwolf aber nicht hindern. Sein Opfer war Kira.

Marcus dachte in dem Moment nicht eine Minute daran, Kira zu helfen. Er befahl sogar jedem Vampirjäger, sich rauszuhalten. Mit der Begründung: Dass keinem etwas passiert. Niemand sollte durch den Werwolf zu Schaden kommen. Der Werwolf hatte seinen Blick voll auf Kira gerichtet. Mit einem Sprung stand er vor ihr, packte sie und wollte sie beißen. In dem Moment griff Elise ein. Obwohl sie Angst vor der Bestie hatte, wollte sie Kira helfen. Sie schlug und trat Adam mehrfach in den Rücken. Adam spürte die Schläge und Tritte kaum. Dennoch schenkte er Elise seine Aufmerksamkeit. Adam verpasste ihr einen gewaltigen Hieb, der sie sofort ausknockte. Gleich darauf sprang Victoria ihm auf den Rücken und begann, ihn zu würgen. Adam versuchte, sie loszuwerden. Jedoch schaffte er es nicht. Victoria hatte sich richtig an Adam festgekrallt und würgte ihn mit ganzer Kraft. Dabei sagte sie fauchend: „Adam, beruhig dich.“ Wie durch Magie beruhigte Adam sich. Vielleicht lag es aber auch daran, dass seine Luft knapp wurde. Er verwandelte sich zurück, vorauf Victoria locker ließ. Adam ging auf die Knie. Mit den Händen stützte er sich. Der Wutrausch hatte ihn ziemlich fertig gemacht. Sein Blick ging zu Victoria, die sich um ihn kümmerte und ihm zuflüsterte: „Adam, es tut mir leid. Ich wollte dich nicht beißen."

Adams Blick war leer. Die Kraft verließ ihn und er brach zusammen. In Victorias Gesicht zeichnete sich der Schock ab. Ihr Blick ging über drei Personen, die ihr sehr am Herzen lagen. Alle lagen ohnmächtig auf dem Boden. Victoria gab sich selbst die Schuld. Dabei war ihr Albtraum der Auslöser. Marcus näherte sich Victoria und flüsterte ihr nur ein Wort zu: „Monster." Dann wurde sie gefesselt. Adam und Kira wurden genauso gefesselt.

Alle drei wurden in den Kerker des Ordens gebracht. Dort wurden sie einzeln in Käfige gesperrt. Dadurch dass der Orden wusste, dass Adam ein Werwolf war, wurde er aus Sicherheitsgründen mehrfach gefesselt. Der Orden sowie der Rat wollten es nicht riskieren, dass sich Adam wieder in einen Werwolf verwandelte. Marcus war noch unten im Kerker und kontrollierte, wie die Vampirjäger Adam sicherten. Dann wandte er sich Victoria zu. Victoria wagte es nicht, Marcus anzusehen. Sie war zu sehr in ihrem Schock versunken, dass es alles ihre Schuld war. Sie fing an, es zu bereuen, jemals aus Rumänien abgehauen zu sein. Dort war ihre Heimat und nicht hier in London. Doch die Chance, zurück nach Rumänen zu kommen, verschwand in der Dunkelheit. Victoria saß gefangen in einem Käfig.

Marcus nährte sich ihrem Käfig und sprach zu ihr: „Ich habe dir gesagt, dass du ein manipulatives Monster bist. In deiner Nähe hat Adam keinen freien Willen. Nur durch dich entstand dieses Chaos. Nur deinetwegen sind Kira und Elise verletzt. Alles was hier passiert ist, ist deine Schuld. Adam mag zwar eine wilde Bestie sein, doch das wahre Monster bist du. Seine Liebe zu dir war sein Untergang." Victoria vergoss ein paar Tränen. Sie schaute auf zu Marcus. Ihr Blick ging an Marcus vorbei zu Adam. Ihre Tränen wurden stärker, als sie Adam ohnmächtig und schwer gefesselt in seinem Käfig sitzen sah. Marcus folgte ihrem Blick. Er schenkte Adam nur kurz seine Aufmerksamkeit. Sein Blick schweifte zu Kira rüber. Er war sich sicher, dass Kira für ihr Vergehen gegen den Rat bestraft werden würde. Erzürnt sah er die ohnmächtige Kira an und ballte seine Fäuste. Es machte ihn wütend, dass Kira ihn geschlagen hatte. Dann wandte er sich noch mal Victoria zu und sprach leise in einem fiesen Ton: „Das alles hätte nicht sein müssen, wenn du nicht ein manipulatives Monster wärst. Halb Mensch und halb Vampir. Das ist scheißegal. Du bist ein Monster.“ Die Worte brannten sich bei Victoria ein. Marcus schenkte ihr ein kurzes fieses Lächeln und verschwand aus dem Kerker. Elise wurde auf die Krankenstation des Ordens gebracht. Sofort kümmerte man sich um die junge Vampirjägerin. Bei ihr war Ronald. Er hatte sie auch zur Krankenstation gebracht.

Minuten später wachten Adam, Kira und Elise wieder auf. Verwirrt sahen sie sich an ihren Orten um. Adam und Kira begriffen schnell, dass sie eingesperrt waren. Kira sah Adam und war nicht überrascht, wie stark Adam gefesselt war. Der Kampf gegen den Werwolf hatte sie ganz schon mitgenommen. Sämtliche Stellen des Körpers taten ihr weh. Noch dazu hatte sie enorme Kopfschmerzen.

Adam sah in den Käfig gegenüber. Bedrückt schaute Victoria auf den Boden. Die Worte von Marcus hatten ihr die Augen geöffnet. Vollkommen in ihren Gedanken versunken sprach sie zu sich: Wäre ich nicht gewesen, dann wäre all das nicht passiert.“ Victoria schlug die Hände vors Gesicht. Sie wollte diese ganze Geschichte am liebsten rückgängig machen. Plötzlich wurde Victoria aus ihren Gedanken gerissen. Adam sprach zu ihr und fragte: „Hey … Victoria … geht es dir gut? Hab ich dich verletzt?“ Mit Tränen im Gesicht sah sie Adam an und antwortete leise: „Nein … du hast mich nicht verletzt. Dafür aber ich euch.“ Kira rückte dichter an ihre Käfigtür und sprach ihrer Schwester zu: „Unsinn, du hast keinem wehgetan." Adam sah Kira an, worauf sie ihn auch ansah. Leise fuhr Adam fort: „Ja … das war ich." Kira wusste, dass Adam in seinem Rausch sie verletzt hatte. Jedoch wusste sie auch, dass der Rausch nicht einfach kam. Ahnungslos fragte sie: „Was ist eigentlich passiert? Wie kam Adam in seinen Rausch?" Adam sah Victoria an und antwortete: „Ich weiß es nicht genau. Alles woran ich mich erinnere, ist, dass Victoria einen Albtraum hatte und mich dann plötzlich gebissen hat." Kira fand die Antwort etwas weit hergeholt. Sie konnte nicht glauben, dass ein Albtraum der Auslöser für das Chaos war. Victoria bestätigte Adams Antwort. Sie erzählte beide von ihrem Traum: „Zuerst war es kein Albtraum. Am Anfang war eher schön. Ich sah unsere Mutter im Traum … als Geist …"

Kira unterbrach ihre Schwester: „Du hast unsere Mutter gesehen? Wie sah sie aus?" Mit glasigen Augen sah sie Kira an und antwortete: „Wie ein Engel." Eine kurze Stille kehrte ein. Kira versuchte, sich vorzustellen, wie ihre Mutter in Victorias Traum ausgesehen haben könnte. Dabei wurden ihre Augen glasig. Neugierig fragte sie nach: „Was hat unsere Mutter gesagt?" Victoria erinnerte sich an den Traum zurück. Wie im Traum spürte sie auch jetzt die Umarmung ihrer Mutter. Victoria schluckte einmal und antwortete: „Sie sagte … ich soll keine Tränen vergießen. Sie wird immer bei mir sein, tief verborgen in meinem Herzen."

Kira kamen die Worte bekannt vor. Als sie noch ein Kind war und sah, wie ihre Mutter nach Rumänien aufbrach, um ihren Auftrag zu erfüllen, umarmte sie Kira und sprach genau dieselben Worte. Sie schenkte ihrer Schwester ein Lächeln und hörte zu, was sie noch zu erzählen hatte: „Dann befand ich mich plötzlich auf einen Friedhof. Direkt vor mir drei Gräber. Mein Vater Vlad van Darkblood, dein Vater Wladimir Bridges und Elises Vater Marek Lefevre. Sie kamen aus ihren Gräbern und warnten mich vor etwas Bösem. Plötzlich tauchte Edward Dragonheart auf. Ich habe ihn in meinem Traum in seiner wahren Gestalt gesehen. Er tat mir weh und sagte mir, dass der Kampf noch lange nicht vorbei sei. Sein Geist wurde besiegt, aber seine Macht existiert noch." Bei Adam und Kira fingen sämtliche Alarmglocken an zu läuten. Ernst fragte Adam nach: „Was meint er damit? Er ist tot, wie kann da seine Macht noch existieren?" Victoria wusste es nicht. Da war der Traum zu Ende. Adam sowie Kira fanden die Sache beunruhigend. Kira fragte beide: „Können wir das ernst nehmen? Immerhin war es nur ein Albtraum, oder?" Leise antwortete Victoria: „Ich weiß es nicht. Die Schmerzen fühlten sich echt an. Dadurch kam ich in diesen Rausch und bis Adam."

Dann wollte Victoria vom Thema ablenken und sie fragte ihre Schwester: „Warum bist du im Kerker?" Trocken antwortete Kira: „Ich habe Marcus auf die Fresse gehauen." Leicht überrascht fragte Adam: „Wieso? Das kann für dich nach hinten losgehen." Kira sah Adam an und antwortete: „Ich bitte dich. Es war sowieso nur eine Frage der Zeit. Marcus konnte uns beide nicht leiden. Und außerdem wolltest du meine Schwester töten. Da war mir jedes Mittel recht. Marcus hatte es sowieso verdient. Am liebsten hätte ich ihm noch eine verpasst."

Zur selben Zeit saß Elise auf der Krankenstation des Ordens. Sie hatte leichte Kopfschmerzen und kleine blaue Flecken im Gesicht durch den harten Schlag des Werwolfes. Mit einem schmerzverzerrten Gesicht hielt sie sich den Kopf fest. Sofort kamen Ronald und der Arzt zu ihr. Behutsam kümmerten sie sich um sie. Ronald wollte, dass Elise sich wieder hinlegt. Sie legte sich auf seine Worte wieder hin. Der Schock saß bei beiden tief, als sie sahen, wie sich Adam in einen Werwolf verwandelte. Elise hatte sogar etwas Angst vor ihm. Fürsorglich fragte Ronald: „Wie geht es dir?" Elise war über die Fürsorglichkeit von Ronald überrascht. Diese Reaktion hätte sie nie von ihm erwartet: „Ich fühle mich, als hätte mich ein Pferd getreten. Der Werwolf hat einen harten Schlag drauf. Wer hätte gedacht, dass Adam ein Werwolf ist."

Leise antwortete Ronald: „Das wusste niemand. Keiner im Orden kannte Adams Geheimnis.“ Das stimmte ja nicht ganz. Der Rat wusste von Anfang an Bescheid. Kira erfuhr es in Rumänien. Doch das wiederum wussten weder Ronald noch Elise nicht. Elise sprang vom Krankenbett auf und setzte sich gleich wieder hin. Ihr war leicht schwindelig. Elise merkte, dass der Schlag des Werwolfes schlimmer war, als sie dachte. Schwankend saß sie auf dem Bett. Ronald kümmerte sich gleich um sie: „Am besten legst du dich wieder hin. Es hat dich wohl noch härter erwischt.“ Elise hörte auf Ronald und legte sich wieder hin. Sie schloss kurz die Augen, weil sich um sie herum alles drehte.

Nach einigen Minuten öffnete sie wieder die Augen und sah, wie Ronald ihr einen kalten Lappen auf die Stirn legte. Was für Elise sehr komisch war. So kannte sie Ronald nicht. Sonst war er immer der strenge auf Regeln bedachte Mann. Doch jetzt kümmerte er sich ganz behutsam um sie. Überrascht von seiner behutsamen Fürsorge fragte sie ihn: „Wieso bist du eigentlich so nett? Normalerweise bist du doch ein strenger nach Regeln lebender Mensch, der nie ein nettes Wort verliert.“ Ronald grinste leicht und antwortete: „Ja, ich lebe nach den Regeln des Ordens. Ich achte und bewahre sie, aber ich bin kein Monster. Jedoch habe ich in dieser Nacht eine Regel gebrochen …“

Ronald hörte auf zu reden. Das, was er getan hatte, sollte Elise nicht erfahren. Jedoch hatte er ihre Neugier geweckt. Ronald sah ihren Blick und wusste, dass sie nach einer Antwort verlangte. Er ließ einen Seufzer von sich und verriet es ihr: „Ich habe beim Rat geschwindelt. In Bezug auf deinen Auftrag habe ich gelogen.“ Sofort setzte Elise sich auf, was sie sofort durch eine leichte Schwindelattacke zu spüren bekam. Daher legte sie sich wieder hin und fragte: „Wieso hast du den Rat angelogen? Ich habe den Auftrag nicht bestanden.“ Ronald dachte kurz an den Auftrag zurück. Dann antwortete er: „Kira und Adam hatten recht. Der Auftrag war zu schwer für dich. Zu deinem Glück waren sie da und haben geholfen. Sonst wärst du jetzt tot." Elise lächelte kurz: „Ich verdanke den beiden mein Leben. Umso größer ist der Schock für mich, dass Adam eine wilde Bestie ist. Er hätte uns alle töten können. Kira, mich … einfach jeden." Ronald stimmte ihr zu und erinnerte sie daran: „Trotzdem, dass Adam ein Werwolf ist, ist er auch dein Freund. Nur weil jeder weiß, dass er der legendäre Werwolf ist, macht ihn das anders? Auch wenn in dieser Nacht etwas schiefgelaufen ist, glaube ich nicht, dass Adam eine blutrünstige Bestie ist."

Elise wusste, dass Ronald recht hatte. Dennoch hatte sie Angst vor Adam. Was ist, wenn er wieder so ausrastet? Beim nächsten Mal stirbt vielleicht jemand. Leise fragte sie: „Wo sind Adam und Kira jetzt?" Ronald antwortete: „Sie sind beide im Kerker eingesperrt. Ebenso wie Victoria." Rasch sprang Elise wieder auf. Auch wenn ihr sofort schwindelig wurde, wollte sie zu ihren Freunden. Ronald hielt das für keine gute Idee. Er wollte, dass sich Elise ausruhte, aber Elise war von ihrem Vorhaben nicht abzubringen. Elise konnte keine zwei Schritte gehen, ohne dass sie drohte hinzufallen. Ronald fing sie jedes Mal wieder auf. Er wollte sie wieder ins Bett legen. Doch Elise blieb stur: „Sie sind meine Freunde!"

Kaum hatte Elise die Tür erreicht und geöffnet, stand Marcus vor der Tür. Verwundert fragte er Elise: „Wo wollen wir denn hin?" Grob antwortete Elise mit einer Gegenfrage: „Warum sind meine Freunde eingesperrt?" Ihr Blick wirkte dabei leicht erzürnt. Mit den Händen auf dem Rücken betrat Marcus das Krankenzimmer und antwortete: „Kira und Victoria sind eingesperrt, weil sie ein Verbrechen begangen haben. Kira hat es gewagt, die Hand gegen den Rat zu erheben und Victoria hat den Werwolf auf den Orden gehetzt. So was dulde ich nicht. Zumal weil es schade um Adam ist. Er war einer der besten Vampirjäger. Doch jetzt ist er eine wilde Bestie geworden. Das haben wir der Vampirprinzessin Victoria van Darkblood zu verdanken. Adam ist natürlich zum Schutz des

Ordens eingesperrt. Außerdem kann ich Adam nicht frei laufen lassen, weil er sonst seine beste Freundin Kira und seine ach so große Liebe Victoria befreien würde." Marcus drehte Elise den Rücken zu, ließ einen Grunzer von sich und fuhr fort: „Die Vampirprinzessin und der Werwolf … eine lächerliche Liebe. Sie wird keine Zukunft haben." Elise gefiel die Aussage von Marcus nicht. Im lauten Ton sagte sie: „Sie sind aber meine Freunde! Ohne Victoria hätte ich damals nicht überlebt. Sie hat mich vor dem Vampirkönig Vlad van Darkblood gerettet, als er mich töten wollte …" Marcus drehte sich um und unterbrach Elise: „Das ist eine lobenswerte Geste von ihr gewesen. Dennoch hat sie die Bestie nach London geholt. Sie ist eine Gefahr."

Elise wurde immer wütender: „Victoria hatte ganz gewiss nichts mit dem Werwolf zu tun. Ich meine, sie ist keine Hexe." Marcus schüttelte zustimmend den Kopf und antwortete: „Nein, das ist sie nicht. Sie ist ein Monster." Elise war sprachlos. Fassungslosigkeit und Wut zeichneten sich in ihrem Gesicht ab. Marcus setzte noch etwas oben drauf: „Fakt ist, dass der Werwolf mich angreifen wollte. Victoria ist schuld an dem Chaos." Marcus drehte sich die Geschichte so hin, wie er sie brauchte. Ihm war es recht, jedem anderen die Schuld in die Schuhe zu schieben. Der Wutrausch von Adam diente ihm bloß als Beweis, um Victoria schlecht dastehen zu lassen. Das Schlimme an der Geschichte war, dass ihm jeder glaubte. Kein Vampirjäger misstraute ihm, oder doch nicht?

Ronald bekam ein komisches Gefühl. Etwas flüsterte ihm, dass Marcus nicht die Wahrheit sagte. Jedoch konnte er es ihm nicht beweisen, genauso wenig konnte er ihn darauf ansprechen. Stattdessen fragte er: „Was wird mit Adam, Kira und der Prinzessin passieren?" Im Krankenzimmer wurde es still. Marcus setzte ein finsteres Lächeln auf und antwortete: „Mit Adam und Kira wird vorerst nichts geschehen. Jedoch mit Victoria wird eine Blutjagd veranstaltet. Die Prinzessin kriegt einen ganzen Tag die Chance, sich zu verstecken. Sobald die Nacht hereinbricht, wird jeder

Vampirjäger des Ordens ausgesandt, um die Prinzessin zu jagen. Egal wo sie ist, sie wird keine ruhige Minute mehr haben. Nirgendwo wird sie sicher sein. Nirgendwo." Das wollte Elise nicht zulassen: „Das könnt ihr nicht tun!"

Grinsend näherte sich Marcus langsam Elise und flüsterte ihr zu: „Macht, junge Dame. Sie erlaubt mir zu tun, was ich will. Jedes Wort, jeder Befehl von mir ist Gesetz. Sie sind jetzt eine Vampirjägerin. Verhalten sie sich wie eine. Die Vampirprinzessin ist nicht ihre Freundin ... nicht mehr." Die Worte klangen richtig bedrohlich und jagten Elise einen eiskalten Schauer über den Rücken. Sie wusste, dass mit Marcus nicht gut Kirschen essen war. Doch diese Aussage klang bald wie eine Drohung. Elise leuchtete es ein, warum Adam ihn umbringen wollte. Still trafen sich die Blicke von Marcus und Elise. Die junge Vampirjägerin spürte förmlich, wie ihr Herz immer schneller schlug. Zum Abschluss sagte Marcus noch: „Ruhen sie sich aus, Mrs. Elise Lefevre. Als Vampirjäger müssen sie bei vollen Kräften sein."

Dann ging Marcus aus dem Krankenzimmer. Sofort wandte Elise sich Ronald zu: „Das darf nicht passieren." Ronald stimmte Elise zu: „Nein, das darf es nicht. Wir müssen etwas unternehmen." Die Antwort reichte Elise. Sie machten sich auf zum Kerker des Ordens. Ronald folgte ihr. Auf dem Weg zum Kerker schmiedeten beide einen Plan. Elise musste ihn im überwiegenden Teil allein ausführen.

Als sie bei der Kerkertür ankamen, standen dort zwei in Schwarz gekleidete Wachen. Die Wachen bewegten sich keinen Zentimeter von ihrem Platz weg. Ernst standen sie wie Staturen vor der Kerkertür. Elise musste die Wachen ausschalten. Was für sie kein Problem darstellen sollte. Jedoch hielt sie Ronald zurück und wies noch auf die Konsequenzen hin: „Wenn du jetzt die Wachen ausschaltest, wirst du in diesem Kerker landen. Marcus wird das als Verrat werten." Entschlossen und ernst zu gleich sah Elise ihn an. Ohne Worte ging sie mit geballten Fäusten auf die Wachen zu.

Die Wachen wollten sie auf Abstand halten. Elise ließ es nicht zu. Ohne mit der Wimper zu zucken, schaltete sie die Wachen mit einigen gekonnten Fußtritten und Schlägen aus. Ronald war sichtlich beeindruckt von ihrem Können: „Kira hat ganze Arbeit mit dir geleistet." Zusammen betraten sie den Kerker.

Im Kerker suchten sie gleich die Käfige von Adam, Kira und Victoria auf. In den Gesichtern der drei zeigte sich große Erleichterung, als sie Elise sahen. Durch den Kampf gegen den Werwolf hätte auch alles schlimmer ausgehen können. Zudem waren sie überrascht, dass Elise mit Ronald auftauchte. Im rauen Ton fragte Kira: „Was will der Typ hier unten?" Elise sah Ronald an, wechselte dann ihren Blick auf Kira und antwortete: „Er will mir helfen, Victoria zu befreien." Darauf fragte Kira gleich: „Wieso befreien? Was ist los?" Ronald antwortete: „Marcus will mit Victoria eine Blutjagd veranstalten. Er gibt ihr die Schuld für Adams Verwandlung in den Werwolf." Darauf sprach Adam in rauem Ton: „Das ist eine Lüge …" Victoria unterbrach Adam: „Es ist keine Lüge. Hätte ich dich nicht gebissen, dann wäre all das nicht passiert." Kira warf dazwischen: „Das kann Marcus nicht tun. Sie ist meine Schwester. Ihr müsst etwas tun."

Elise nickte. Sie wandte sich Ronald zu: „Wir brauchen den Schlüssel, um die Käfigtür zu öffnen." Ronald begann mit der Suche. Elise hingegen schenkte Adam ihre Aufmerksamkeit: „Wie lange bist du schon ein Werwolf?" Adam antwortete leise: „Mein ganzes Leben." Sofort schoss Elise ein Gedanke durch den Kopf. Sie dachte an die Rettungsaktion zurück. Elise war noch ein kleines Mädchen, als Adam versprach, ihren Vater zu retten. Zurück kam er nur mit Kira. Sie näherte sich der Käfigtür und fragte Adam: „Wenn du dieser legendäre Werwolf bist … wieso hast du meinen Vater nicht gerettet?" Adam dachte ebenfalls an diese Nacht zurück und antwortete: „Ich bin ein Werwolf und nicht Gott …" Elise unterbrach ihn: „Natürlich bist du nicht Gott. Gott hätte es geschafft, meinen Vater zu retten. Damals war ich einfach nur voller Trauer um meinen Vater. Doch jetzt verstehe ich, dass du ihn mit deinen Fähigkeiten hättest retten können." Elise schaffte es, Adam ein schlechtes Gewissen einzureden. Kira mischte sich mit ein: „Elise, Adam hatte alles versucht, um deinen Vater zu retten. Ich war auch dabei. Ich konnte ihn genauso wenig retten."

Elise antwortete nicht drauf. Sie starrte einfach nur Adam an. Er hingegen sprach leise zu ihr: „Was vorhin im Zimmer passiert ist, tut mir leid. Ich wollte dir nicht wehtun." Erzürnt antwortete Elise darauf: „Das Schlimme ist, dass Marcus Victoria als ein Monster bezeichnet." Dann wendete sie sich von ihm ab. Stille trat ein. Selbst Kira brachte es nicht fertig, auf Elise Worte etwas zu sagen. Auch Ronald blieb still und suchte nach dem Schlüssel. Er fand ihn auf einem alten Holztisch. Rasch gab er Elise den Schlüssel, die sofort die Käfigtür von Victoria aufschließen wollte. Jedoch wurde sie von ihr aufgehalten: „Halt, ich möchte nicht, dass du dich auch noch in Schwierigkeiten bringst."

Elise dachte nicht weiter darüber nach und schloss die Tür auf. Schnell befreite sie Victoria von den Fesseln. Zusammen gingen sie aus dem Käfig. Victoria hatte die Chance zu fliehen. Jedoch tat sie es nicht. Ihr Blick ging zu Adam. Ohne ihn wollte sie nicht fliehen. Sie bat Elise, die Käfigtür von Adam zu öffnen, was Elise nur widerwillig tat. Kaum war die Tür offen, eilte Victoria zu Adam, umarmte ihn, küsste ihn und bat ihn leise: „Komm mit mir. Wenn wir nach Rumänien fliehen, können wir frei sein." Adam antwortete mit einem Lächeln, was für Victoria eine Zustimmung war. Elise sollte die Fesseln von Adam lösen. Jedoch hatte Ronald etwas dagegen: „Ihr könnt nicht beide fliehen. Denn zu der Blutjagd würde Marcus den Werwolf einsetzen wollen." Forsch sagte Adam: „Ich werde an keiner Jagd teilnehmen." Das wollte Victoria nicht akzeptieren: „Ich gehe nur mit Adam." Adam sagte darauf: „Sie haben recht. Du musst zuerst alleine fliehen." Völlig entsetzt sah Victoria Adam an. Dann lenkte Elise ihren Blick auf sich: „Wir werden dich wieder finden. Doch zuerst musst du fliehen." Auch Kira versprach: „Du bist meine Schwester. Egal wo du bist, ich finde dich." Jedoch hatte Victoria Einwände: „Was ist, wenn wir uns nie wieder sehen. Niemand weiß, was der Rat mit euch machen wird." Ronald erklärte darauf: „Ich vermute mal, dass Adam im Kerker bleiben wird. Kira wird vermutlich aus dem Ordern ausgestoßen."

Elise fing an zu drängen: „Wir haben nicht viel Zeit. Wir müssen los." Victoria sah Adam noch mal an. Sie wollte noch mal seine Augen sehen. Ein letzter Kuss folgte. Flüsternd sagte sie zu ihm: „Finde mich da, wo alles begann." Von Adam kam ein Nicken und die geflüsterten Worte: „Ich werde dich finden."

Dann musste es schnell gehen. Viel Zeit hatten sie nicht mehr. In Begleitung von Ronald und Elise floh Victoria aus dem Kerker. Weit sollten sie aber nicht kommen. Die Wachen standen wieder auf und wollten sowohl Elise als auch Ronald und Victoria aufhalten. Schnell schaltete Elise die Wachen des Kerkers wieder aus. Dann rannten sie weiter. Bei dem Befreiungsplan sollte es keine weiteren Probleme geben. Oder etwa doch?

Aus einem Zimmer kam ein Vampirjäger in schwarzer Kleidung. Dieser Vampirjäger war Sheng Li. Schnell versteckte sich Ronald hinter der offenen Tür des Zimmers. Sheng sollte ihn nicht entdecken. Elise handelte schnell. Mit Anlauf sprang sie Sheng an, umfasste ihn mit den Beinen und schleuderte ihn zu Boden. Ein gezielter Schlag mit der Faust in sein Gesicht knockte ihn aus. Es konnte weitergehen. Allen drei schafften es nach draußen. Lange sollten sie jedoch nicht unentdeckt bleiben. Draußen hielten Vampirjäger Wache mit den Hunden. Sofort wurden sie entdeckt. Die Vampirjäger entdeckten Elise, Ronald und Victoria. Schnell wurde Alarm geschlagen. Was sollten sie nun tun. Ronald sah nur eine Möglichkeit. Er packte Elise, warf sie zu Boden und hielt sie fest. Fassungslos sah Victoria Ronald an. War es ein Verrat? Er hatte Elise doch geholfen, Victoria zu befreien. Durch den Alarm eilten aus der Villa sämtliche Vampirjäger herbei. Darunter war auch der Rat.

Victoria sah sich um. Egal, wo sie hinsah, standen Vampirjäger. Sie waren umzingelt. Einen Ausweg gab es nicht mehr. Victoria wollte sich selber wehren. Schnell zeigte sich ihre vampirische Seite. Sie packte sich Ronald, zog ihn runter von Elise und wollte ihn töten. In dem Moment sprang Elise wieder auf und hielt Victoria zurück. Wütend brüllte Victoria: „Was soll das? Lass mich ihn umbringen!“ Elise weigerte sich, aus dem Weg zu gehen. Sie umarmte Victoria und flüsterte ihr dabei ins Ohr: „Es ist alles anders, als du denkst. Vertrau mir. Du musst fliehen.“ Victoria verstand die Aussage von Elise nicht ganz. Sie wurde von Ronald verraten. Wieso half sie ihm jetzt?

Jedoch blieb keine Zeit für weitere Fragen. Die Vampirjäger wollten sich Victoria und Elise schnappen. Jedoch wehrte Elise sie alle ab und brüllte Victoria an: „Verschwinde endlich!“ Dank ihrer Kampftechniken schaffte es Elise, viele Vampirjäger auf Abstand zu halten. Victoria hatte den Drang zu helfen. Ihre Vampirkrallen sehnten sich danach, die Vampirjäger zu töten. Doch das wollte Elise nicht. Sie fing an Victoria zu schlagen und drohte: „Wenn du nicht fliehst, bringe ich dich um.“ Es folgten weitere Schläge. Bis Victoria sich wehrte und ihre Chance nutzte. Sie verwandelte sich in eine Fledermaus und flog davon. Erleichtert hörte Elise auf zu kämpfen und schaute der davonfliegenden Victoria hinterher.

Natürlich wurde Elise von den Vampirjägern gepackt und festgehalten. Der gesamte Rat stand vor ihr. Marcus ballte die Fäuste. Er war drauf und dran, Elise eine zu verpassen. Er verkniff es sich aber. Stattdessen sagte er zu ihr: „Mrs. Elise Lefevre, ich bin wahnsinnig enttäuscht von Ihnen. Eine große Karriere als Vampirjägerin stand Ihnen offen. Doch sie schmeißen alles weg. Warum? Nur um eine Freundin zu retten? Die Prinzessin ist ein Monster und musste sterben." Darauf wagte Elise es, dem obersten Ratsmitglied ins Gesicht zu spucken: „Victoria van Darkblood ist kein Monster. Sie sind eins." Provoziert von den Worten und der Spucke in seinem Gesicht, schlug er Elise mit der flachen Hand ins Gesicht und befahl brüllend: „Sperrt sie weg zu den anderen!"

Familienzusammenkunft

Victoria landete völlig erschöpft vor dem Wald, in dem sie einst lebte. An einen Baum gelehnt verwandelte sie sich von der Fledermaus in die wunderschöne Prinzessin zurück. Nach Luft ringend sah sie in den Wald, wechselte dann zum Dorf „Tralgia.“ Sie war wieder in Rumänien. Jedoch hielt sich ihre Freude in Grenzen. Denn auch wenn sie wieder in Rumänien war, waren ihre Gedanken in London, bei ihren Freunden. Sie begann, sich zu fragen, was mit ihrer Schwester Kira, ihrer Freundin Elise und ihrer großen Liebe Adam war. Würde sie die drei jemals wiedersehen? Am liebsten wäre es ihr wenn Adam, Kira und Elise hier bei ihr in Rumänien wären. Sie war sich sicher, dass sie alle in Rumänien friedlich leben konnten. Jedoch würde das nicht passieren.

In Trauer getränkt sah sie hoch in den sternenklaren Himmel. Nicht eine Wolke war zu sehen. Der Mond hüllte das Land in sein glänzendes Licht ein. Jedoch konnte man diesen Anblick nicht immer genießen. Früher, als der Geist von Edward Dragonheart unter ihnen weilte, war der Himmel oft von schwarzen Wolken bedeckt, als würde er das ganze Land in seine eigene Finsternis hüllen. Doch jetzt nicht mehr. Victoria vergoss eine Träne und sprach leise, schon fast flüsternd in den Nachthimmel: „Ich hoffe, euch geht es gut.“

Ihr Blick richtete sich auf den Eingang des Waldes. So lange war sie schon nicht mehr hier. Wohin würde sie gehen? Sollte sie zurück zur Villa gehen oder sollte sie zum Schloss ihres Vaters gehen? Dort stand der Knochenthron, auf den sie sich setzen könnte und über ein ganzes Volk herrschen. Victoria wusste, dass sie so vieles anders machen würde. Jedem würde sie zeigen wollen, dass Vampire nicht die Monster sind, für das jeder sie hält. Jedoch fiel Victoria auf, dass es kein Volk gab. Im Kampf gegen Edward Dragonheart wurden viele Vampire getötet und die, die überlebten, flohen in alle Himmelrichtungen. Höchstwahrscheinlich sind auch einige Vampire dem Orden in London zum Opfer gefallen. Sie ging in den Wald. Gleich beim ersten Schritt fühlte sie sich zu Hause.

Ein wohltuendes Gefühl ließ ihre Sorgen für einen Moment vergessen. Schritt für Schritt ging sie tiefer in den Wald hinein. Sie wagte es nicht, zurückzusehen. Mit jedem Schritt wurde sie schneller. Bis sie zu rennen begann. Schnell wie der Wind führten ihre Beine sie zur Villa. Schnaufend hielt sie inne. Der Anblick der Villa zauberte ein Lächeln auf ihr Gesicht. Alte Erinnerungen wurden wachgerufen. Hier vor den Türen der Villa traf sie zum ersten Mal auf Adam in der Gestalt des Werwolfes. Sie schaute den Weg zurück, den sie gekommen war und hoffte für einen kurzen Moment, dass Adam aus der Dunkelheit hervorkommt. Der Wunsch enttäuschte sie. Victoria ging an der Villa vorbei. Ihre Beine trugen sie zu dem Platz, wo sie Adam einst in menschlicher Gestalt sah. Der erste Blick in seinen Augen, weckte in Victoria noch nie dagewesene Gefühle. Zu dem Zeitpunkt konnten sich weder Victoria noch Adam vorstellen, dass ihre Liebe Teil einer großen Prophezeiung war.

Der Weg endete an Nebulas Lieblingsplatz. Es war der leise rauschende Bach mit einem großen umgekippten Baum, der als Brücke diente. Victoria ging auf den Baumstamm und sah wieder in den Sternenhimmel. Plötzlich erinnerte Victoria sich an einen der schönsten Momente in ihrem Leben. Diesen Moment teilte sie mit Adam. Victoria befand sich in ihrer Erinnerung auf einer weiten Wiese. Zusammengekuschelt lagen sie auf einer Decke und bewunderten den Sternenhimmel. Keiner sagte ein Wort. In der Stille vertieft genossen sie einfach den Moment. Bis das Herzklopfen anfing. Leise, in der Stille, konnten sie die Herzschläge des anderen hören. Ein leises Klopfen, welches immer hektischer wurde. Von dem Sternenhimmel abgewendet, fanden sie sich in den Augen des anderen wieder. Gefangen in den Blicken, fingen sie an, sich zu küssen.

Adam umschloss Victoria dabei mit seinen muskulösen Armen. Die Küsse waren voller Leidenschaft und brachten ihre Gefühle richtig in Wallung. Adam setzte sich in den Schneidersitz und Victoria setzte sich auf ihn und umfasste mit ihren Beinen seine Hüfte. Mit voller Leidenschaft küssten sie sich weiter. In beiden stieg eine wahrhaftige Hitze der Gefühle. Es passierte. Die Küsse hörten auf. Erneut sahen sie sich in die Augen. Victoria berührte mit einer Hand Adams Brust und fühlte den starken Herzschlag. Sie lächelten sich an. Die Hände von Adam vereinten sich mit Victorias Händen. Leise flüsterte er Victoria zu: „ Ich liebe dich." In Victoria explodierte ein Feuerwerk der Gefühle. Sie küsste Adam und flüsterte ihm ins Ohr: „Ich liebe dich auch."

Diese Erinnerung war ihre liebste. Gerne erinnerte sie sich an diese Nacht zurück. Doch plötzlich wurde sie aus ihren Gedanken gerissen. Hinter einem Blätterstrauch begann es zu rascheln. Misstrauisch und angespannt richtete sie ihre Augen auf den Strauch. Bereit zuzuschlagen, wartete sie auf die Gestalt, die hinter dem Strauch vorkam. Hervor kam ein großer, schwarzer und kräftiger Wolf. Sofort erkannte Victoria den Wolf. Es war Buran, der selbst die Prinzessin sofort erkannte und schwanzwedelnd auf sie zugerannt kam. Auf den Hinterbeinen abgestützt, richtete er sich auf und leckte Victoria das Gesicht ab. Victoria streichelte ihn in der Freude: „Wie geht es dir, Buran?" Buran flüchtete vor Victoria. Sein Weg führte ihn wieder zu dem Strauch. Buran wollte, dass Victoria ihm folgte. Was sie auch tat. Gespannt fragte sie: „Was willst du mir zeigen?" Dann lockte der schwarze Wolf aus dem Strauch eine schneeweiße Wölfin hervor. Etwas schüchtern trat die Wölfin hervor und setzte sich vor Victoria hin. Leicht senkte sie den Kopf vor der Prinzessin. Victoria hockte sich zu der Wölfin hin und streichelte sie am Hinterkopf. Die Wölfin wedelte zur Freude mit dem Schwanz.

Victoria sah Buran lächelnd an und fragte: „Ist sie deine Gefährtin?" Buran ging zu der weißen Wölfin und umarmte sie mit seinem Kopf. Das reichte Victoria als Antwort. Jedoch war das noch nicht alles. Aus dem Strauch kam noch ein schwarzweißes Wolfsbaby. Sofort kümmerte sich die Wölfin um ihr Baby. Victoria konnte es kaum glauben: „Buran, du bist Papa geworden."

Buran stieß vor Freude einen kurzen Heuler raus. Die Wölfin stellte Victoria dem Wolfsbaby vor. Voller Neugier nährte sich das Wolfsbaby schnuppernd der Prinzessin. Vorsichtig hielt Victoria ihre Hand hin. Das Wolfsbaby schnüffelte an ihrer Hand und leckte sie einmal. Victoria durfte das Wolfsbaby auf den Arm nehmen. Sie fand das Wolfsbaby so süß. Neugierig beschnupperte es Victoria weiter. Mit seiner kleinen Pfote tippte das Wolfsbaby Victoria ins Gesicht. Sanft streichelte Victoria das Wolfsbaby und setzte es wieder ab.

In dem Moment zeigte sich vor Victoria ein bekanntes Gesicht. Es war die Frau, die einst ein Bündnis schloss. Es war Nebula van Blutstein. Lächelnd umarmten sie sich. Victoria fragte sie: „Nebula, schön dich zu sehen. Wie ist es dir ergangen in den letzten Jahren."

Lächelnd antwortete Nebula: „Dem Volk der Nebelvampire geht es gut. Alle Fehler, die ich einst gemacht habe, sind vergessen. Die Nebelvampire sind auch bei den Menschen wieder gern gesehen. Doch was machst du hier alleine? Wo ist Adam?" Nebula spürte, dass sie mit ihrer Frage etwas aufgekratzt hatte, denn das freudige Lächeln von Victoria verzog sich. Getrübt war die Stimmung. Victoria wusste es erst nicht, wie sie es Nebula erzählen sollte. Behutsam berührte Nebula sie an den Armen und fragte: „Was ist passiert?" Victoria sah Nebula an, die gespannt auf eine Antwort wartete.

Leise und den Tränen nahe erzählte Victoria: „Adam ist in London … eingesperrt in einem Käfig seines Ordens." Nebula war völlig schockiert. Sie wollte Victoria erst nicht glauben: „Was? Wieso … wieso ist Adam eingesperrt?" Die Erinnerungen an die

Geschehnisse schmerzten Victoria. Leise antwortete sie: „Es ist alles meine Schuld. Durch einen schlechten Traum … geriet ich in eine Art Blutrausch. Ich war völlig außer mir. Gepackt von meiner Wut biss ich Adam. Darauf geriet er in Rage und verwandelte sich in den Werwolf. Meine Schwester wollte ihn aufhalten. Doch gegen den Werwolf kam sie nicht an. Sie ist ebenfalls eingesperrt." Die Nachricht traf Nebula wie ein Schlag. Der Traum von Victoria sollte ganz anders verlaufen. Vorsichtig fragte sie nach: „Was ist in deinem Traum passiert?" Victoria drehte Nebula den Rücken zu, schloss die Augen und antwortete leise: „Edward Dragonheart ist in meinem Traum aufgetaucht. Er tat mir weh." Es war ganz anders geplant. Nebula konnte gar nicht glauben, was passiert ist. Der Traum war ein Zauber von Nebula, den sie schickte. Sie wollte damit einen Hilferuf an Victoria senden. Wie konnte dieser tyrannische König in dem Traum auftauchen? Er war doch tot. Victoria hatte seinen Geist getötet. Von diesem Vampir dürfte keine Erinnerung zurückbleiben.

Nebula konnte sich auf diesen Traum keinen Reim machen. Dennoch musste sie es Victoria sagen: „Der Traum kommt von mir. Durch einen Zauber schickte ich dir diesen Traum. Jedoch sollte er vollkommen anders verlaufen." Victoria war sprachlos.

Mit weit aufgerissenen Augen sah sie Nebula an. Gepackt von ihrer Wut brüllte sie Nebula an: „Wieso hast du das getan? Wegen dir sitzen Adam und meine Schwester in Käfigen! Wegen dir ist meine Schwester von Adam verletzt worden." Victorias Augen begannen sich rot zu färben. Nebula versuchte, die Prinzessin zu beruhigen. Sie wollte sich erklären. Jedoch kam sie nicht dazu. Durch ihr Gespräch hatten sie nicht bemerkt, dass Florim und Razvan in der Nähe waren. Die Brüder hatten alles gehört. Ohne, dass Victoria auch nur ein Geräusch von ihnen hörte, kamen sie blitzschnell aus der Dunkelheit hervor und bedrohten beide mit gezogenen Schwertern. Die Spitze ihrer Klingen drückten sie fast in die Hälse. Victoria und Nebula konnten gar nicht so schnell reagieren. Ganz im Gegensatz zu den Wölfen. Während sich das Wolfbaby im Gebüsch versteckte, wollten Buran und seine Gefährten die Gebrüder van Darkblood angreifen. Doch Florim und Razvan waren schneller. Beide zückten jeweils ein Messer und warfen es den Wölfen entgegen. Buran traf das Messer am vorderen rechten Bein. Sofort ging der Wolf vor Schmerzen winselnd zu Boden. Das zweite Messer traf die schneeweiße Wölfin direkt in den Kopf. Sie starb sofort. Sehr zum Schock von Victoria und Nebula. Gepackt von Wut wollte Victoria die Brüder angreifen. Jedoch war sie kein Gegner für Florim. Schnell hatte er sie im Griff und drückte ihr die gesamte Klinge an den Hals: „Eine leichte Bewegung und ich schlitze dir den Hals auf."

An den Haaren zog er ihren Kopf nach hinten. Sein Blick war finster und unheimlich: „Du bist so schwach. Es wäre doch zu schade, wenn dein hübsches Gesicht darunter leiden müsste." Victorias Augen wurden blutrot. Ihre Zähne zeigten sich sowie ihre Krallen an den Händen. Schnell ergriff sie Florims Arm, befreite sich aus seinem Griff und beförderte ihn mit einem gekonnten Trick von Adam zu Boden. Jedoch hatte sie Razvan vergessen. Razvan packte sie sich schnell, umklammerte sie und biss ihr in den Hals.

Der kurze Biss sollte Victoria benommen machen. Benommen ging Victoria auf die Knie. Razvan half seinen Bruder hoch. Florim war gepackt von rasender Wut. Er schlug mit der blanken Faust die wehrlose Victoria mehrfach ins Gesicht. Nebula brüllte: „Hört auf! Lasst sie in Ruhe!" Florim wollte nicht aufhören: „Ich höre dann auf, wenn es mir passt!" Darauf sprach Victoria leise: „Ihr macht einen gewaltigen Fehler." Florim packte sie am Hals, hob sie an und sagte: „Fehler? Dass ich nicht lache." Er hatte die Chance, Victorias Hals zu zerquetschen. Jedoch hielt Razvan seinen Bruder zurück: „Hör auf. Halte sie lediglich fest." Florim setzte Victoria auf dem Boden ab und nahm sie gleich in den Würgegriff, ohne sie zu würgen. Flüsternd fragte er sie: „Du bist mutig, Kleine. Wie heißt du?" Wütend antwortete Victoria in lautem Ton: „Mein Name ist Victoria van Darkblood. Ich bin die Prinzessin der Vampire."

Das fanden Razvan und Florim interessant. Die Brüder sahen sich still an. Zum Teil wollten sie es nicht glauben. Vlad van Darkblood war König und hatte eine Tochter. Die Brüder wussten gar nicht, dass sie eine Nichte hatten. Ohne weitere Worte wurden Victoria und Nebula mit den Schwertgriffen ausgeknockt. Dann sahen sich die Brüder an. Fast flüsternd fragte Florim: „Du glaubst dieser Schlampe doch nicht etwa?" Razvan sah auf die bewusstlose Victoria: „Ich weiß es nicht. Ich habe von dem Fehler Vlads gehört. Er liebte einen Menschen. Es war nur eine Nacht aber diese Nacht reichte, um ein Kind zu zeugen, das halb Mensch und halb Vampir war. Vielleicht ist sie es, vielleicht aber auch nicht."

Sein Blick ging zu Florim: „Wir werden sie beide mitnehmen. Dann sehen wir weiter." Florim setzte ein finsteres Grinsen auf. Er wusste genau, was Razvan meinte. Unter Folter wollte er die Informationen aus Victoria rausholen. Auf diese Folter freute sich Florim. Razvan und Florim packten sich Victoria sowie Nebula, warfen sie über die Schulter und trugen sie zum Schloss. Razvan ging voraus. Florim sah die Wölfe an. Buran winselte immer noch vor Schmerzen. Florim zog sein Messer aus dem Bein des Wolfes. Aus reinem Vergnügen wollte er die Köpfe von Buran und seiner Gefährtin abschlagen und als Trophäe mitnehmen. In dem Moment raschelte es im Gebüsch. Das Wolfsbaby kam hervor und setzte sich heulend zu seiner Mutter. Florim betrachtete das Wolfsbaby mit blutroten Augen. Es war ein wehrloses Opfer. Grob packte er das Wolfsbaby am Nacken und hob es hoch. Zähne zeigend sah er das verängstigte Baby an. Es war ein leckerer kleiner Blutsnack für Florim.

Stunden später wachte Victoria gefesselt an einem dicken Holzmast im Käfig auf. Verwirrt sah sie sich um. Im Käfig war sie nicht alleine. Nebula war ebenfalls gefesselt. Jedoch nicht wie Victoria. Nebula war an die Wand gekettet. Sie wurde noch vor Victorias wach. Dann war da noch eine dritte Person im Käfig. Wie Nebula war er an die Wand gefesselt. Es war ein dicker, kräftiger Mann mit Glatze und einem großen Bart. Seine Kleidung glich einer schwarzen, ärmellosen Lederrüstung. Der Mann war übel zugerichtet worden. Vermutlich hatten die Gebrüder van Darkblood sich diesen Spaß erlaubt. Beide waren ja zu jeder Gewalttat bereit. Zu allem Überfluss war auch noch das Wolfsbaby in dem Käfig gefesselt. Mit ganzer Kraft versuchte es, sich von der Kette um seinen Hals zu befreien. Dasselbe versuchte auch Victoria mit ihren Fesseln, als sie realisierte, dass sie gefesselt war. Durch die Kraft des Vampirs in ihr müsste sie die Fesseln doch mit Leichtigkeit aufbrechen. Die Fesseln überzeugten Victoria vom Gegenteil.

Nebula klärte sie noch auf: „Die Fesseln wirst du nicht loskriegen. Sie wurden extra für Vampire geschaffen." Victoria fragte gar nicht weiter nach. Ihr schwirrte ein ganz anderes Thema im Kopf: „Ich glaube es nicht, dass du mir so einen Traum geschickt hast. Ohne dich wäre das nicht passiert." Nebula versuchte zu erklären: „Ich wollte das nicht. Den Traum, den ich dir schickte, war ganz anders. Ich weiß nicht wie Edward Dragonheart in deinem Traum auftauchen konnte. Es sollte ein Hilferuf sein." Victoria fragte laut: „Für was? Für die beiden Vampirkerle?" Nebula verriet ihr: „Diese Vampirkerle sind nicht irgendwelche Vampire. Sie sind die Brüder deines Vaters und sie sinnen extrem auf Rache. Nichts und niemand kann sie aufhalten."

Victoria ließ einen Grunzer auf die Antwort: „Wenn sie niemand aufhalten kann …" Nebula unterbrach sie: „Niemand außer dir. Du bist die Prinzessin der Vampire. Die Tochter des großen Vampirkönigs Vlad van Darkblood." Victoria sagte darauf: „Dann hol uns raus hier. Schließlich bist du eine Hexe und kannst uns befreien. Dann kläre ich das mit meinen Onkel." In dem Moment sprach der Fremde: „Aus diesem Kerker gibt es kein Entkommen.

Die Gebrüder van Darkblood sind zu stark." Victoria sagte grob darauf: „Sie kennen mich nicht. Ich habe es geschafft, den tyrannischen König Edward Dragonheart zu töten, dann schaffe ich die beiden auch. Ich bin Victoria van Darkblood."

„Lügnerin!" brüllte es plötzlich hinter ihr. Nebula sowie der Fremde sahen aufgeschreckt zur Käfigtür. Das Wolfsbaby sah ebenfalls hin und versteckte sich gleich hinter den Beinen von Nebula.

Florim und Razvan standen dort und wollten es nicht glauben. Wütend schloss Florim den Käfig auf. Razvan trat zuerst ein. Florim folgte ihm. Beide begutachteten mit finsterer Miene ihre Nichte. Weder Razvan noch Florim erkannten Ähnlichkeiten zu Vlad van Darkblood. Victoria wirkte wie ein ganz normaler Mensch. Razvan wurde neugierig und hakte nach: „Du gibst vor, die Tochter von unserem Bruder zu sein, siehst aber aus wie ein Mensch. Wieso also behauptest du, die Tochter des Vampirkönigs zu sein?" Noch bevor Victoria antworten konnte, sprach Nebula dazwischen: „Sie ist es …" Florim verpasste Nebula eine mit dem Handrücken und brüllte: „Du hast die Klappe zu halten!"

Victoria bestätigte Nebulas Aussage: „Es stimmt, was sie sagt. Ich wirke wie ein Mensch, weil ich zur Hälfte einer bin. Mein Vater, euer Bruder, hat meine Mutter geliebt, die ein Mensch war …" Florim wollte Victoria gar nicht weiter zu hören. Mit voller Wucht schlug er ihr mit blanker Faust ins Gesicht: „Hör auf zu lügen!" Victoria versuchte, den Schlag zu verkraften. Erzürnt sah sie Florim an. Doch er ließ sich nicht beeindrucken und brüllte: „Sag uns die Wahrheit!" Florim wartete gar nicht ab, bis Victoria was sagte. Sofort wollte er ihr den nächsten Fausthieb verpassen. Razvan hielt ihn zurück: „Lass dich von diesem Weibsbild nicht provozieren. Außerdem, wenn du sie totschlägst, nützt sie uns nichts mehr." Razvan packte Victoria an den Haaren und lenkte so ihren Blick auf sich. Er hatte endgültig genug davon. Er zückte sein Messer und fuhr langsam an ihrem Hals entlang. Victoria sollte den

Schmerz spüren. Der Schmerz ließ den Vampir in Victoria raus. Ihre Augen glühten förmlich auf. Ihre Vampirzähne im Mund sowie ihre schwarzen Krallen wuchsen. Ein Schmerzensschrei hallte durch den gesamten Kerker und ließ jedem das Blut in den Adern gefrieren. Das Wolfsbaby spürte, wie eine riesige Welle der Angst sein Herz packte. Erneut versuchte es, sich von den Fesseln zu befreien. Der Fremde im Käfig hielt sich seine Ohren zu. Da der Schmerzensschrei von Victoria für ihn unausstehlich war. Selbst Florim konnte dem Schrei nicht standhalten und musste sich die Ohren zuhalten. Einzig Nebula versuchte, dem Schrei zu trotzen und brüllte: „Lasst sie in Ruhe!" Razvan ließ von Victoria ab. In dem Moment verstummte Victoria und versuchte, Luft zu holen.

Razvan zeigte keine Reue. Wütend und finster zugleich sagte er zu seiner Nichte: „Jetzt werden wir erfahren, was die Wahrheit ist. Razvan führte die vor Blut triefende Klinge seines Messers zu seinem Mund und leckte mit der Zunge das Blut von der Klinge. Dann reichte er das Messer seinem Bruder, der das Blut auch kosten sollte. Wie Razvan leckte auch Florim das Blut von der Klinge. Das Erste, was beide bemerkten, war, dass Victorias Blut königlich war. Im nächsten Moment befanden sich beide in einem Rausch und erlebten die Bilder wie ein Film. Sie befanden sich im Gasthaus. Dort sahen sie Victoria als kleines Baby in den Armen ihrer Mutter Arsenia. Bei ihr war die Hexe Agatha. Draußen vor dem Gasthaus tobte der Kampf. Im nächsten Moment sahen sie, wie Vlad van Darkblood in das Zimmer kam. Er wollte das Baby und die Mutter töten. Jedoch verschwand Victoria mit Agatha.

Das Nächste, was die Brüder sahen, war die Erinnerung von Victoria, wie sie herausfand, dass sie halb Mensch und halb Vampir war. Gepackt von ihrer Wut tötete sie den Hirsch. Blutverschmiert wirkte es so, als würde Victoria ihre Brüder ansehen. Die nächsten Bilder zeigten Vlad van Darkblood, wie er mit Baltasar, Jacob, Marek und Jason in die Hütte von Agatha einbrach. Vlad stand Victoria gegenüber und bezeichnete sie als seine Tochter.

Die Brüder erwachten aus der Trance und sahen sich zuerst sprachlos an. Sie konnten es sich nicht erklären. Victoria hatte die Wahrheit gesagt. Plötzlich wirkten Florim und Razvan wie verändert, als hätten sie zwei Persönlichkeiten. Ohne weitere Worte wurde Victoria von ihren Fesseln befreit. Darauf folgten tausend Arten von Entschuldigungen. Eine Verneigung vor der Prinzessin folgte. Lächelnd sagte Razvan zu ihr: „Du bist die Königin unseres Volkes. Durch deine Herrschaft wird das Vampirvolk zu neuer Stärke finden."

Victoria wirkte völlig überrumpelt. Sie wusste nicht. wie sie auf die Situation reagieren sollte. Razvan und Florim umarmten ihre Nichte. Ratlos sah Victoria Nebula an. Nebula blieb still. Ihre Hoffnung war, dass Victoria sich richtig entscheiden würde. Victoria besaß die Macht zu befehlen, was sie wollte. Jedoch brachte sie kein Wort heraus. Zusammen mit ihren Onkels verließ sie den Kerker. Dabei sah Victoria ratlos noch einmal zu Nebula. Was würde jetzt passieren? Diese Frage stellte sich Nebula sowie Victoria in ihren Gedanken. Victoria rechnete fest damit, dass ihre Onkel nur freundlich gesinnt waren, weil sie ihre Nichte und die Königin der Vampire war.

Sie gingen mit Victoria in den Thronsaal. Sofort wurde es Victoria unbehaglich. Denn sie sah den Knochenthron, auf dem einst Edward Dragonheart saß und später ihr Vater Vlad van Darkblood. Jetzt sollte sie auf diesem Thron sitzen. Razvan und Florim führten sie zu dem Thron. Kaum stand Victoria vor dem Knochenthron, da hörte sie gleich eine flüsternde Stimme, die weder Razvan noch Florim nicht zu hören schienen. Die Stimme klang äußerst unheimlich: „Setz dich auf den Thron. Nutze die königliche Macht, die dir geschenkt wurde. Sei Königin Victoria van Darkblood." Die Stimme lockte Victoria geradezu, sich auf den Thron zu setzen. Victoria wagte es nicht. Im Inneren wusste sie, dass mit dem Knochenthron etwas nicht stimmte. In dem Moment sprach Razvan leise zu ihr: „Der Knochenthron wurde aus

Menschenknochen gebaut. Er sollte die Brutalität und Grausamkeit von Edward Dragonheart darstellen. Niemand sollte auf dem Thron sitzen, bis dein Vater dem tyrannischen König ein Ende setzte und seinen Platz einnahm."

Victoria erinnerte sich an die Zeit, wo ihr Vater auf dem Thron saß. Er war von Macht zerfressen. Ihre Angst war es, dass sie genauso werden könnte. Zudem schossen in ihr die Angst und der Gedanke hoch, dass die flüsternde Stimme von Edward Dragonheart stammte. Schließlich tauchte er in ihrem Traum auf. Was ist, wenn der Geist von Edward Dragonheart gar nicht tot ist? Victoria konnte man eine regelrechte Angst vor dem Thron ansehen. Die Brüder spürten ihre Angst. Besorgt kümmerten sie sich um ihre Nichte. Ohne das sich Victoria wehren konnte, trat sie nähr an den Thron. Vermutlich trugen ihre Onkels sie auch dorthin. Jedenfalls befand sich Victoria unmittelbar vor dem Thron. Die flüsternde Stimme lockte sie, sich hinzusetzen: „Setz dich. Fühle die ergreifende Macht. Sitz einmal auf dem Knochenthron und alles wird dir gehören. Jeder Wunsch … jede Sehnsucht erfüllt sich."

Die Stimme hinterließ einen kalten Atem auf ihrer Haut. Als würde der Teufel hinter ihr stehen. Victoria drehte sich um. Niemand außer ihren Onkel stand hinter ihr. Razvan und Florim standen lächelnd vor ihr und sagten gleichzeitig: „Setz dich, meine Königin." Dieselben Worte hallten von der flüsternden Stimme wider und drangen in Victorias Kopf. Sie setzte sich auf den Thron. Keine zwei Sekunden später durchströmte ihren Körper ein reizvolles und verführerisches Gefühl. Victoria sah auf ihre Hände und sah, wie die menschliche Seite nach und nach verschwand. Ohne, dass es Victoria selbst kontrollierte, zeigten sich ihre langen schwarzen Krallen. Ihre Augen leuchteten blutrot und ihre Eckzähne verwandelten sich zu langen spitzen Reißzähnen.

Dem Vampir in Victoria gefiel diese Macht und sie fühlte sich stark. Genauso spürten auch Razvan und Florim die starke Macht, die von Victoria ausging. Sie war dunkel und schien die Herzen zu vergiften. Selbst Nebula im Kerker spürte diese Macht. Wie eine gewaltige Hand packte es ihr Herz. Dem Fremden sowie dem Wolfsbaby erging es nicht anders. Alles was sich in dem Schloss befand, wurde von etwas gepackt. Jedoch fühlten nur Victoria, Florim und Razvan die Macht. Nebula, der Fremde und das Wolfsbaby fühlten nichts als Angst.

Eine Welt von Monstern

Victoria schien Gefallen an der verführerischen Macht zu haben. Wie langsam steigendes Wasser vergiftete es ihren Körper. Doch besann sie sich schnell. Im Eiltempo sprang sie vom Knochenthron. Mit starrem Blick sah sie ihn an und flüsterte: „Es ergreift meinen Körper wie eine riesige Welle. Sie ist verführerisch und voller Bosheit … so finster.“ Plötzlich standen wie durch Zauberei Razvan und Florim vor ihr. Erzürnt packte Razvan sie an den Armen. Er drückte so fest zu, als würde er ihre Arme brechen wollen. Victoria versuchte, sich aus dem Griff zu befreien. Gegen die Kraft ihres Onkels kam sie aber nicht an.

Fast schon brüllte Razvan sie im finsteren Ton an: „Du bist zu sehr von menschlichen Gefühlen beeinflusst! Lass diese Gefühle fallen!“ Razvan stieß sie zurück. Ohne was zu sagen, flüchtete Victoria in den Kerker. Ihre Onkel kamen langsam hinterher. Sie wussten ganz genau, dass Victoria nicht entkommen konnte. Victoria flüchtete zu Nebula, an den Käfig. Nebula stand auf und fragte die nach Luft ringende Victoria: „Was ist passiert? Etwas in mir löste Angst aus.“ Victoria sah kurz zur Kerkertür und sah, wie ihre Onkel langsam in den Kerker kamen.

Ihr blieb nicht viel Zeit. Sie wandte sich Nebula zu: „Versuch, Adam zu erreichen. Schick ihm von mir aus einen Albtraum.“ Razvan und Florim zogen Victoria vom Käfig weg. Finster meinte Florim: „Niemand kann dir helfen.“ Dann wurde sie wieder mitgenommen. Verzweifelt sah Victoria Nebula an. Ihr Blick drückte einen richtigen Hilfeschrei aus. Nebula begriff, dass Adam herkommen musste.

Der Fremde stand auf und fragte Nebula neugierig: „Wer ist dieser Adam? Ist er auch ein Vampir oder so wie die Prinzessin?“ Nebula sah den Fremden an: „Adam ist kein Vampir. Er ist auch nicht wie Victoria, halb Mensch und halb Vampir. Er ist etwas anderes.

Adam ist der legendäre Werwolf.“ Der Fremde wirkte überrascht: „Also stimmen die Geschichten? Das Kind, das ein Geschenk von Gott erhalten hatte.“

Nebula nickte: „Nur er kann sie jetzt noch retten.“ Nebula wollte schnell handeln. Auch sie hatte gemerkt, dass Razvan und Florim vom Bösen zerfressen waren. Im Schneidersitz setzte sich Nebula hin, schloss die Augen und atmete ein paar Mal tief durch. Der Fremde sowie das Wolfsbaby beobachteten sie dabei. Plötzlich riss Nebula ihre Augen weit auf. Ihre stechend blauen Augen leuchteten förmlich und strahlten eine unangenehme Kälte aus, die den Fremden sowie das Wolfsbaby zum Zittern brachten.

Ihre schwarzen Haare begannen, in der Luft zu wedeln, als würde ein starker Wind durch sie hindurchwehen. Nebula war richtig angespannt. Zähne und Krallen zeigten sich. Ohne Mühe stand sie auf, hob ihre Hände mit gespreizten Fingern und sprach Worte in einer fremden Sprache, die nur Nebelvampire verstanden. Im nächsten Moment fiel Nebula in sich zusammen.

Der Fremde war in Sorge um die Königin der Nebelvampire und versuchte, sie wieder wach zu kriegen. Das Wolfsbaby versuchte, Nebula wach zu kriegen, indem es ihr Gesicht ableckte. Es war nichts zu machen. Nebula war vollkommen weggetreten. Zumindest der Körper. Der Zauber hatte ihren Geist von ihrem Körper getrennt. Durch den Zauber wurde Nebulas Geist direkt nach London zu Adams Orden geschickt.

Im Kerker des Ordens ahnte niemand etwas. Weder die Wachen, die vor der Kerkertür standen, noch die Gefangenen. Adam sowie Kira und Elise schliefen in ihren Käfigen, gefesselt an den Wänden. Nebula tauchte in Adams Käfig auf. Sanft versuchte sie, ihn zu wecken: „Adam … Adam … Adam wach auf.“ Nach den leisen Worten öffnete Adam die Augen und bekam einen Schreck. Er hatte nicht mit einem Geist gerechnet. Noch dazu der Geist von Nebula. Schnell beruhigte sie ihn: „Adam bleib ruhig. Ich bin es … Nebula.“ Adam atmete durch und wurde ruhiger. Nebula erklärte Adam: „Ich bin durch meinen Zauber hier. Mein Körper ist in Rumänien." Adam war trotz der Erklärung irritiert. Allerdings wusste Adam auch, dass Nebula eine Hexe war. Daher war diese Geistnummer nichts Besonderes bei ihr: „Warum bist du hier? Ist Victoria bei dir? Geht es ihr gut?" Nebula fühlte sich gleich bombardiert mit Fragen. Sie wusste aber, dass Adam besorgt um Victoria war. Daher fiel es ihr umso schwerer, von den Problemen zu erzählen: „Victoria ist in Rumänien und wir sind uns auch begegnet, aber …"

Adam wurde ernst. An seinem finsteren Blick konnte man erkennen, dass er spürte, dass etwas passiert war. Nebula brauchte nicht weiterzureden. Adam war schon extrem angespannt: „Was ist passiert?" Seine Stimme wurde richtig tief, als würde er sich gleich verwandeln. Er schnaufte und knurrte wie ein Werwolf. Nebula lenkte seinen Blick auf sich. Adam beruhigte sich nur schwer. Seine Augen, Zähne und Fingernägel waren bereits verwandelt. Zitternd vor Anspannung konzentrierte er sich auf Nebula und ihre Worte: „Victoria und ich wurden gefangen genommen …" Adam unterbrach Nebula in einem rauen Ton: „Was! Wer nahm euch gefangen?"

Durch die lauten Worte wurden Kira und Elise wach. Wie Adam, erschreckten sie sich auch vor dem Geist. Adam beruhigte beide und wollte mehr wissen. Zornig lauschte er Nebulas Worten: „Die Brüder van Darkblood, Victorias Onkel, sind in Rumänien aufgetaucht. Sie haben uns gefangen genommen. Doch als sie erfahren haben, wer Victoria ist, wollten sie, dass Victoria die Königin der Vampire wird. Ab da muss was Schreckliches passiert sein. Ich spürte es und ich sah es, als Victoria mich um Hilfe bat. Adam wir brauchen deine Hilfe. Ohne dich schaffen wir es nicht. Die Brüder van Darkblood sind grausam und neigen zu jeglicher Brutalität. Ganz alleine haben sie meine Nebelvampire erledigt, die ihnen zahlenmäßig überlegen waren. Buran haben sie verletzt. Ich habe keine Ahnung, was aus ihm geworden ist. Seine Gefährtin ist tot und das Wolfsbaby von ihnen ist ebenfalls gefangen." Die Worte reizten Adam nur noch mehr. Dennoch wollte Adam mehr wissen, was passiert war. Nebula erzählte: „Eine Welle der Angst durchstreifte meinen Körper. Du musst nach Rumänen kommen, ihr alle." Nebula löste sich wieder auf und flüchtete in ihren Körper.

Adam wollte keine Zeit verlieren. Angetrieben von dem Gedanken, dass Victoria etwas passiert ist, versuchte er, sich mit ganzer Kraft von den Fesseln zu befreien. Jedoch waren die Fesseln so stark, dass jegliche Art von Kraft nutzlos dagegen war. Wahrscheinlich hatte der Rat die Fesseln extra für Adam entworfen. Das reizte Adam nur noch mehr. Er war wütend. Gepackt von der Wut stieß er einen lauten Brüller raus. Der Brüller lockte die Wachen in den Kerker. Jedoch die Wachen taten nichts als lachen. Sie fanden es lustig, wie Adam versuchte, sich von den Fesseln zu befreien. Spöttisch meinten sie noch: „Streng dich nicht zu sehr an, kleines Hündchen. Die Fesseln wurden extra für dich hergestellt." Knurrend sah Adam die Wachen an. Seine Werwolfsaugen durchbohrten ihren Körper. In seiner Wut wollte er sich verwandeln. Dabei drohten die Fesseln zu reißen. Den Wachen verging das Lachen. Sie flüchteten aus dem Kerker. Kira und Elise wollten sich ebenfalls befreien. Sie schafften es nicht. Es musste einen anderen Weg geben.

Was weder Adam, Kira oder Elise wussten, war, dass Marcus ein finsteres Geheimnis hatte. Nicht einmal sein treuer Laufbursche Ronald Black wusste darüber Bescheid. Ganz zu schweigen von den restlichen Ratsmitgliedern. Nur Marcus Thompson hatte dieses finstere Geheimnis. In einem abgeschlossenen Raum, zu dem nur Marcus Zugang hatte, bewahrte das Oberhaupt des Ordens eine schwarze, alles sehende Kugel auf. Die Kugel war nicht von dieser Welt. Man wusste auch nicht, wie viele es gab. Nebula besaß in ihrem Schloss ebenfalls solch eine Kugel, bis sie sie zerstörte.

Die schwarze Kugel war ein Teil von Edward Dragonhearts Seele. Niemand weiß, wie die Kugel entstanden ist oder wer sie gefertigt hatte. Man wusste nur, dass die schwarze Kugel in dem Moment auftauchte, als Vlad van Darkblood sein Schwert in die Brust von Edward Dragonheart rammte. Jeder der eine schwarze Kugel besaß, kostete von der unglaublich verführerischen Macht des tyrannischen Königs.

Marcus Thompson fühlte diese Macht ebenfalls. Sie war jenseits jeglicher Vorstellungskraft. Jedenfalls wurde es den Besitzern der Kugel eingeredet. Es war ein minimaler Einfluss von Edward, um eine Person zu manipulieren. Durch die schwarze Kugel existiert der tyrannische Vampirkönig und vergiftet die Herzen jener Person, die vorhatte, die Welt zum Guten zu verändern. So vergiftete er auch Marcus' Herz.

Doch wie kommt Marcus in den Besitz solch einer gefährlichen Kugel? Die Frage konnte er nicht einmal selbst beantworten. An jenem Tag war sie einfach da. Ein Blick von Marcus genügte und er war der Kugel verfallen. Durch die Kugel konnte er quasi in die Zukunft sehen. So wusste er genau, wo sich welcher Vampir befand. So starb ein Vampir nach dem anderen. Völlig egal, ob sie gut waren. Durch diese Kugel wurde er zum mächtigsten Mitglied seines Ordens. Diese schwarzen Kugeln werden auch als Relikte der Finsternis bezeichnet.

Marcus befand sich in dem abgeschlossenen Raum, der außerhalb der Tür von Sheng Lie und seinem Team bewacht wurde. Zu jeder Zeit, wenn sich Marcus in diesem Raum befand, standen Sheng und seine Leute mit gezogenen Schwertern da. Sie waren in höchster Alarmbereitschaft. Niemand aus dem Orden durfte diesen Raum betreten. Der Raum war komplett finster. Nur ein kaltes blaues Licht, welches von der Kugel kam, erstrahlte den Raum. Jeder der in dieses Licht sah, fühlte sich dem Tod nah. So erging Marcus es jedes Mal, wenn er sich in dem Raum befand. Das Gefühl, dem Tod nah zu sein, fühlte sich so echt an, dass Marcus schon selber dachte, tot zu sein. Bis auf dieses Licht umfasste Marcus reine Dunkelheit, als würde man die Augen schließen und nicht mehr öffnen können. Die Kugel befand sich auf einem schwarzen Marmortisch. Der Tisch sah aus, wie zwei gewaltige schwarze Hände. Sonst befand sich nichts in dem Raum. Nur die Kugel war dort. Marcus ging nahe zur blau leuchtenden Kugel. Nur wenige Zentimeter trennten ihn von der Kugel. Still starrte er in das blaue Licht.

Marcus wirkte wie paralysiert, als ob das Licht seine Sinne geraubt hätte und ihn zum willenlosen Sklaven gemacht hätte. Fast wie ein Zombie.

Langsam kniete er sich vor die Kugel hin. In dem Moment schallte eine tiefe, flüsternde Stimme durch den Raum: „Marcus, mein lieber Marcus." Die Stimme packte Marcus' Herz, als würde der Tod oder Luzifer höchstpersönlich danach greifen. Seine Angst konnte er nicht verstecken. Zitternd senkte er seinen Kopf und horchte, was die Stimme von Edward Dragonheart zu sagen hatte: „Deine Aufgaben hast du brav erfüllt. Die Prinzessin ist in Rumänien. Doch wieso nicht auch der Werwolf? Für die Welt voller Monster brauche ich beide." Marcus traute sich gar nicht zu antworteten. Er wusste nicht, was passieren würde, wenn er der Stimme Rechenschaft ablegte. Wer weiß, wie weit die Macht von Edward Dragonheart reichte. Dennoch musste Marcus es erklären: „Wir mussten den Werwolf erst ruhigstellen. Er war zu wild …" Die Stimme unterbrach Marcus im lauten Flüsterton: „Wild! Dass ich nicht lache. Ihr habt ihn nicht ruhiggestellt. Versteckt in der Dunkelheit habe ich alles gesehen. Die Prinzessin war es. Sie hat enorme Macht über den Werwolf … zähmt ihn wie ein wildes Tier. Niemand anderes auf der Welt kriegt diese Bestie gebändigt." „Es ist Liebe. Die Liebe zueinander, zähmt die wilde Kreatur", warf Marcus dazwischen. Die Stimme stieß ein finsteres Lachen aus: „Liebe!? Liebe ist bedeutungslos. Sie hat die Nebelvampire einst entzweit und sie entzweit jedes Wesen auf der Welt. In den Herzen aller Kreaturen befindet sich nichts als Gier, Hass, Wut und Zorn. Die Freundlichkeit und die Liebe sind bloß eine instabile Mauer. Stirbt eine Person durch die Hand einer anderen Person, fällt diese Mauer. Rache ist das Erste, an was jeder denkt. So beginnen Kriege. So sterben Menschen. Das werden wir auch auslösen. Warte bis die nächste Nacht vorbei ist. Dann schicke den Werwolf mit einem Team nach Rumänien." Marcus ahnte, was der Plan war. Dennoch wagte er zu fragen: „Was hast du vor?" Die Stimme antwortete erst nicht. Sie ließ Marcus alleine. Die Stille wirkte in der Dunkelheit unheimlich. Plötzlich brüllte die Stimme: „Blutige Rache!"

Die Worte jagten Marcus einen riesen Schreck ein. Dann verschwand sie. Das Licht der Kugel erlosch und ließ Marcus komplett in der Dunkelheit stehen. Schweigend, nachdenklich und mit angsterfülltem Blick kam Marcus aus dem Raum. Unter der Beobachtung von Sheng Lie und seinen Leuten schloss Marcus die Türen des Raumes ab. Misstrauen zeigte sich in ihren Gesichtern. Jeder von Shengs Leuten sowie Sheng selbst bemerkte, dass etwas nicht stimmte. Doch wagte es keiner zu fragen, was passiert sei. Still gingen sie ihrer Wege. Marcus sah ihnen nicht hinterher. Er ging seinen eigenen Weg. Jedoch wurde er von den Kerkerwachen abgefangen. Sie berichteten ihm, was los sei. Schweigend ging Marcus in schnellen Schritten, gefolgt von den Wachen, zum Kerker.

Noch bevor Marcus den Kerker betrat, hörte er, was los war. Adam war außer sich. Er wollte nur noch freikommen, um seiner großen Liebe zu helfen. Marcus betrat den Kerker und sah gleich wie Kira und Elise versuchten, frei zu kommen. Marcus belächelte sie nur. Doch dann sah er ihn. Still ging Marcus zum Käfig von Adam und sah, wie er versuchte, mit ganzer Kraft frei zu kommen. Immer und immer wieder versuchte er, sich von den Ketten loszureißen. Marcus wagte es, dicht an die Käfigtür zu gehen. In dem

Moment hörte Adam auf. Knurrend und schnaufend vor Erschöpfung sah er Marcus an. Die Kleidung von Adam war durch die halbe Verwandlung leicht gerissen. Marcus konnte nicht glauben, wie stark sein Wille war, zu der Prinzessin zu kommen. Er sah in die Augen der Bestie und sah die Liebe zu Victoria. Sie war stark. Marcus begann, sich in Gedanken zu fragen: Wie stark ist die Liebe von der Prinzessin und dem Werwolf? Eine Frage, die Marcus sich nicht beantworten konnte. Schweigend verließ Marcus den Kerker.

Eingesperrt war auch Victoria. Jedoch nicht in einem Käfig. Razvan und Florim hatten sie in ihr ehemaliges Zimmer eingesperrt. In ihrem Zimmer stand noch alles am selben Fleck, wie sie es beim ersten Mal vorgefunden hatte. Auch war ihr Ankleidezimmer noch vollständig da.

Still lag Victoria auf ihrem Bett und weinte die eine oder andere Träne. Ihre Gedanken waren bei Adam. Anders erging es Adam auch nicht. Erschöpft saß er auf dem Boden, mit dem Rücken an die Wand gelehnt. Er senkte seinen Kopf und dachte an Victoria. Beide waren auf ihre Art gefangen. Keiner von beiden wusste nicht genau, wie es dem anderen ging. Die Probleme waren da. Doch wie schlimm sie waren, ahnten beide nicht. Für Victoria sollten sie noch schlimmer werden. Ein komisches Gefühl hatte Victoria aus ihren Gedanken. Sie setzte sich auf. Verwirrt sah sie sich im Zimmer um und entdeckte ein für sie unbekanntes Gemälde. Auf dem Gemälde war sie mit ihrem Vater zu sehen. Arm in Arm stand sie wie eine glückliche Familie da. Wieso hing das Gemälde an der Wand? Victoria konnte sich nicht erinnern, dass dieses Gemälde jemals gezeichnet wurde. Beim genaueren Hinsehen entdeckte sie noch etwas. An dem Gemälde war etwas faul. Direkt hinter ihr und ihrem Vater zeigten sich zwei rot leuchtende Augen. Die Augen wurden mit jeder Sekunde deutlicher, als wäre das Gemälde besessen. Victoria stand auf und nährte sich misstrauisch dem Gemälde. Das

Gemälde musste ein Zauber sein, bestehend aus reiner schwarzer Magie. Denn das Bild fing an, sich zu verändern. Victoria sah genauer hin. Obwohl jede Faser ihres Körpers ihr riet, Abstand zu dem Gemälde zu haben, siegte ihre Neugier.

Das Gemälde ließ Vlad van Darkblood verschwinden und zeigte einen neuen Vampir an ihrer Seite. Dieser Vampir war Edward Dragonheart. Victoria schreckte vor dem Bild zurück. Im selben Moment fiel sie plötzlich hin und wurde ohnmächtig. Victoria stolperte nicht und stieß sich auch nicht den Kopf an. Sie fiel einfach hin und war ohnmächtig.

In ihrer Ohnmacht wurde sie wieder in einen Traum geworfen. Dieses Mal befand sie sich nicht auf einem Friedhof. Sie befand sich in dem brennenden Dorf Tralgia. Jedes einzelne Haus brannte. Die Menschen, die aus den Häusern flohen, brannten. Laute Schreie der Angst und Schmerzen von den Menschen hallten durch den Nachthimmel. Verbranntes Fleisch vergiftete die Luft. Die Menschen, die nicht brannten, wurden von Vampiren kaltblütig ermordet und in Stücke gehackt. Kinder, die laut vor Angst schrien und weinten, spürten die spitzen Zähne eines Vampirs. Victoria war regelrecht geschockt. Sie hielt sich die Hände vor dem Mund und wollte es nicht glauben. Sie wollte aus diesem blutigen Albtraum aufwachen. Jedoch konnte sie es nicht.

In dem Chaos aus Tod und Blut zeigte sich vor ihren Augen ein riesiger Mann in schwarzer Rüstung. Der Hüne war Edward Dragonheart. Dicht stand er vor Victoria und warf seinen Schatten auf sie. Angsterfüllt sah sie zu ihm rauf. Sein Blick war finster und bedrohlich. Victoria wich vor dem Vampir zurück. Doch bei jedem Schritt, den sie zurücksetzte, setzte Edward Dragonheart einen Schritt nach vorne. Sie konnte ihm nicht entkommen. Daher fragte sie: „Was willst du?“ In tiefem Ton antwortete Edward: „Bestimmung. Ich will, dass du deine Bestimmung erfüllst. Sei die Königin der Vampire.“

Victoria weigerte sich. Sie wollte die Herrschaft nicht annehmen. Sie wollte der Macht nicht verfallen wie ihr Vater. Plötzlich veränderte sich der Traum. Sie und Edward befanden sich im Schloss „Dragonhell." Edward zeigte ihr, wie Vlad van Darkblood damals den tyrannischen König tötete: „Es ist der Fluch der Familie van Darkblood. Kein Familienmitglied kann sich von dem Fluch befreien. Dein Vater hat dieses Übel begonnen. Er hatte gute Absichten. Doch die Absichten ertränkte er in Gier nach dem Thron. Er wollte König sein. Er wollte ein besserer König sein. Jedoch ist Macht zerbrechlich. Er versagte jämmerlich."

Wieder veränderte sich das Bild. Jetzt zeigte es den Kampf von Adam gegen den Dämon, sowie den Kampf Marek, Kira und Baltasar gegen Vlad van Darkblood und Nebula van Blutstein. In dieser Schlacht verlor Vlad und wurde weggesperrt. Flüsternd sprach Edward zu Victoria: „In dieser Nacht brach die Macht deines Vaters zusammen. Doch deine Macht wird über Jahrhunderte bestehen. Königin über ein ganzes Volk zu sein, ist deine Bestimmung. Das Gefühl über alles und jedem zu stehen, ist verführerisch."

Die flüsternden Worte begannen sich bei Victoria einzubrennen. Die Vorstellung von Macht schien ihr Herz zu vergiften. Dennoch erlaubte sie sich die Frage: „Was ist mit Adam? Ich liebe ihn." Edward stellte sich hinter Victoria und umarmte sie sanft: „Adam wird an deiner Seite sein als die Bestie, die er ist. In einer Welt von Monstern."

Plötzlich wachte Victoria aus ihrer Ohnmacht auf. Mit starrem Blick stand sie auf. Sie verzog keine Miene, dachte nicht über den Traum nach. Victoria war vollkommen ausgewechselt. Der Traum hatte ihr jede Art der Menschlichkeit genommen. Es war nur das Monster da. Langsam ging sie zum Schminktisch und betrachtete den Vampir im Spiegel. Mit Händen berührte sie ihr Gesicht und tastete es ab. Finster lächelte sie dem Spiegelbild zu und wiederholte die Worte von Edward Dragonheart: „Eine Welt voller Monster." Sie wendete sich von dem

Spiegelbild ab und ging aus dem Zimmer. Wie ein Geist schwebte sie fast die dunklen Gänge des Schlosses entlang. Ihre Augen leuchteten in der Dunkelheit so rot wie die Augen des Teufels. Sie erreichte den Thronsaal, wo Razvan und Florim warteten. Wie zwei Leibwächter warteten sie links und rechts vom Knochenthron. Ohne Worte ging Victoria den Thronsaal entlang. Den Blick starr auf den Thron gerichtet. Mit jedem Schritt, den sie auf den Thron zu machte, verfinsterte sich ihr Herz mehr. Bis sie unmittelbar vor dem Thron stand. Eine Weile starrte sie ihn an. Sofort spürte sie die finstere Macht, die von dem Thron ausging. Wie ein rauchiger schwarzer Schleier umfasste es den Thron und lockte Victoria. Ein kurzer Blick zu ihren Onkels, dann setzte sie sich auf den Thron und blieb sitzen. In ihrem Kopf hallte die flüsternde Stimme von Edward Dragonheart wieder: „Eine Welt von Monstern." Darauf lächelte Victoria finster: „Ja. Ich bin die Königin der Vampire."

Dunkle Verfuehrung

Kaum waren die Worte ausgesprochen, strömten sie zu Hunderten in das Schloss und überfielen in ihrer Masse den Thronsaal. Durch die Fenster flog einer nach den anderen herein … Vampire. Mit finsteren Blicken standen sie vor Victoria und durchbohrten sie.

Die Frauen sowie die Männer waren festlich gekleidet. Denn es bestand ein Grund zur Feier. In hautengen (verbunden mit einem Korsett) Kleidern standen die Vampirinnen vor der neuen Königin. Von Rot bis Schwarz war jedes Kleid dabei. Das Korsett betonte und formte die Brust der Vampirinnen zu einem verführerischen Aussehen. Lange schwarze Opernhandschuhe verpassten dem verführerischen Aussehen eine elegante Note. Die Haare der Frauen waren entweder offen oder zu einer Hochsteckfrisur geformt. Jede der Vampirinnen wirkte fast wie eine Prinzessin. Die Männer waren alle in piekfeinen schwarzen Anzügen gekleidet. Die Haare der Männer (egal ob kurz oder lang) waren nach hinten gekämmt.

Verwirrt und zugleich überrascht schaute Victoria auf das Vampirvolk an. Was nun dachte sie sich. Ratlos sah sie ihre Onkel an: „Woher kommen sie alle?“ Razvan hockte sich zu Victoria runter und erklärte: „Das Volk war nie weg. Jeder von ihnen versteckte sich in der Dunkelheit und wartete.“ Florim fügte noch leise hinzu: „Jetzt hat das Volk seine Königin.“ Victoria sah erneut zu dem Vampirvolk. Ihr Herz hämmerte in einem schnellen Takt. Sie war aufgeregt. Vor Jahren stand sie dem Vampirvolk schon mal gegenüber, jedoch als Prinzessin. Jetzt stand sie als Königin vor lauter blutdurstigen Vampiren. Es ging alles zu schnell. Victoria wusste nicht, wie sie reagieren sollte. Nach einer Weile fand sie Gefallen. Sie erhob sich vom Knochenthron. Im selben Zug verneigte sich das gesamte Vampirvolk. Selbst die Köpfe waren gesenkt. Sie sah erneut zu ihren Onkel. Selbst sie verneigten sich mit gesenktem Kopf der neuen Königin. Victoria wandte sich dem Volk zu und wollte eine Ansprache halten.

So weit kam es gar nicht. Noch bevor sie das erste Wort aussprach, erloschen alle Lichter. Jeder im Thronsaal schreckte auf. Alles um Victoria herum war dunkel. In der Dunkelheit hörte Victoria nur noch das Fauchen hunderter Vampire. Wollten sie Victoria angreifen? Sofort schoss Victoria die Frage in den Kopf: Akzeptiert das Volk mich als Königin? Victoria wusste es nicht. Sie wusste nur, dass sie ganz alleine, umgeben von einem Vampirvolk in der Dunkelheit stand. Nervosität, Anspannung und hastiger Atem füllten die Luft. Doch diese Gefühle kamen nicht von Victoria, sie kamen von dem Vampirvolk. Razvan und Florim zogen ihre Schwerter und umklammerten die Griffe so fest, dass ihre Hände wehtaten. Victoria selbst war bereit, mit ihren Vampirkrallen alles zu töten, was sich bewegte. Mit ihren blutroten Augen konnte sie sehen, was sich in der Dunkelheit tat. Nichts geschah. Die Vampire waren alleine und doch spürten sie, dass ein Fremder im Thronsaal war. Doch wer war es? In der Dunkelheit hörte man nur ein Fingerschnipsen und plötzlich gingen alle Lichter wieder an.

In der Mitte des Volkes erblickten sie alle eine junge Frau. Zumindest wirkte sie jung. Die Frau lebte schon zu der Zeit von Edward Dragonheart. Der Name der Frau war Mirena Dragomir. Mirena war eine Hexe voller Bosheit. Ihre Haare waren lang und dunkelrot. Ihre Augen hatten ein dunkles Braun, schon fast schwarz. Die Lippen hatten ebenfalls einen dunkelroten Ton. Die Farbe glich dem Blut eines Menschen im Körper. Gekleidet war sie in einem schwarzen, fast durchsichtigen Rüschenkleid. Nur die wichtigsten Stellen (Po, Vagina und Brust) waren bedeckt.

Mirena Dragomir gehörte einst zum großen Hexenzirkel. Zusammen mit ihren neun Schwestern terrorisierten sie die Welt. Bis sich Nebula van Blutstein vor vielen Jahren sich ihnen entgegenstellte. Jede Hexe, außer Mirena selbst, wurde getötet. Zudem war sie die Geliebte von Edward Dragonheart. Durch ihn wurde sie zur Königin der Hexen ernannt. Doch das wussten nur die wenigsten. Als Nebulas Eltern Edward Dragonheart in einen Vampir verwandelten, war Mirena nicht weit und schenkte dem Vampirkönig finstere Mächte und mit dem Tod von Edward Dragonheart wurden diese Kräfte entfesselt. Doch diese Geschichte kennen die Vampire nicht. Man kann sagen, die Hexe formte das Böse in dem Körper eines Vampirs. Jetzt sollte es auch mit Victoria passieren.

Victoria kannte die Hexe nicht und verlangte nach ihren Namen. Mirena trat zur Königin vor, verneigte sich vor ihr, jedoch nicht mit gesenktem Kopf. Der finstere Blick der Hexe durchbohrte die Königin. Denn Mirena hatte auch damals von dem Kampf gehört. Langsam richtete sie sich wieder auf und antwortete: „Meine wunderschöne Königin, ich bin Mirena Dragomir. Ich gehöre zum großen Hexenzirkel, der einst existierte." Victoria fragte gleich und streute so Salz in die Wunde: „Existierte? Wieso existiert er nicht mehr?" Die Frage war eine Beleidigung für die Königin der Hexen. Innerlich kochte sich vor Wut. Sie ballte ihre Hände zu Fäusten, um ihre Wut in Zaum zu halten.

Mit einem aufgesetzten Lächeln antwortete sie: „Die Prinzessin und jetzige Königin der Nebelvampire tötete meine Schwestern. Ohne Gründe ermordete sie meine Schwestern eiskalt mit schwarzer Magie." Ernst redete Victoria: „Du redest von Nebula van Blutstein." Victoria verriet Mirena nicht, dass Nebula ihre Freundin war. Stattdessen fragte sie: „Warum bist du hier?" Mirena Dragomir nährte sich Victoria, was Razvan und Florim in Alarmbereitschaft setzte. Mirena blieb sofort stehen: „Ich will euch helfen, als Königin der Vampire legendär zu werden. Es gibt so vieles, was ihr noch gar nicht wisst. Durch mich könnt ihr so unfassbar mächtig werden, dass eure Feinde es nicht mal wagen werden, auch nur einen Gedanken an einen Angriff zu verschwenden. Jedoch um eine Königin zu sein, braucht ihr eine Krone." Mit ein paar leichten Handbewegungen zauberte Mirena ein schwarzes mit blutroten Rubinen besetztes Diadem herbei: „Dieses Diadem macht euch zur wahrhaftigen Königin. Das stärkste Machtsymbol auf der Welt. Tragt sie und ihr seht, wie jeder vor euch kniet."

Ein Lächeln zauberte sich in Victorias Gesicht. Ihr Blick wendete sich nicht mehr von der Krone ab. Sie hatte Victoria vollkommen in ihren Bann gezogen. Langsam kniete sie sich vor Mirena hin. Mirena ging hinter Victoria, hielt das Diadem mit beiden Händen über ihren Kopf und sprach: „Prinzessin Victoria van Darkblood, mit diesem Diadem kröne ich euch zur Königin des Vampirvolkes." Langsam wurde das schwarze Diadem auf den Kopf Victorias gesetzt. Staunend betrachtete das gesamte Vampirvolk die Krönung von Victoria van Darkblood. Die Freude jedes einzelnen Vampirs wurde mit Moment zu Moment größer. Ganz anders war es bei Nebula.

Im Kerker spürte sie die dunkle Gefahr. Es packte ihr Herz wie eine kalte, tote Hand und schnürte ihr die Luft ab. Sie ging auf die Knie und rang nach Luft. Der Fremde versuchte, ihr zu helfen. Jedoch wusste er nicht, was ihr fehlte. Schwer atmend sprach Nebula: „Es packt mein Herz. Ich bekomm keine Luft." In dem Moment, wo Victoria das Diadem auf den Kopf gesetzt wurde und die Vampire staunend zusahen, breitete sich das Böse aus, um jedes gute Herz zu vergiften. Wie ein schwarzer unsichtbarer Schleier legte es sich über jedes gute Herz. Nur wenige Minuten später spürte auch der Fremde, dass seine Luft knapp wurde. Selbst das Wolfsbaby blieb von diesen Qualen nicht verschont.

Selbst der Orden in London spürte es. Adam bemerkte, wie das Böse versuchte, sich auszubreiten und jeden zu beeinflussen. Kira und Elise konnten dem Ausmaß dieser finsteren Macht nicht widerstehen und fielen in Ohnmacht. So erging es auch jedem anderen Vampirjäger. Ronald Black, Sheng Li und bis auf einen, der gesamte Rat des Ordens. Die Einzigen, die vor der Ohnmacht verschont blieben, waren Adam Knight und Marcus Thompson.

Marcus Thompsons Herz war von vorneherein schon von finsteren Mächten vergiftet. Bei Adam war es der Werwolf, der ihn schützte. Jeder, der in Ohnmacht fiel, sah den Hünen eines Vampirkönigs für einen Augenblick. Jedoch nicht in der Gestalt eines Vampirs. Edward Dragonheart sah aus wie der Teufel selbst. Lange spitze Zähne, lange scharfe Krallen und gigantische Flügel. Selbst die Augen leuchteten so rot wie das Höllenfeuer. Nebula kannte die Gestalt. Einst hatte sie sie im Spiegel gesehen. Damals glaubte sie, es wäre der Höllenfürst höchstpersönlich.

Auf Knien standen alle vor dem Vampirhünen. Das Wolfsbaby winselte vor Angst und versuchte, sich hinter Nebula zu verstecken. Nebula hatte Angst davor, wieder unter Kontrolle des Vampirkönigs zu kommen. Der Fremde war angespannt. Er versuchte, seine Furcht zu verstecken. Es gelang ihm jedoch nicht. Elise bekam regelrechtes Herzrasen. Sie musste sich die Hände vor den Mund halten, um nicht zu schreien. Auch Kira blieb die Angst nicht verborgen. Finster grinste Edward Dragonheart sie nur an. Kein Wort, keine Reaktion. Es kam nur ein finsteres Grinsen. Jeder wachte wieder aus seiner Ohnmacht auf. Im selben Moment hatte Victoria die Krone auf dem Kopf. Sie erhob sich und wurde als wahrhaftige Königin gefeiert. Das Vampirvolk applaudierte und jubelte lautstark.

Mirena nahm Victorias Hände und sah ihr in die Augen: „Endlich hat das Volk der Vampire wieder eine Königin. Anmutig … stark … und wunderschön.“ Mirena schenkte Victoria ein Lächeln: „Du bist jetzt der mächtigste Vampir.“ Victoria konnte es nicht glauben. In nur einer Nacht änderte sich ihr ganzes Leben. Wie damals, als ihr Vater sie fand und sie Prinzessin wurde. Doch damals war jemand wie Marek da und öffnete ihr die Augen. Wer öffnet ihr jetzt die Augen? Marek, Vlad van Darkblood, Baltasar und Agatha waren tot. Nebula war eingesperrt. Adam, Kira und Elise waren es ebenfalls. Victoria war allein. Komplett vom Bösen beeinflusst, genoss sie die Jubelstürme des Volkes. Alles

Gute in Victoria schien verloren. Die menschliche Seite, alles was gut war, drohte in ein tiefes, schwarzes Loch zu fallen. Nichts und niemand konnte sie vor dem Sturz bewahren … oder doch? Noch immer hielt Mirena ihre Hände. Nur so konnte sie tief in Victoria reinsehen und ihre Seele sowie ihr Herz erforschen. Im tiefsten Inneren des Herzes sah Mirena Liebe. Es war die Liebe zu einer Person, die sie über alles liebte. Während die lieblichen Gefühle für jegliche Person zu Staub zerfielen, leuchtete diese Person wie ein heller Stern am Nachthimmel auf. Es war Adam Knight.

Die Liebe zu Adam war ein helles Licht, welches ihn umhüllte. Mirena konnte dieses Licht nicht löschen. Es war so stark, dass ihre schwarze Magie völlig wirkungslos war. Die Hexe begriff, dass von diesem Mann eine Gefahr ausging. Doch wie diese Gefahr aussah, blieb der Hexe verborgen. Das Licht zeigte nur Adam Knight. Mirena verabscheute das. Sie ließ die Hände von Victoria los und sah sie angewidert an: „Deine menschliche Seite klammert sich an eine aberwitzige Hoffnung. Die Liebe zu einem Mann … dass ich nicht lache. Wieso ist die Hoffnung da? Nach außen wirkst du böse. Es gibt nichts Menschliches an dir. Du bist ein Vampir und doch ist diese Hoffnung da."

Victoria antwortete nicht. Sie musste an Adam denken. Jedes gute Gefühl von Victoria wurde mit der finsteren Macht Edward Dragonhearts und Mirena Dragomirs vertrieben. Die schwarze Magie verstärkte die finstere Macht. Doch dann ist da diese kleine Funke in Gestalt von Adam. Ein so kleiner Funke und dennoch brennt er lichterloh in Victorias Herzen. Stärker als jedes Feuer der Hölle. Victoria wollte dieses Gefühl nicht vergessen. Sie konnte es nicht. Es war die Liebe zu Adam. Das Einzige was die finstere Macht von Edward, nicht einmal Edward selbst, anfassen konnte. Sie war unantastbar für alles Böse. Victoria wusste das. Es war der Rest Menschlichkeit, der ihr noch blieb. Jedoch musste sie dieses Gefühl unter der Boshaftigkeit verstecken. Sie musste es beweisen. Um diesen letzten Funken zu schützen, wollte sie Mirena vom Gegenteil überzeugen. Die Worte von Edward Dragonheart hatten sie schon genug beeinflusst. Mirena sollte einfach den Rest nicht zerstören. Daher sagte sie zu Mirena und dem gesamten Volk: „Alte Gedanken und alte Gefühle plagten mich. Sie machten mich schwach. Ich war mehr Mensch als Vampir. Doch durch die richtige Hilfe wurde ich gerettet."

Ihre Stimme wurde lauter. Mit dem Finger zeigte sie auf den Thron: „Zwei große Könige saßen auf diesem Thron! Ich hoffe, ich kann deren Regentschaft gerecht werden! Ich will deren Regentschaft gerecht werden!" Das Vampirvolk jubelte und applaudierte erneut. Selbst Razvan und Florim waren von ihrer Nichte überzeugt. Auch Mirena ließ sich auf den Glauben ein. Sie alle wussten, dass Victoria der Finsternis verfallen war. Der kleine Funke in Gestalt von Adam sollte keine Gefahr darstellen. Obwohl ein kleiner Funke reicht, um ein großes Feuer zu entzünden. Zum Abschluss sagte Victoria dem Volk noch: „Diese Nacht ist vorbei! Der Tag bricht an! Geht und ruht euch aus. Seid stark für die nächste Nacht! Denn in der nächsten Nacht werden wir die Menschen wissen lassen, wer die Vampire sind!"

Auf ihren Befehl hin zog sich jeder Vampir zurück. Selbst ihre Onkel erlaubten sich die Ruhe. Nur Victoria blieb wach. Mirena blieb bei ihr. Sie war misstrauisch gegenüber der neuen Königin. Alleine blieben sie im Thronsaal. Mirena ließ keine Sekunde verstreichen: „Damals, als ich in das Herz von Edward Dragonheart sah, fand ich nichts als Hass. Wieso ist es bei dir anders? Obwohl du das Monster rauslässt, klammert sich der klägliche Rest deiner Menschlichkeit an diesen winzigen Funken. Wieso, meine Königin? Wer ist dieser Mann, an dem dein Herz so sehr hängt?" Victoria verriet Mirena nicht, wer der Mann war. Stattdessen antwortete sie: „Das sind alte Erinnerungen. Schließlich habe ich eine Weile bei den Menschen gelebt." Mirena widersprach lautstark: „Dieser Mann ist nicht einfach eine alte Erinnerung! Er ist mehr …"

Mirena konnte nicht zu Ende reden. Provoziert von den Widerworten, stand Victoria blitzschnell vor ihr. Eine Hand packte Mirena am Hals. Die Krallen pikten ihr leicht in die Haut. Zornig durchbohrten die roten Augen Mirena. Mit Nachdruck sprach Victoria: „Wenn ich dir sage, dass es eine alte Erinnerung ist, dann kannst du mir das glauben. Wage es nicht, in meinen Gedanken zu erforschen. Sonst erlebst du das Monster."

Nach Luft ringend sagte Mirena zu ihr: „Das ist das Monster, das ich sehen wollte." Victoria ließ von Mirena ab. Erschrocken über sich selbst, sah sie auf ihre Hände. Mirena nahm Victoria tröstend in die Arme, lächelte finster und flüsterte ihr ins Ohr: „Genieße die Wut. Sie wird ein Teil von dir sein."

Mirena löste die Umarmung. Finster lächelte sie Victoria zu. Victoria sagte nichts mehr. Ihr Blick war leer und sie wirkte wie eingefroren. Mirena kümmerte das nicht mehr. Sie schnipste einmal mit den Fingern und verschwand. Jetzt war Victoria wirklich alleine. Einen Moment ließ sie sich in den Thron fallen. Sie nahm das Diadem ab und sah es sich an. Innerlich begann sie sich zu fragen: Bin ich jetzt wirklich böse?

Plötzlich ertönte eine flüsternde Stimme. Sie klang wie die von Edward Dragonheart. Verwirrt sah sie sich um. Woher kam die Stimme? Sie sah zum Diadem, sie stand auf und sah den Thron an. Victoria wollte glauben, dass die Stimme aus den Gegenständen kam. War es so? Oder sprach die Stimme aus Victoria heraus, getarnt als ihr Gewissen? Ja, so war es. Durch den Traum hatte Edward Dragonheart Besitz von Victoria ergriffen. Wie er es zuvor bei Nebula versuchte, versuchte er es bei Victoria. Jedoch schien er nicht so einen großen Einfluss auf sie zu haben. Durch die Liebe zu Adam wurde seine Macht im Zaum gehalten. Man konnte sagen, es war ein innerer Kampf. Trotz des schwachen Einflusses versuchte Edward, seine Macht auszubauen. Er hatte sie so weit unter Kontrolle, dass sie den Thron bestieg. Den Rest wollte er auch. Flüsternd sprach er zu ihr: „Victoria … meine liebe Victoria. Klammere dich nicht an den Werwolf. Er kann dich nicht befreien. Du hast dich für die Finsternis entschieden. Also leb danach. Vergiss alles, was war."

Plötzlich spürte Victoria einen starken Schmerz. Etwas würgte sie am Hals und riss ihr die Arme auf. Victoria wollte schreien. Doch dazu fehlte ihr die Luft. Wie durch Geisterhand wurde sie zu Boden geworfen.

Die Schmerzen wurden immer schlimmer. Selbst in ihrem Gesicht zeigten sich langsam blutende Wunden. Wie eine Kralle, die über ihr Gesicht fährt. Victoria konnte die Schmerzen nicht ertragen. Wild zappelte sie hin und her. Dabei versuchte sie, was auch immer sie festhielt, loszuwerden. Es war vergebens. Die Stimme wurde aggressiver: „Du ahnst nicht, welche Macht ich habe. Damals konntest du mich, dank der Hilfe deiner Freunde aufhalten. Ich habe deinen Vater zum Monster gemacht und das mache ich auch mit dir. Setz die Krone auf und trage sie mit Stolz. Oder du wirst Schmerzen erleiden, die nicht einmal die Hölle kennt. Setz sie auf!" Der Schmerz hörte auf. Die Stimme verschwand. Victoria hustete und holte Luft. Dabei heilten ihre Wunden wieder komplett. Langsam stand sie auf und setzte auf den Willen Edwards das Diadem auf ihren Kopf.

Still ging sie in den Kerker. Eingeschüchtert und den Tränen nahe wollte sie zu Nebula. Doch der Weg zum Kerker kam ihr so lang vor. Victoria wusste nicht mal, ob sie sich bewegte. Sie war wie paralysiert. Laut wollte sie um Hilfe schreien, brachte aber keinen Ton heraus. Ständig sah sie sich um, aus Angst davor, dass Edward Dragonheart irgendwo war. Auf einmal fühlte sie sich so winzig klein in einem großen Thronsaal. Ihr Blick ging wieder zur Kerkertür. Wie durch Zauberei stand sie plötzlich vor ihr. Victoria realisierte viel zu spät, dass sie sich wirklich auf die Kerkertür zu bewegt hatte. Still öffnete sie die Tür und betrat den Kerker. Flüsternd sprach sie: „Nebula … Hilfe. Hilf mir, Nebula." Die leisen Worte erreichten die Königin der Nebelvampire nicht. Umso größer war der Schock von ihr, als sie Victoria sah. Die Königin der

Vampire war völlig fertig. Nebula konnte auch erkennen, warum. Es brauchte keine große Anstrengung ihrer Kräfte, um zu sehen, dass das Diadem schwarze Magie war: „Was hast du getan?“ Victoria antwortete: „Unter falscher Kontrolle habe ich zugestimmt, Königin der Vampire zu sein.“ Nebula wusste genau, wer daran schuld war: „Dieser Vampirkönig nervt tierisch. Eigentlich sollte er tot sein. Wieso ist er immer noch da?“ Victoria konnte nicht mehr. Verzweifelt sagte sie: „Hilf mir Nebula.“ Darauf fragte Nebula: „Wie?“

Mit der Kraft des Vampirs riss Victoria die Käfigtür heraus. Sie ließ die Tür zu Boden fallen und sagte zu ihr: „Du bist eine Hexe. Außerdem hast du es selber auch geschafft.“ Nebula antwortete: „Dein Wille muss stark sein. Du darfst ihn nicht deinem freien Willen überlassen. Außerdem haben wir ein Ritual ausgeführt. Keine Ahnung, ob wir es wieder schaffen. Wichtig ist, dass du deinen freien Willen hast und das können wir nur herausfinden, indem du dein Diadem vom Kopf nimmst und es wegschmeißt.“

Plötzlich wurde Victoria aggressiv: „Nein! Ich bin die Königin. Das ist meine Krone, meine Macht.“ Der Blick von Victoria wurde von Sekunde zu Sekunde finsterer. Nebula beruhigte sie. Die Hexe erkannte schon, dass Edward Dragonheart schon viel zu viel Macht über Victoria hatte. Nur langsam beruhigte sich Victoria. Langsam betrat sie den Käfig und mit ihr eine kalte Welle der Angst.

Jeder im Käfig spürte die Kälte. Selbst Nebula konnte ihre Angst nicht verstecken. Dennoch blieb sie ruhig. Vorsichtig nahm sie Victorias Hände. Sofort erkannte sie einen schwarzen Schleier um Victoria herum. Edwards finstere Macht hatte ihren kompletten Körper vergiftet. Jedoch wie Mirena sah auch Nebula den kleinen Funken in Gestalt von Adam. Der Einzige, der noch helfen konnte. In dem Moment löste Nebula die Verbindung und wollte Victoria die Krone vom Kopf reißen. Doch Victoria reagierte schnell. Sie packte Nebula und drückte sie gegen die Wand. Sie wollte Nebula töten. Tat es aber nicht. Irgendetwas hielt sie zurück. Es war der Fremde. Er hatte Victoria am Arm gepackt. Victoria befreite sich jedoch und stieß den Fremden mit ganzer Kraft gegen die Käfigwand. In dem Moment realisierte Victoria, was sie getan hatte. Gepackt von Wut wollte sie Nebula töten. Schnell ließ sie von ihr ab. Blicke der Stille trafen sich. Victoria entschuldigte sich. Im nächsten Zug befreite sie das Wolfsbaby von den Fesseln und sagte: „Du bist ein Nebelvampir. Befrei dich von den Fesseln, nimm das Wolfsbaby und verschwinde."

Nebula verwandelte sich kurz in Nebel und befreite sich von den Fesseln. Was dann geschah, damit rechnete keiner. Kaum hatte sich Nebula in ihre Gestalt zurückverwandelt, so wurde sie von Victoria gepackt und gebissen. Victoria saugte sie leer und tötete sie somit. Danach sollte das Wolfsbaby drankommen. Es war ein regelrechter Blutrausch, von dem Victoria gepackt war. Natürlich gelenkt von der finsteren Macht Edward Dragonhearts. Sie packte das Wolfsbaby und wollte es gerade beißen, als sich der Fremde wieder erhob.

Er sah die tote Nebula und wie sie langsam zu Asche zerfiel. Der Fremde unterbrach den Blutrausch. So glaubte er. Victorias finsterer, gieriger Blick ging von dem Wolfsbaby zu dem Fremden. Blutverschmiert ließ sie das Wolfsbaby fallen und näherte sich langsam dem Fremden. Nah trat sie an ihn heran. Ihre blutroten Augen durchbohrten den Fremden förmlich. Sie schien sich zu beruhigen. Dennoch blieb der Fremde misstrauisch. Ihm war es regelrecht unangenehm, dass Victoria dicht starrend vor ihm stand. Jedoch tat sie nichts.

Freundlich fragte sie: „Wie lautet dein Name?" Der Fremde schluckte einmal: „Mein Name ist Björn Stone." Victoria begann Björn sanft mit den Fingern über den Körper zu streicheln. Wie kleine Wassertropfen glitten ihre Fingerspitzen langsam an Björns Körper herunter. Bis ihre Finger das Glied zwischen seinen Beinen berührten. Mit der ganzen Hand packte sie das, was sich in der Hose befand. Björn konnte der Vampirkönigin nicht widerstehen. Er war sichtlich angetan von Victoria. Seine Lippen sehnten sich nach einem Kuss. Victoria verführte ihn zu diesem Kuss.

Doch ihre Lippen wichen aus. Sie packte ihm am Bart und zog seinen Kopf ein Stück runter und flüsterte in sein Ohr: „Ich könnte dir mit wenig Kraft deine gesamte Männlichkeit herausreißen oder ich schenke dir, was jeden Mann erfreut. All das hängt von deiner Entscheidung ab.“ Leise fragte Björn: „Was verlangst du?“ Flüsternd antwortete Victoria: „Deine Ergebenheit. Dass du versucht hast, diese Hexe zu retten, war mutig. Ich will dich haben. Sei mein Sklave. Sein mein Haustier. Beschütze mich, wenn mich meine Feinde töten wollen. Willst du mein Diener sein?“

Noch bevor Björn antworten konnte, wurde Victorias Griff zwischen seinen Beinen enger. Björn spürte, wie ein ekliger Schmerz in ihm hochstieg und Bauchschmerzen bereitete. Victoria erinnerte ihn daran, nicht falsch zu antworten. Leise antwortete Björn: „Ja, ich will.“

Die Antwort zauberte Victoria ein Lächeln ins Gesicht. Sie befreite Björn von den Fesseln und ging mit ihm und dem Wolfsbaby aus dem Kerker. Das Wolfsbaby entließ sie in die Freiheit. Sie hatte keinen Bedarf, was das Tier anging. Ihr Interesse galt Björn. Minuten später befanden sie sich in Victorias Zimmer. Eng verbunden lagen sie im Bett. Victoria verführte Björn nach allen Regeln der Kunst. Sie küsste ihn und flüsterte: „Mein großer, starker Sklave.“ Victoria saß auf ihm und spürte wie eine Beule in seiner Hose wuchs. Victoria lächelte verführerisch und biss sich dabei leicht auf die Unterlippe. Die Unterlippe fing leicht zu bluten an.

Langsam fing Victoria an, sich zu bewegen, um Björn weiter zu erregen. Dabei befreite sie sich langsam von dem Oberteil ihres Kleides. Mit ihren Händen drückte sie ihre wohlgeformten Brüste zusammen und bewegte sich schnell über der Beule in Björns Hose. Sein Verlangen nach Victoria sollte brennen. Er sollte es nicht mehr aushalten können. In seinem Kopf sollte es sich nur noch um Victoria drehen. Obwohl sie sich nicht vereinigten, stieß Björn ein leises Stöhnen aus. Victoria nahm Björns Hände und führte sie zu ihren Brüsten. Er durfte mit ihnen spielen. Victoria beugte sich runter, um Björn erneut zu küssen. Björn war nicht in der Lage, sich zu wehren. Er war Victoria komplett verfallen. Das reichte Victoria. Bei dem Kuss floss etwas Blut von Victorias Lippe in Björns Mund. Victoria führte den Kuss weiter zu seinem Hals. Ein sanfter Kuss an seinem Hals. Dann folgte der Biss. Victoria trank einen Schluck seines Blutes. Sie richtete sich wieder auf und wischte sich mit den Fingern das restliche Blut von den Lippen. Grinsend sah sie Björn an, der durch den Biss ohnmächtig wurde. Sie stieg von Björn und zog sich an. Finster lächelnd sah sie Björn an: „Mein großer, starker Sklave." Dann lachte sie kurz.

Adam und Victoria

Marcus stand im Ratssaal. Er war vollkommen still. Er bewegte sich nicht. Marcus wagte es gerade einmal zu atmen. Doch selbst das fiel ihm schwer. Gedanken plagten ihn. Sein Gewissen redete ihm Schuldgefühle ein. Zurecht, denn sein Blick richtete sich auf jedes Ratsmitglied, welches ohnmächtig auf dem Boden lag. Marcus wusste genau, dass dies das Werk des tyrannischen Vampirkönigs war. Er begann sich zu fragen: Warum habe ich diesem Monster geholfen? Wieso habe ich mich beeinflussen lassen?

Die Frage konnte er sich nicht beantworten. Es war seine Entscheidung. Er hatte es zu gelassen. Jetzt, mit dem Blick über die ohnmächtigen Ratsmitglieder kam die Reue. Das durfte nicht so weitergehen. Marcus wollte etwas unternehmen. Er ging aus dem Ratssaal. Vor den Türen sah es nicht besser aus. Egal, wo er hinsah, sah er Vampirjäger ohnmächtig auf dem Boden liegen. Es war ein regelrechter Schock. Obwohl sie nur ohnmächtig waren, wirkten sie alle wie tot. Niemand bewegte sich. Wie Leichen lagen sie da. Der Schock wurde auch nicht gelindert, als alle wieder aufwachten. Es war ein Glück, dass jeder nur ohnmächtig war. Genauso hätten sie auch alle wirklich tot sein können.

Marcus schritt die Gänge entlang. Überall wo er hinsah, erwachten die Vampirjäger aus ihrer Ohnmacht. Marcus konnte sehen wie paralysiert oder erschrocken jeder war. Was er nicht wusste, war, dass jeder Vampirjäger das Monster Edward Dragonheart gesehen hatte. Still ging er weiter. Er machte erst Halt, als er bei der Kerkertür war. Nichts tat sich. Marcus blieb vor der Tür stehen und sah nachdenklich nach unten. Ein schweres Gefühl lag ihm auf dem Herzen sowie im Magen. Die Wachen des Kerkers wachten auf. Gleich als sie Marcus sahen, sprangen sie auf: „Mein Herr …“ Marcus beruhigte die Wachen: „Ist schon gut. Es ist meine Schuld.“ Die Wachen verstanden nicht, was er meinte, wagten es aber auch nicht nachzufragen. Dennoch trafen ihn fragende Blicke. Marcus ignorierte sie und ging in den Kerker, gefolgt von den Blicken der Wachen. Sofort lenkte er die Aufmerksamkeit von Adam auf sich. Ebenso von Kira und Elise, die gerade aufgewacht waren. Marcus schenkte keinem Aufmerksamkeit. Er merkte, wie die Blicke der drei ihn durchbohrten. Still schloss er die Käfigtüren von Kira und Elise auf. Ahnungslos sahen sie Marcus an. Elise fragte sogar noch: „Wieso befreist du uns?“ Marcus gab keine Antwort. Ohne Kira und Elise in die Augen zu sehen, befreite er sie von den Fesseln. Dann stand er vor Adams Käfig. Ihm sah er in die Augen. Marcus wusste genau, was Adam dachte. Der Blick von Adam war Zorn, Wut und Sehnsucht nach Victoria zugleich. Schließlich schloss er die Käfigtür von Adam auf. Langsam betrat er den Käfig. Kurze Blicke trafen sich. Dann befreite er Adam von den Fesseln. Zusammen kamen sie aus dem Käfig.

Sofort wurde er von der armverschränkten Kira gefragt: „Wieso befreist du uns auf einmal?“ Elise fügte noch hinzu: „Wir sind doch die Bösen.“ Die Frage von Kira sowie die Worte von Elise klangen sehr vorwurfsvoll. Ebenso trafen ihn auch die Blicke aller drei. Marcus konnte aber vor der Erklärung nicht fliehen: „Ich lasse euch frei, weil ihr die Prinzessin retten müsst. Sie befindet sich in großer Gefahr.“ Rau fragte Adam: „Welche Gefahr?“ Elise fragte gleich hinterher: „Hast du die Blutjagd veranstaltet?“ Marcus antwortete nur: „Kommt mit. Ich muss euch etwas zeigen.“

Adam, Kira und Elise waren misstrauisch. Sie verstanden die Geheimnistuerei nicht. Dennoch wollten sie wissen, was los war. Sie folgten Marcus in einem kleinen Abstand aus dem Kerker. Im Flüsterton begannen sie zu rätseln. Verschiedene Theorien dachten sie sich aus. Zumindest Kira und Elise taten es. Adam war still. Mit geballten Fäusten und einem ernsten und zugleich besorgten Blick ging er hinter Marcus. Er bekam gar nicht mit, dass er von jedem Vampirjäger mit großer Furcht angesehen wurde. Manche flüsterten auch leise über Adam und nannten ihn ein Monster.

Adam blendete sie vollkommen aus. Auch reagierte er nicht, als Sheng Li ihm über den Weg lief. Sheng selbst hielt ebenfalls seinen Mund. Seine Angst vor dem Werwolf war zu groß.

Marcus führte die drei zu zwei großen, abgeschlossenen Türen. Hinter diesen Türen befand sich etwas, was Marcus ihnen zeigen wollte. Die schwarze Kugel von Edward Dragonheart. Mit großen Bedenken öffnete er die Türen. Er wusste, dass die Beichte über die Kugel heftig werden konnte. Doch was bekamen sie zu sehen? Nichts außer Finsternis. Es war ein finsterer Raum. Kein Licht, keine Fenster. Nichts was Licht spendete.

Kira fragte sogleich: „Was soll das? Wieso zeigst du uns einen dunklen leeren Raum?“ Marcus antwortete kurz: „Der Raum ist nicht leer.“ Erneut wurde Marcus mit fragenden Blicken bombardiert. Marcus ging ein Stück in den Raum und erklärte: „In diesem dunklen Raum befindet sich eine schwarze magische Kugel. Diese Kugel gehört zu Edward Dragonheart und spiegelt einen Teil seiner Macht wieder.“

Ehe Marcus sich umdrehen konnte, hatte Adam ihn am Genick gepackt und in die Luft gestemmt: „Wieso befindet sich so ein Gegenstand im Orden?“ Die Worte von Adam klangen düster. Leicht drückte er den Nacken von Marcus an. Das reichte schon, um Marcus immense Schmerzen fühlen zu lassen. Adam ließ Marcus sogar die Krallen des Werwolfes leicht spüren. Angsterfüllt antwortete Marcus: „Ich weiß nicht, wie es in den Orden kam. Eines Tages war die Kugel einfach da.“

Das reichte Adam nicht als Antwort. Sein Zorn wurde immer größer. Der Griff wurde immer schmerzhafter. Kira und Elise traten rasch an Adam heran und versuchten, ihn zu beruhigen. Es ging nur schwer. Er war kurz davor, Marcus das Genick zu brechen. Kira versuchte, ihrem besten Freund gut zuzureden: „Adam, er ist es nicht wert. Ich weiß, dass du von Wut und Zorn beeinflusst bist. Doch bitte denke daran, was er gesagt hat. Victoria befindet sich in Gefahr." Adam sah mit den Augen des Werwolfs Kira an. Widerwillig ließ er Marcus runter. Marcus hielt sich seinen Nacken und versuchte, den Schock zu verarbeiten. Trotz der großen Wut im Bauch, wollte Adam mehr wissen. Marcus sollte alles erzählen: „Der Plan war es, Adam von Victoria zu trennen. Sie sollte nach Rumänien und die Herrschaft als Königin antreten. Dann war der Plan, dass Adam mit Victoria mitgehen sollte, um das Monster an ihrer Seite zu sein. Dann war der Plan, Adam und Victoria gegeneinander aufzuhetzen. Die enge, brennende Liebe sollte dadurch zerstört werden."

Das reichte Adam. Mit ganzer Kraft schlug er Marcus ins Gesicht. Sofort ging Marcus mit blutiger Nase und blutiger Lippe zu Boden. Adam machte weiter. Er wollte nicht aufhören, Marcus zu verprügeln. Sein ganzer Zorn, seine ganze Wut kam hervor. Kira wollte, dass Elise Abstand von Adam hält. Sie sollte nicht auch noch was abkriegen. Kira wollte es alleine versuchen, Adam zu beruhigen. Seine nächsten Schläge hielt sie auf. Mit den Augen des Werwolfes sah er sie erneut an. Doch Kira scheute den Blick nicht: „Das hätte Victoria nicht gewollt. Ich weiß, du liebst sie und vermisst sie. Auch ich vermisse sie. Sie ist meine Schwester. Bitte sei nicht das Monster. Das will sie nicht und das will ich nicht."

Ganz behutsam redete Kira mit ihrem besten Freund. Die Worte zeigten ihre Wirkung. Adam beruhigte sich. Seine Augen wurden wieder normal. Das änderte sich schnell. Plötzlich leuchtete die Kugel auf. Dieses Mal nicht in einem kalten Blau. Es war ein Licht in blutroter Farbe. Ein tiefes, raues Lachen ertönte. Elise fragte: „Was ist das?" Marcus stand auf und antwortete: „Das ist er." Im selben Moment ertönte die raue Stimme: „Ihr habt keine Chance, die Prinzessin zu retten. Sie ist bereits Königin. Ihr alle habt verloren."

Das reichte Adam. Er packte die Kugel, sah tief in das Licht und drohte: „Hör zu, du Bastard. Ich werde sie mir zurückholen. Deine Hokuspokus-Kräfte sind ein Scheißdreck gegen einen wütenden

Werwolf. Ich mache dich fertig.“ Erneut ertönte ein Lachen: „Das ist ein wahres Monster. Du bist nicht anders wie jeder Vampir. Du bist ein Monster, das sich in einer menschlichen Hülle versteckt. Aber all das ändert nichts. Victoria gehört mir!“Die letzten Worte brüllte Edward Dragonheart.

Adam war von seiner Wut gepackt. Er schmiss die Kugel gegen die Wand. Die Kugel zerfiel in tausend Einzelteile. Danach kam der Tisch ran. Adam trat und zerschlug ihn in tausend Teile. Er war wütend. Der tyrannische Vampirkönig kotzte ihn so an. In seiner Wut ließ er einen lauten Brüller des Werwolfes raus. Danach schien er sich zu beruhigen. Kira stand vor ihm und nahm ihn in die Arme. Keine Worte folgten. Es war einfach nur eine tröstende Umarmung. Adam brauchte sie. Er erwiderte die Umarmung und ließ sogar ein paar Tränen fließen. Kira flüsterte Adam ins Ohr: „Wir holen sie zurück.“ Elise kam dazu und schloss sich der Umarmung an. Dann sahen sich alle drei an. Kira fügte hinzu: „Wir sind ein Team.“ Adam, Kira und Elise, ein engverbundendes Team.

Währenddessen saß Victoria vor ihrem Schminktisch. Weinend sah sie in den Spiegel. Die Tränen verwischten das Make-up. Ihren Kopf auf den Händen abgestützt, dachte sie über ihre Taten nach. Sie hatte Nebula getötet. Sie wollte es nicht, jedoch hatte sie sich nicht unter Kontrolle. Sie begann, sich Vorwürfe zu machen. Dabei kamen ihr die Worte von Marcus wieder in den Kopf: Sie sei ein Monster. War Victoria denn ein Monster? Sie hat sich von Edward Dragonheart beeinflussen lassen. Durch ihn wurde sie zur Königin der Vampire. Nur durch Edward Dragonheart tötete sie Nebula. Es geschah alles durch Edward Dragonheart und doch war es ihre Handlung. Jedoch glaubte Victoria nicht ganz, die Kontrolle verloren zu haben. Sie tötete Nebula, aber nicht das Wolfsbaby. Oder geschah es nur durch Björn Stone. Rettete er das Wolfsbaby? Victoria sah zum Bett, wo Björn noch immer lag. Im selben Moment schallte Edwards Stimme durch ihr Zimmer: „Bravo, Victoria.

Ich bin begeistert." Victoria wollte die Stimme gar nicht hören. Sie hielt sich die Ohren zu und drehte sich zum Spiegel um. Plötzlich sprang sie auf und wich vor dem Spiegel zurück. Im Spiegel befand sich Edward. Jedoch nicht als Vampir, sondern als ein abscheulicher Dämon, der jeden in Ohnmacht Gefallenen gesehen hatte. Der Dämon lächelte: „Habt keine Angst vor mir. Ich bin längst nicht so böse, wie alle denken. In Wahrheit bin ich ziemlich freundlich und hilfsbereit. Ich habe dich zur Königin gemacht."

Victoria verbesserte ihn: „Getrieben. Du hast mich zur Königin getrieben. Beeinflusst hast du mich." Erneut lachte Edward: „Es war deine Entscheidung. Ich habe lediglich mit dir gesprochen. Es war allein deine Entscheidung. Ich hatte nichts damit zu tun. Es war auch deine Entscheidung, die Königin der Nebelvampire zu töten. Deine Entscheidung, deine Handlung. Alles was passiert ist, ist deine Schuld. Denn du bist ein Monster durch und durch."

Edwards Worte zeigten ihre Wirkung. Man sah es bei Victoria durch die Tränen, die an ihrer Wange runterliefen. Edward fand den Anblick einfach nur belustigend: „Wie süß. Oder ist es traurig? Ein Monster mit Gefühlen. Bereust du deine Entscheidung?" Victoria schloss die Augen und hielt sich die Ohren zu. Sie wollte den Teufel nicht sehen und hören. Doch brachte es nichts. Sie hörte seine Stimme dennoch. Auch sah sie Edward Dragonheart mit geschlossenen Augen. Weinend ging sie auf die Knie: „Verschwinde! Lass mich in Ruhe!"

Plötzlich wurde Edward laut. Sie hatte das Gefühl, dass er dicht vor ihr stand. Denn sie konnte seinen kalten, toten Atem spüren: „Ich werde nicht verschwinden! Ich bin ein Teil von dir! Dein Vater hat es begonnen! Du lebst es weiter! Niemand kann dich retten! Du … gehörst … mir!" Nach den Worten verschwand Edward Dragonheart wieder. Victoria brach weinend zusammen. Sie war alleine und verzweifelt. In ihrer Verzweiflung schrie sie einen Namen laut heraus: „Hilf mir. Hilf mir. Adam!"

Der Ruf schien Adam irgendwie zu erreichen. Denn er bekam ein seltsames Gefühl. Es trieb ihn nur noch an, schneller zu handeln. Im Ratssaal hatte sich der Rat sowie jeder Vampirjäger des Ordens versammelt. Die Vampirjäger tuschelten und fragten sich, warum sich alle versammeln sollten. Außer Marcus wusste selbst der Rat nicht, warum eine Versammlung vollzogen wurde.

Die Antwort sollten sie bekommen. Marcus betrat mit Adam, Kira und Elise den Ratssaal. Sofort sahen dutzende Augen auf Adam. In der Menge gingen die Worte umher, dass Adam ausgebrochen sei und Marcus als Geisel hält. Marcus ging mit Adam durch die Menge zu den Ratsmitgliedern. Kira und Elise folgten ihnen ein Stück, bis sie in der ersten Reihe standen. Abraham war von Adams Erscheinen nicht begeistert: „Wieso ist er frei? Er ist ein Monster und wird uns alle töten." Adam ballte seine Fäuste. Am liebsten hätte er Abraham auch eine verpasst. Doch Marcus klärte es: „Adam ist nicht das Monster, um das wir uns sorgen müssen. Es existiert etwas viel Schlimmeres."

Das machte den Rat neugierig, Ebenso waren die Vampirjäger gespannt. Marcus drehte sich zu ihnen um und sprach: „In der Welt gibt es viele unerklärliche Dinge. Die Vampire zählten einst mit dazu. Jetzt jagen wir Vampire. Doch ein Vampir ist äußerst hartnäckig. Sein Name ist Edward Dragonheart." Abraham Johnson widersprach Marcus: „Edward Dragonheart ist tot." Marcus sah ihn an: „Ja und nein." Niemand verstand, wie es gemeint war. Für alle Vampirjäger war Edward Dragonheart tot. Marcus erklärte: „Als damals Edward Dragonheart von seinen eigenen Leuten gestürzt wurde, wurde eine unbekannte Macht entfesselt. Vielleicht ist es auch schwarze Magie, vielleicht auch etwas anderes. Jedenfalls besaß ich einen Teil dieser Macht. Geblendet von der Macht, traf ich falsche Entscheidungen. Eine davon war es, die Prinzessin als Monster zu bezeichnen."

Sein Blick ging zu Adam. Von Adam ging sein Blick zu Kira: „Ein anderer Fehler war es, Vampirjäger unseres Ordens für einen

Auftrag zu opfern, den man alleine nicht ausführen konnte.“ Kira senkte den Kopf. Denn bei diesem Fehler handelte es sich um ihre Mutter Arsenia Bridges: „Diese Fehler werde ich wahrscheinlich nie wieder gutmachen können. Aber ich kann helfen, die Prinzessin zu retten.“

Abraham Johnson, James Brown und Maxwell White stellten sich vor Marcus. Fassungslos sahen sie Marcus an. James sagte zu Marcus: „Du hast dich von dunklen Mächten führen lassen. Das ist Verrat. Verrat an dem Rat und dem gesamten Orden.“ Marcus wollte sich verteidigen. Doch ganz überraschend stellte sich Adam vor Marcus und sprach zu den drein Ratsmitgliedern: „Nicht nur Marcus hat einen Fehler begangen. Er war geblendet von der finsteren Macht eines tyrannischen Vampirkönigs, der nicht Ruhe geben kann. Ihr, der gesamte Rat, habt seinen Taten zugestimmt. Streng gesehen ist es die Schuld des ganzen Rates, dass Arsenia Bridges tot ist, Elise beinah bei ihren ersten Auftrag gestorben wäre und dass Victoria weg ist.“

Plötzlich trat Sheng aus der Menge hervor und mischte sich ein: „Genau genommen ist Elise Lefevre daran schuld, dass Victoria weg ist. Hätte sie nicht gehandelt, wäre Victoria immer noch hier.“ Das wollte Elise nicht auf sich sitzen lassen. Auch sie trat aus der Menge hervor. Sie trat sogar dicht an Sheng heran, gab ihm eine schallende Ohrfeige und brüllte fast: „Ich soll schuld sein? Du verdammtes Arschloch! Ich habe meiner Freundin geholfen! Denn ich habe gehört, dass Marcus und der gesamte Rat eine Blutjagd veranstalten wollten! Das habe ich verhindert! Doch nicht ich alleine! Ronald half mir dabei!“ Sie zeigte auf Ronald, der in der ersten Reihe stand. Der Rat sowie der Orden waren fassungslos. Von Ronald, der streng nach Regeln lebtr, hätte es keiner gedacht. Ronald stritt es auch nicht ab. Er stand dazu. Aus der Menge trat er hervor: „Es stimmt. Es ist nicht die Schuld von Elise … es ist unsere Schuld. Ich half ihr, die Prinzessin zu befreien.“ Der Rat konnte es nicht glauben. Ihnen blieb jedes weitere Wort im Hals stecken. Dafür schüttelte Sheng enttäuscht mit dem Kopf: „Verrat über Verrat. Niemanden kann man mehr trauen." Elise reichte es. Sie packte Sheng und schmiss ihn mit einem gekonnten Griff zu Boden. Noch bevor Elise Sheng eine verpassen konnte, beendete es Adam lautstark: „ Schluss jetzt!" Sofort hörte Elise auf, Sheng stand langsam wieder auf. Adam fuhr laut fort: „Hier geht es nicht um Verrat! Es geht darum, einen Vampir auszuschalten, der eigentlich tot sein müsste! Er muss aufgehalten werden!"

Abraham mischte sich ein: „Wie willst du das anstellen? Willst du ihm völlig allein gegenüberstehen?" Plötzlich sprach aus der Menge Kira: „Er ist nicht alleine." Jeder sah sie an. Kira ging zu Adam und machte dem Rat klar: „Adam und ich sind ein Team. Wir halten zusammen ... überstehen jedes Abenteuer ... jede Gefahr." Kira lächelte Adam an, der das Lächeln erwiderte.

Plötzlich stellte sich auch Elise dazu: „Auch ich stehe hinter dir ... Adam. Zusammen werden wir diesen Mistkerl erledigen." Abraham wollte darauf etwas sagen. Doch seine Worte verstummten, als Ronald sich dazustellte. Gleich darauf stellte sich Marcus noch dazu. Es war ein Team, das sich gebildet hatte, um eine einzige Person zu retten und um einen einzigen übermächtigen Vampir zu bekämpfen.

Abraham sowie der Rest des Rates sparten sich jedes Wort. Es war also eine beschlossene Sache. Ausreden konnten sie es sowieso keinem mehr. Zu entschlossen standen sie vor dem Rat. Doch Sheng hatte Einwände: „Doch wenn ihr die Prinzessin retten wollt, macht euch das zu Verrätern des Ordens. Immerhin ist sie ein Vampir..."

Kira unterbrach Sheng: „Sie ist auch ein Mensch." Adam sagte ernst darauf: „Wenn es ein Verrat ist, dann begehe ich ihn. Wer will, kann mich aufhalten." Minutenlang sah Adam jeden einzelnen Vampirjäger an. Er war gefasst darauf, jeden fertigzumachen, der sich ihm in den Weg stellte. Sie alle sahen Adam an und entdeckten seine extreme Entschlossenheit. Niemand wagte es, ihn anzugreifen. Im Gegenteil, sie machten Adam Platz. Er ging, gefolgt von den anderen. Jeder machte sich fertig.

Kira brachte ihre Waffen an den Körper. Darüber zog sie ihren Mantel. Ronald, Marcus und Elise taten genau dasselbe. Marcus war sogar leicht aufgeregt. Lange war er nicht mehr auf einer Jagd gewesen. Damals zählte er zur Elite der Elite. Kein Vampir war ihm gewachsen. Trainiert von asiatischen Kämpfern besiegte er jeden Vampir. Er begann sich zu fragen, ob er immer noch so gut war. Denn der Kampf gegen Edward Dragonheart würde jedem alles abverlangen. Ronald war noch nie außerhalb von London gewesen. Für ihn war es die erste Jagd außerhalb. Darum war er genauso aufgeregt. Obwohl er im Orden zu den Schlauesten zählte, hatte er die Aufträge im Ausland immer gemieden. Doch jetzt tat er es. Für Elise war dies die Chance, sich zu beweisen. An der Seite von Kira und Adam wollte sie zeigen, was sie draufhatte. Sie war die beste Schülerin des Ordens. Niemand hatte so schnell gelernt wie sie. Dennoch wusste sie auch, dass der Auftrag oder die Rettungsmission gefährlich war. Kneifen wollte sie nicht. Es war ihre Chance, mutig zu sein. So konnte sie ihrem Vater Marek Lefevre alle Ehre machen. So konnte sie ihn stolz machen. Jeder rüstete sich für die Rettungsmission. Adam selbst war nicht zu bremsen. Auch er hatte sich fertiggemacht. Dennoch stand er in der Mitte seines Zimmers und sah auf seine Hände. Er dachte darüber nach, ob er die Waffen eigentlich bräuchte. Er war der legendäre Werwolf. Seine Krallen und seine Zähne waren messerscharf. Egal wie, er würde jeden Vampir fertigmachen. Nichts sollte ihn von seinem Ziel abbringen. Zum Schluss legte jeder sein Schwert an. Es konnte losgehen.

Adam öffnete die Tür seines Zimmers. Unmittelbar vor ihm stand sein Team. Von Kira kamen lächelnd die Worte: „Adam … führ uns. Wir folgen dir.“ Adam zeigte ein entschlossenes Lächeln und ging vorne an der Spitze. Hinter ihm folgten

Kira, Elise, Ronald und Marcus. Sie gingen an jedem Vampirjäger vorbei. Mit Staunen sahen sie zu, wie das Team, ohne ihnen auch nur einen Blick zuzuwerfen, an ihnen vorbeiging. Vor den Türen stand die schwarze Kutsche schon bereit. Doch bevor sie einstiegen, erlebten sie eine Überraschung. Direkt neben der Kutsche stand Sheng Li. Er hatte sich für die Rettungsmission fertiggemacht. Kira fragte ihn: „Oh, wie kommen wir zu der Ehre?" Sheng antwortete: „Ich will helfen und außerdem will ich euch den Spaß nicht allein überlassen."

So wirklich wollte es ihm keiner glauben. Adam stellte sich ihm ernst gegenüber: „Das ist doch Verrat, was du machst." Adams Worte klangen sehr herablassend. Sheng wich Adams Blick nicht aus: „Ich will helfen." Adam Blick verfinsterte sich: „Wir befreien Victoria und holen sie zurück. Denkst du auch nur einmal daran, sie zu töten … bring ich dich um. Ich warne dich nur dieses eine Mal." Dann stiegen alle in die Kutsche ein. Sheng zögerte noch. Er dachte kurz darüber nach, ob er wirklich mit ihnen reisen sollte. Er entschied sich dazu und stieg ein.

Zur selben Zeit saß Victoria mit den Beinen angewinkelt auf dem Boden und lehnte sich gegen ihr Bett. Björn Stone wachte aus seiner Ohnmacht auf. Verwirrt sprang er auf und sah sich um. Schnell realisierte er, dass er nicht mehr im Kerker eingesperrt war. Auch realisierte er, dass an ihm etwas anders war. Er tastete seinen Hals ab und fühlte die Bisswunden. Schnell ging er zum Spiegel, um nachzusehen. Er wollte es genau wissen. Es hätte auch nur eine Täuschung sein können. Doch das war es nicht. Es waren wirklich Bisswunden. Björn Stone war ein Vampir. Dennoch wollte er es nicht wahrhaben. Sein Blick ging zu Victoria. Sein Blick war erzürnt. Victoria schien ihn nicht zu bemerken. Sie wirkte von Angst und Trauer zerfressen. Komplett alleine und niemand da, der sie retten konnte. Sie war verloren in der Dunkelheit. Björn spürte ihre Verzweiflung und kümmerte sich gleich in voller Sorge um sie. Obwohl er eigentlich total wütend auf Victoria sein müsste, konnte er es nicht. Er ging zu ihr, nahm ihre Hand, zog sie hoch und nahm sie tröstend in die Arme: „Welches Leid habt ihr meine Königin? Sagt es mir und ich beseitige es." Victoria antwortete: „Du kannst mir nicht helfen. Du bist nur ein Sklave." Sie schubste ihn von sich weg.

Die Aussage von Victoria war eine Beleidigung für Björn. Erzürnt widersprach er der Königin: „Ich bin mehr als ein Sklave." Plötzlich veränderte sich Björn. Seine ganze äußerliche Erscheinung veränderte sich. Er verwandelte sich. Victoria war geschockt und überrascht über die Fähigkeit von Björn. Sie konnte ihren Augen nicht trauen, als sie sich selbst vor sich sah.

Dasselbe Gesicht, dasselbe Kleid und dieselbe Krone. Natürlich wollte Victoria wissen, wie er das konnte. Björn gab ihr die Antwort: „Ich bin ein Gestaltwandler. Ich kann mich in alles und jeden verwandeln." Björn verwandelte sich zurück und fügte hinzu: „Ich kann mich in die größte Angst verwandeln", er verwandelte sich in Edward Dragonheart, „oder in die größte Sehnsucht." Björn verwandelte sich plötzlich in Adam. Sofort strahlte Victorias Herz Freude aus. Sie freute sich so sehr, das Gesicht von Adam wieder zu sehen. Die Freude war sogar so groß, dass sie sich nicht zurückhalten konnte und ihn küssen musste. Jedoch war es nicht wirklich Adam. Schnell merkte sie, dass es nicht seine Lippen waren. Enttäuscht wich sie zurück und sah, wie sich Björn wieder zurückverwandelte.

Es war wie ein geplatzter Traum. Sie drehte Björn den Rücken zu, damit er ihre Tränen nicht sah. Dennoch spürte er ihre Trauer. Erneut tröste er sie. Er umarmte sie von hinten und flüsterte ihr ins Ohr: „Ich kann jedes Gefühl von jeder Person fühlen. Egal, was es ist, die größte Freude, die größte Angst oder die größte Sehnsucht. Ich bin nicht nur ein Gestaltwandler. Ich bin auch ein Hellseher. Nichts bleibt mir verborgen. Ich entlarve jeden Spion, jeden Betrüger und jede Lüge. Ich täusche die Sinne jeder Person vor mir. So weiß ich, dass deine größte Sehnsucht ein Mann ist." Victoria befreite sich aus seiner Umarmung, drehte sich zu Björn um und fragte: „Was siehst du noch?" Björn atmete tief ein und schloss die Augen. Ein zweites Mal atmete er tief ein.

Plötzlich entstand vor ihm ein Bild. Es bewegte sich. Wie ein Film spielte es sich vor seinen Augen ab: „Er kommt. Der Mann kommt. Bei ihm ist ein ganzes Team. Sie alle folgen ihm." Victoria strahlte. Sie wusste ganz genau, dass Adam gemeint war. Es konnte nur Adam sein. Ein anderer Mann kam für Victoria nicht infrage. Björn öffnete die Augen und sah die Freude in Victorias Gesicht. Seine Neugier war groß. Er wollte wissen, wer der Mann war. Aufgeregt lief Victoria auf und ab: „Sein Name ist Adam Knight. Er ist eine wahre Naturgewalt. Niemand ist ihm gewachsen. Alles Böse, das sich ihm in den Weg stellt, zerschmettert er. Adam ist mehr als ein Mann."

Victoria ging zum Fenster und schaute hoffnungsvoll hinaus. Leise sprach sie die Worte: „Er kommt."

So war es auch. Die Kutsche erreichte den Hafen. Das Schiff, welches sie nach Rumänien bringen soll, wartete schon. Ohne Worte stiegen sie nacheinander aus der Kutsche aus. Es gab keinen Blick zurück. Den Blick nach vorne gerichtet, stiegen sie auf das Schiff. An der Spitze Adam. Direkt hinter ihm Kira und Elise, gefolgt von Ronald, Marcus und Sheng. Sofort, als der letzte Vampirjäger auf dem Schiff war, wurde das Schiff in Gang gesetzt. Männer befreiten das Schiff von dem Tau. Weitere Männer zogen den Anker des Schiffes ein. Es wurden alle Hebel in Bewegung gesetzt. Keine Sekunde sollte verloren gehen. Es waren sechs Vampirjäger auf dem Weg, Victoria zu retten. Marcus sprach zu allen: „Ihr wisst, dass uns ein harter Kampf erwartet." Adam antwortete entschlossen darauf: „Ja, es wird ein harter Kampf werden. Edward Dragonheart wird den härtesten Kampf erleben, den er je erlebt hat."

Dann brüllte er laut in den Himmel hinaus: „Hörst du Edward! Der Werwolf ist unterwegs!" Es war ein lauter Ruf voller Entschlossenheit. Jedoch war da noch die lange Schiffsfahrt. Das bedeutete, Edward Dragonheart hatte genügend Zeit, seinen Einfluss auf Victoria auszubauen. Was auch geschehen sollte.

Die Nacht brach herein und mit ihr erwachten die Vampire aus ihrem Schlaf. Jeden einzelnen Vampir dürstete es nach Blut. Sie wollten die Menschen haben. Egal ob alt oder jung, groß oder klein, sie wollten das Blut der Menschen. Ungeduldig und die Lippen leckend warteten sie auf die Königin im Thronsaal. Die Hexe Mirena war auch da. Zusammen mit Razvan und Florim stand sie beim Knochenthron. Victoria machte sich fertig. Björn half ihr dabei. Victoria schlüpfte in eine schwarze hautenge Hose. Dazu zog sie schwarze Stiefel an. Besser gesagt, Björn zog ihr die Stiefel an. Ihr Oberteil war ein schwarzes Trägerkorsett, welches ihre Brust betonen sollte. Zum Schluss zog sie einen dunkelroten Kapuzenumhang an. Natürlich durfte die Krone nicht fehlen. Zum Schluss wurden ihr von Björn die Waffen angelegt. Ein Schwert sowie ein Messer.

Fertig gekleidet zeigte Victoria ein finsteres Lächeln. Mit dem Einbruch der Nacht erwachte auch die finstere Macht in Victoria. Alles Menschliche verschwand. Das Monster zeigte sich. Björn verneigte sich vor dem Monster. Victoria belächelte ihn von oben herab: „Mein lieber Sklave. Brav zeigst du mir deinen Respekt. Heute Nacht bist du an meiner Seite.“ Björn senkte den Kopf vor seiner Königin: „Es ist mir eine Ehre. Jedoch brauche ich meine Waffen wieder. Es ist eine doppelseitige Axt.“ Victoria fand es belustigend: „Wie barbarisch. Deine Axt sollst du wieder bekommen.“ Björn bedankte sich bei Victoria und küsste ihre Hand. Kurz tätschelte Victoria ihm auf den Kopf, wie bei einem Hund. Dann zog sie ihre Hand weg.

Zusammen gingen sie in den Thronsaal. Als sie am Eingang des Thronsaals standen, waren alle Vampire in Alarmbereitschaft. Der Grund war Björn Stone. Sie glaubten, Björn sei aus dem Kerker ausgebrochen und hatte Victoria als Geisel genommen. Es dauerte keine Sekunde bis Razvan und Florim vor ihm standen. Florim warf Björn mit einem einfachen Handgriff zu Boden und drohte: „Du hast die Wahl. Willst du gleich sterben oder später?“ Victoria ging dazwischen. Sie riss Florim von Björn herunter und erklärte: „Ich habe ihn befreit und zu meinem persönlichen Sklaven gemacht. Er ist ein Vampir und gehört zu meiner persönlichen Leibgarde.“

Razvan zog Victoria beiseite und sprach leise zu ihr: „Liebe Nichte, du kennst diesen Björn nicht. Er ist gefährlich für das gesamte Volk der Vampire.“ Victoria antwortete: „Er ist mein Sklave. Er hält sich für so gering. Razvan traute dem nicht: „Mein Bruder und ich werden trotzdem ein Auge auf ihn haben.“ Björn stand auf und sagte: „Ich bin es nicht, um den ihr euch Sorgen müsst.“ Die Rede war von Adam. Mirena stieß dazu: „Ich habe von dem Mann gehört, der kommen soll. Laut der Geschichten, ist er eine wahre Bestie. Hundert Vampire können auf ihn losgehen. Er macht sie alle fertig. Selbst der Tod konnte ihn nicht aufhalten.“

Razvan und Florim wurden neugierig. Florim freute sich sogar leicht: „Kommt da etwa eine Herausforderung?“ Vor Freude rieb er sich die Hände und freute sich auf den Kampf. Mirena hingegen war besorgt: „Der Mann ist mehr als eine Herausforderung. Ich habe ihn gesehen. Er kommt wegen Victoria und niemand kann ihn aufhalten.“ Florim ballte die Fäuste: „Dann stirbt er garantiert.“

Die Hexe schüttelte den Kopf: „Du hast keine Chance gegen diesen Mann. Alleine nicht. Wir müssen auf die Königin aufpassen.“ Mirena ging zu Björn, sah ihm in die Augen: „Du bist mächtig, Björn Stone. Nur die wenigsten kennen deine Kräfte. Ein Gestaltwandler … gekommen aus einem fernen Land. Beschütze unsere Königin mit deinem Leben. Töte den Mann, wenn er kommt.“ Ernst und mit einem zornigen Blick antwortete Björn: „Königin Victoria wird nichts passieren. Kein Leid soll ihr geschehen.“ Das gefiel Mirena. Mit einer Handbewegung zauberte sie eine komplett schwarze Doppelaxt in Björns Hand. Björn betrachtete die Axt mit Staunen: „Sie ist so leicht.“ Mirena sagte lächelnd: „Ja, die Axt ist leicht wie eine Feder. Scharf wie die Zähne eines Drachen. Alles was sie berührt, durchtrennt sie mit einem leichten Hieb. Wirf die Axt und sie findet ihr Ziel. Die richtige Waffe für einen Gestaltwandler.“

Weitere Zeit sollte nicht verstreichen. Zusammen gingen sie zum Thron. Von dort hielt Victoria eine kurze Ansprache: „Dies wird eine glorreiche Nacht für jeden Vampir. Genießt die Nacht und habt Spaß.“

Auf die Worte folgten laute Jubelstürme. Jeder Vampir verwandelte sich in eine Fledermaus. In Scharen flogen sie aus den Fenstern, auf den Weg zum Dorf Tralgia. Victoria, Razvan, Florim und Björn sowie Mirena sahen zu, wie alle Vampire aus den Fenstern flogen. Zum Schluss verwandelten sie sich auch in Fledermäuse und verschwanden aus den Fenstern. Nur Mirena blieb zurück. Stolz zeigte sie ein finsteres Lächeln: „In dieser Nacht wird sie zum wahren Monster. In dieser Nacht stirbt alles, was gut an Victoria war. Hoffentlich erlischt auch der Funke in ihrem Herzen.“ Dann verschwand Mirena mit einem Fingerschnipsen aus dem Schloss und tauchte vor dem Dorf wieder auf. Das blutige Spektakel wollte sie sich nicht entgehen lassen. Hinter und neben Mirena landeten die Vampire. Vor Mirena landeten Victoria, Razvan, Florim und Björn. Gleichzeitig drehten sie sich zu Mirena und den ungeduldigen Vampiren um. Jeder Vampir leckte sich die Lippe und wartete auf das Stichwort der Königin.

Victoria zögerte. In diesem Moment kam es darauf an, wie sie sich entschied. Auf dem Thron saß sie und die Krone trug sie. Victoria war die Königin der Vampire. Das Monster war erweckt. Die Macht besaß sie. Zu all dem hatte Edward Dragonheart sie getrieben. Sein Einfluss war stark und groß. Jedoch war er nicht vollkommen. Der Funke in Form von Adam war in ihrem Herzen. Das letzte Licht der Hoffnung. Alles hing von der Entscheidung Victorias ab. Innerlich kämpfte sie mit sich. Der Mensch gegen den Vampir. Wer gewinnt, hängt von der Entscheidung ab. Doch wie würde sie sich entscheiden? Sollte sie den Vampiren den Befehl zum Angriff geben oder sollte sie mit allen wieder abziehen. Schon fast sehnsüchtig warteten alle darauf, das Dorf anzugreifen.

Ein Knurren und Fauchen ertönte. Victoria sah zum Dorf. Es war voll mit Menschen. Jung und alt. Groß und klein. Erwachsene und Kinder. Sie alle würden sterben, wenn Victoria den Befehl dazu gab. Plötzlich wendete Victoria sich ihrem Volk zu und brüllte die Worte: „Tötet sie alle!"

Das war der Fall in die Dunkelheit. Edward Dragonheart hatte gewonnen. Der Funke im Herzen erlosch. Das Band zwischen Adam und Victoria zerriss. Das spürte Adam auch. Wie ein Schwert, das in seine Brust gerammt wurde und sein Herz durchbohrte. Sein Herz blutete und ließ ihn auf die Knie fallen. Jede Hoffnung war verloren.

Kira war bei Adam und sorgte sich. Der Schmerz weckte den Werwolf. Adam drohte, sich auf einem Schiff zu verwandeln. Das wollte Kira verhindern. Auf Knien rutschte sie sie an Adam heran und nahm ihn sofort in die Arme. Ihr war es egal, was mit ihr geschieht. Obwohl sie von Adam verletzt werden konnte, riskierte sie es, Adam zu beruhigen. Elise Ronald, Marcus und Sheng bekamen es mit und eilten herbei. Marcus merkte sofort, was Adams Problem war: „Mit Victoria ist etwas passiert. Das Band zwischen Adam und Victoria ist gerissen." Kira lenkte Adams Blick auf sich: „Alles wird gut. Wir werden Victoria befreien. Beruhig dich. Bitte Adam, beruhig dich!"

Die letzten Worte brüllte sie schon fast heraus: „Adam! Ich bin es! Deine Freundin Kira! Bitte beruhig dich!" Es half nichts. Die Worte von Kira drangen nicht durch. Marcus erklärte: „Die Liebe von Victoria konnte die Bestie bändigen. Jetzt, da das Band zerbrochen ist, ist die Bestie entfesselt." Da hatte Sheng eine Frage: „Sollten wir uns nicht in Sicherheit bringen?" Kurz und bündig antwortete Marcus: „Es gibt keine Sicherheit … nirgendwo."

Kira wollte es nicht wahrhaben. Wieder umarmte sie ihn und spürte die Krallen am Rücken. Leicht piekten sie Kira in die Haut. Die Muskeln von Adam wurden größer, genauso wie er selber größer wurde. Augen und Zähne bildeten sich, sowie ein schwarzes Fell. Doch Kira löste nicht die Umarmung. Fest umklammerte sie ihn und hoffte, dass er sich beruhigte. Adam war schon fast ein Werwolf, da hörte er die Worte: „Beruhig dich Adam. Die Hoffnung ist noch nicht verloren."

Nur Adam hörte die Worte. Niemand sonst. Es war die Stimme von Gott. Gleichzeitig spürte Adam eine tröstende Umarmung von einer Person, die nicht da war. Sie lebte auch nicht mehr. Daher konnte sie keiner sehen. Es war die tröstende Umarmung seiner Mutter. Dabei hörte er die flüsternden Worte: „Victoria ist vom Weg abgekommen. Verliere deinen Pfad nicht auch. Rette sie."

Adam beruhigte sich. Jedem fiel ein Stein vom Herzen. Sie alle bekamen Angst, dass der Werwolf ausbricht und Amok läuft. Er beruhigte sich und erwiderte die Umarmung seiner besten Freundin. Doch änderte es nichts an der Sache, dass Victoria sich in der Dunkelheit verloren hatte.

Der Fall in die Dunkelheit war lang. Victoria sah, wie die Vampire sich auf die Häuser stürzten, um die Menschen zu kriegen. Nur wenige Minuten später hörte man die angsterfüllten Schreie aus jedem Haus. Victoria belächelte die Schreie und genoss sie förmlich. Doch es war noch nicht alles. Mirena kam auf eine Idee. Sie streckte ihre Hände in die Luft und sprach laut einen Zauber in einer fremden Sprache aus. Das Nächste was passierte, war, dass jedes Haus in Flammen aufging. Alles brannte, bis auf ein Haus. Das Gasthaus brannte als einziges Haus nicht. Jedes andere Haus brannte lichterloh. Die Menschen flohen aus den Häusern. Auf den Straßen wurden sie von Vampiren angegriffen. Sie wurden gebissen, leergesaugt, verprügelt und zur Belustigung gequält. Kleine Kinder waren auf den Straßen. Sie weinten und schrien nach ihren Eltern. Alles geschah wie in Victorias Traum.

Die kleinen Kinder wurden von den Vampiren gepackt und gebissen. Victoria tat nichts. Still sah sie zu, wie ein wehrloses Kind nach dem anderen leergesaugt wurde und starb. Alles geschah, wie Edward Dragonheart es gesagt hatte. Eine Welt von Monstern.

Hilfe kam keine für die Menschen. Die Nebelvampire, diejenigen, die die Menschen beschützen wollten, kamen nicht. Sie versagten ihre Hilfe. Ein Mensch nach dem anderen starb. Egal, ob durch das Feuer der brennenden Häuser oder durch die Vampire. Sie sah, wie Razvan und Florim ihren Spaß hatten. Vollkommen blutverschmiert jagten sie einen Menschen nach dem anderen.

Victoria tat nichts. Würde sie nicht unter dem Einfluss von Edward stehen, hätte sie geholfen. Doch der Einfluss von ihm war zu groß und hinderte sie zu jeglicher Handlung. Neben ihr stand noch immer Mirena. Auch sie genoss den Anblick. Leise sprach sie zu Victoria: „Eine tote Welt. Bald wird es überall so aussehen. Sie werden alle sterben. Keine Hilfe, die kommt. Sie sind alle hilflos."

Victoria sagte nichts. Sie ging durch das brennende Dorf. Ihr Blick fiel auf einen Berg von toten Menschen. Blutverschmierte Vampire sahen ihre Königin. Victoria lächelte ihnen finster zu. Dann blieb sie stehen und drehte sich um: „Eine tote Welt."

Florim, Razvan und Björn kamen zu ihr. Florim hielt ein in eine weiße Decke gehülltes Baby. Vor Victoria gingen sie auf ein Knie nieder. Florim hielt das Baby hoch, welches schreite und weinte. Razvan sagte: „Das junge Blut für die Königin." Alle drei senkten den Kopf vor der Königin. Victoria sah das Baby an und nahm es in den Arm. Sie beruhigte das Kind mit Erfolg. Victoria hielt das Baby so hoch, dass sie dem Baby direkt in die Augen sehen konnte. Kurz erinnerte sie sich zurück. Damals sollte sie in einem Blutritual Elise töten. Sie tat es nicht. Stattdessen rettete sie die kleine

Elise. Sollte sie das Baby retten? War das Baby noch eine Chance, sie aus der Dunkelheit zu retten? Gab es die Chance noch? Victoria sah sich um. Alles war tot. Keine Schreie der Angst hallten mehr durch den Nachthimmel. Es lebte nur noch das Baby und kein Nebelvampir war in Sicht, der das Baby retten könnte. Auch fehlte Adam. Er kam nicht plötzlich hervorgesprungen, um das kleine Baby zu retten. Nur Victoria hatte die Möglichkeit. Eine letzte Chance.

Victoria lächelte dem Baby zu. Ganz überraschend lächelte das Baby zurück. Zögerte Victoria? Würde sie das Baby am Leben lassen? Noch nichts getan, ertönte plötzlich eine Frauenstimme: „Nein, bitte nicht mein Baby!" Die Frau rannte auf Victoria zu. Björn fing sie ab und hielt sie fest. Es war eine dünne, rothaarige Frau. Sie war gekleidet in einem weißen Nachthemd, welches völlig dreckig war.

Victoria ging zu der Frau. Ohne Worte gab sie der Frau ihr Baby. Sofort ertönte eine Männerstimme: „Lasst meine Familie in Ruhe!" Florim griff sich den Mann und verpasste ihm ein paar Schläge ins Gesicht sowie in den Magen. Der Mann war ebenfalls schmächtig gebaut, mit einem Stoppelbart und kurzen braunen Haaren. Victoria sagte nichts. Still verwandelte sie sich in eine Fledermaus und flog zum Schloss zurück. Die Vampire folgten ihr darauf. Auch Razvan, Florim, Björn und Mirena. Zurück blieb nur ein junges Paar mit einem kleinen Baby in einem brennenden Dorf.

Hoffnung und Verzweiflung

Auf dem Schiff war alles ruhig. Jeder schlief fest in seinem Bett. Jeder außer Adam. Er konnte nicht schlafen. Gedanken hielten ihn wach. Als der Werwolf drohte auszubrechen, spürte Adam Wut und Angst zugleich. Warum nur waren diese Gefühle so extrem? Dann war da auch noch Gottes Stimme und eine Umarmung, die ihn wieder runterbrachte. Doch wie konnte das geschehen? Kam seine Mutter etwas als Engel zu ihm? Adam wollte es keine Ruhe lassen. Geplagt von den Gedanken stand er auf und ging nach draußen, um frische Luft zu schnappen. Adam hoffte, so wieder auf einen klaren Gedanken zu kommen.

Die Nachtluft war kühl. Adam hüllte sich in seinen Mantel ein und ging ein Stück. Am Himmel war keine einzige Wolke zu sehen. Das Wasser war ruhig und glänzte wie funkelnde Diamanten im Mondschein.

Adam ging zum Bug des Schiffes. Er stützte sich mit den Unterarmen auf dem Geländer ab und schaute nachdenklich runter zum Wasser. Seine Sorge um Victoria war groß. An die Worte seiner Mutter erinnerte er sich noch. Trotz der Rage, in der er sich befand, hatte er die Worte gehört. Eines davon machte ihm am meisten Sorgen: Victoria sei vom rechten Pfad abgekommen. Er hoffte, dass sie sich nicht Edward Dragonheart angeschlossen hatte. Doch welche Garantie hatte er, dass es nicht so war? Adam hatte Angst. Er hatte Angst um Victoria. Er hatte Angst, nicht rechtzeitig Rumänien zu erreichen, um Victoria zu retten.

Sein Blick ging rauf zum Sternenhimmel: „Bitte sagt mir, dass es Victoria gut geht. Verratet es mir… bitte." Die Bitte war an Gott gerichtet. Doch eine Antwort kam nicht, oder doch? Hinter Adam begann etwas, hell aufzuleuchten. Adam drehte sich um und glaubte zu träumen. Vor ihm erstrahlte ein helles, warmes Licht. Adam ging ein Stück auf das Licht zu und berührte es mit seiner Hand. Wärme und Frieden strahlte es in Adam aus. Obwohl es so wohltuend war, fühlte es sich seltsam an. Adam bekam das Gefühl, dass alle Probleme wie weggeblasen waren. Doch Adam wusste, dass es nur eine Illusion war. Er träumte. Oder doch nicht?

Aus dem Licht heraus ertönte eine Stimme: „Mein lieber Sohn." Sofort wich Adam zurück: „Was geschieht hier?" Die Stimme sagte darauf: „Du brauchst keine Angst zu haben. Ich bin es." Vor seinen Augen tauchte im Licht eine Frau mit blonden Haaren auf. Sie war gekleidet in einem schneeweißen Kleid. Auf dem Rücken trug sie zwei große, ebenso schneeweiße Flügel. Vor Adam stand ein Engel in Form seiner Mutter.

Adam wollte seinen Augen nicht trauen. Schnell rieb er sich die Augen. Seine Mutter stand immer noch da. Er fragte sie: „Bin ich wieder tot?" Seine Mutter schüttelte den Kopf. Adam kam von dem Gedanken nicht weg, dass es nur ein Traum war. Seine Mutter streckte die Hände aus und sagte lächelnd: „Komm zu mir, mein Sohn." Misstrauisch näherte er sich seiner Mutter. Zögernd nahm er ihre Hände. Gleich bei der ersten Berührung durchströmte seinen ganzen Körper ein warmes Gefühl von Frieden und Sicherheit. Mit einem tiefen Atemzug konnte er diese Gefühle spüren. Es war beinah wie eine Erlösung von all den Problemen.

Leise fragte er: „Wie kann das möglich sein? Träume ich?" Seine Mutter antwortete: „Weder noch. Ich stehe wirklich als Engel vor dir." Adam fand dennoch keine Erklärung. Seine Mutter streichelte ihm leicht über die Wange: „Du bist verzweifelt. Lass deine Zweifel fallen … Adam. Du bist so stark." Adam widersprach: „Ich weiß nicht. Ein Teil in mir hat einen unbändigen Mut. Ein anderer Teil hat aber auch Angst."

Ermutigend sprach seine Mutter: „Die Aufgabe, die vor dir liegt, ist schwer. Aber sie ist nicht unmöglich. Wir haben gesehen, wie sehr Victoria leidet …" Adam sprach dazwischen: „Wieso helft ihr ihr dann nicht? Sorgt dafür, dass es aufhört." Seine Mutter antwortete: „Es ist keinem Engel, nicht einmal Gott selbst gestattet, in die Probleme der Lebenden einzugreifen. Du musst es selber schaffen. Misstraue nicht deinen Fähigkeiten. Sie machen dich stark. Jede gute Eigenschaft macht dich stark. Nur du kannst Gut von Böse unterscheiden. Die Rettung von Victoria ist ein gefährliches Abenteuer. Versuche hinter die Gefahr zu sehen."

Adam antwortete rau darauf: „Ich kenne die Gefahr. Sie heißt Edward Dragonheart." Adams Mutter teilte seine Meinung nicht ganz: „Das stimmt nicht ganz. Edward Dragonheart ist nur ein kleiner Teil der Gefahr. Er ist selbst eine Marionette, wenn man es so nennen will." Adam verstand nicht, was seine Mutter sagen wollte. Edward Dragonheart war der Böse. Er manipulierte Nebula van Blutstein, Vlad van Darkblood und jetzt auch Victoria van Darkblood. Adams Mutter erklärte: „Jede Gefahr hat einen Auslöser. Im Falle von Victoria ist es Edward Dragonheart. Doch der Auslöser von Edward Dragonheart …"

Adam unterbrach seine Mutter erneut: „Ist der Tod seiner Eltern." Seine Mutter schüttelte den Kopf: „Der Auslöser ist etwas anderes. Das Böse in Edward Dragonheart wurde geformt. Jedes Böse hat einen Ursprung. Um Victoria zu retten, musst du den Auslöser für das Böse in Edward Dragonheart finden. Es gibt nämlich einen Grund, warum Edward sich Victoria zu Eigen machte. Sie ist seine Chance auf Frieden."

Adam ballte die Fäuste. Im selben Moment löste er die Fäuste: „Wieso Victoria?" Leicht lächelnd erklärte seine Mutter: „Die Prophezeiung ist noch nicht erfüllt. Der Kuss der wahren Liebe ist noch nicht gegeben." Adam verbesserte seine Mutter: „Ein Kuss folgte. Damals im Kerker von Edwards Schloss küssten wir uns …" Seine Mutter unterbrach ihn: „Das reicht nicht. Damit der Frieden wirklich existieren kann, muss der Kuss in einem besonderen Moment passieren. Doch den müsst ihr fühlen. Die Liebe zwischen Victoria und dir ist stark und Edward weiß das. Ich bin mir sicher, das Feuer der Liebe in Victorias Herz brennt lichterloh. So was kann man nicht zerstören. Auch ein Edward kann das nicht." Adam nickte. Seine Mutter hatte recht. Lächelnd nahm sie ihren Sohn in die Arme und flüsterte: „Ich bin so stolz auf dich. Deine ganze Familie ist stolz auf dich. Deine kleine Schwester ganz besonders. Sie drückt dir beide Daumen und wünscht dir Glück. Wir alle tun das. Befreie die Prinzessin."

Adam nickte, schloss die Augen und ließ eine Träne fallen. Doch auch seine Mutter konnte sich die kleinen Tränen nicht verkneifen. In der Umarmung verschwand Adams Mutter langsam. Flüsternd sprach sie die Worte: „Eine brennende Liebe." Das Licht verschwand. Adam war wieder alleine. Lächelnd sah er kurz zum Himmel rauf. Eine weitere Träne floss über seine Wange. Leise sprach er die Worte: „Danke Mutter."

Gerade wollte Adam sich zur Bugseite umdrehen, als plötzlich Elise nicht weit vor ihm stand. Sie konnte ebenfalls nicht schlafen. Adam fragte: „Plagen dich Albträume?" Elise trat heran: „Albträume, Gedanken … irgendwie plagt mich alles. Was ist mit dir?" Adam, drehte sich zur Bugseite um: „Gedanken. Sie lassen mich nicht schlafen." Elise trat neben ihn, schaute auf den nächtlichen Horizont und sagte: „Deine Gedanken sind bei Victoria." Adam antwortete darauf: „Es macht mich einfach nur wütend, zu wissen, dass es ihr schlecht geht. Dass sie in Schwierigkeiten steckt und ich nicht helfen kann. Ich habe die Gefahr von Victoria gespürt, als ich mich in den Werwolf verwandeln wollte. Die Liebe, die uns verbindet, ist angekratzt. Das Band, was Victoria und mich zusammenhält, zerriss."

Elise sah Adam an: „Wenn wir in Rumänien ankommen … wie geht's weiter? Verwandelst du dich in den Werwolf und jagst jeden Vampir? Kommt es zum Kampf oder sogar zu einem Krieg?" Adam antwortete: „Ich weiß es nicht, was uns dort erwartet. Jedenfalls sollten wir uns auf das Schlimmste einstellen. Elise schaute auf das weite Meer. Dabei erzählte sie: „Vorhin, in meinem Zimmer, musste ich an meine erste Begegnung mit Victoria denken. Sie sollte mich töten. Doch stattdessen rettete sie mich vor den Blutsaugern. Ich verdanke Victoria einiges. Ohne sie würde ich nicht mehr leben." Darauf erzählte Adam: „Mir half Victoria, mit einem Problem fertig zu werden. Als Kind verwandelte ich mich das erste Mal in einen Werwolf. Ich wusste nicht warum, ich wusste nicht wieso. Es geschah einfach. Als Monster tötete ich meine ganze Familie. Meinen Vater, meine Mutter und meine kleine Schwester. Jeder sagte mir, dass es ein Unfall war. Ich glaubte nicht daran. Victoria half mir, mit der Sache abzuschließen. Später erfuhr ich, dass der Werwolf ein Geschenk sein sollte."

Elise verstand die Geschichte und sagte leise: „Das Geschenk Gottes. Du wurdest damals von Gott auserwählt, weil er dich für den Retter hält. Als ich noch klein war, erzählte mir meine Mutter eine Geschichte. Es gibt einen ständigen Kampf von Gut und Böse. Doch den Auslöser kennt niemand dafür oder man will ihn nicht kennen ..."

Adam unterbrach sie und erklärte: „Kämpfe und Kriege gibt es nur, weil Dinge wie Gier, Neid und Hass regieren. Sie überragen jedes andere Gefühl wie Freundlichkeit, Zusammenhalt und Liebe. Jeder will einfach immer mehr und mehr. Die, die alles haben, leben nur auf der Sonnenseite, weil geringere Leute für sie die Arbeit getan haben. Auf die Leute auf der Sonnenseite guckt man, sie werden beachtet und verehrt. Doch was ist mit der Schattenseite. Die Leute die für die Sonnenseite geschuftet haben werden nicht beachtet. In meiner Laufzeit als Vampirjäger habe ich viele Vampiranführer gesehen und getötet. Was ich dabei beobachtet habe, war, dass sich jeder Anführer hinter seinen Soldaten versteckte. Zuerst sterben immer die kleinen Leute. Dabei würde es manchmal schon reichen, die Führungsperson zu beseitigen. Ich habe so viele Vampire getötet. Vorher habe ich nie darüber nachgedacht, ob es unter den Vampiren auch gute gibt. Das ist auch ein Problem, das viele haben, gut von böse zu unterscheiden."

Elise verstand, was Adam ihr sagen wollte und meinte: „Deshalb gibt es Leute wie dich, Kira oder Victoria. Auch wenn ihr Fehler gemacht habt, ihr versucht, denen zu helfen, die sich nicht helfen können. Deshalb wurdest du dazu auserwählt, der legendäre Werwolf zu sein. Du beschützt jeden, der sich nicht selbst wehren kann. Wenn man es so bezeichnen will, bist du ein Krieger Gottes."

Adam schmunzelte darauf. Er fand es witzig, wie Elise ihn bezeichnete und sagte: „Nur droht der Werwolf, ein Eigenleben zu kriegen. Das war der zweite unkontrollierte Ausbruch in kurzer Zeit. Vorher passierte mir so was nicht." Elise überlegte kurz und antwortete: „Vielleicht liegt es einfach nur daran, dass du von Victoria getrennt bist."

Adam schüttelte den Kopf: „Vielleicht glaube ich auch einfach, sie verloren zu haben. Das Gefühl, das ich hatte, als ich mich verwandeln wollte, hat sich wie das Ende angefühlt. Vielleicht ist es auch das Ende." Elise widersprach: „Das kann nicht das Ende sein. In jeder Geschichte gibt es ein Happy End. Warum nicht auch in dieser Geschichte?" Elise Worte ergaben einen Sinn.

Doch stand das Happy End noch in weiter Ferne. Victoria hatte noch nicht das Gefühl eines Happy Ends. Nachdenklich saß sie auf ihrem Thron. Sie begann sich zu fragen, ob sie wirklich böse war. Das Baby in ihren Händen hatte sie nicht getötet. Noch immer schwirrte ihr das Bild des lächelnden Babys in ihrem Kopf umher. Normalerweise haben Kinder Angst vor Monstern. Sie schreien und weinen, wenn sie eines sehen. Doch das Baby lächelte Victoria an. War sie wirklich ein Monster? Sie gab den Befehl, das Dorf anzugreifen. Mit Genuss hatte sie zugesehen, wie die Menschen von den Vampiren getötet wurden. Mit Vergnügen betrachtete sie die Menschen, die durch das Feuer verbrannten. Warum tötete sie nicht das Baby? Niemand konnte sie daran hindern. Keiner konnte das Baby retten. Sie hätte das Blut dieses Babys trinken können und tat es nicht. Warum reagierte sie nicht wie ein Monster? War es nur das Lächeln des kleinen Babys, das sie davor bewahrte?

Die Aktion von Victoria hatte jedenfalls heftige Nebenwirkungen. Im Thronsaal wurde deswegen heiß und laut diskutiert. Razvan und Florim sahen ihre Nichte enttäuscht an. Mirena war außer sich vor Wut: „Wie kann das sein?! Die Königin weigert sich, ein Baby zu töten! Warum?! Das wäre die ultimative Chance gewesen, dem Volk zu zeigen, wie gefährlich du bist!"

Nur Björn blieb ruhig. Still und grimmig stellte er sich zwischen Victoria, Mirena und ihre Onkel. Solange wie Björn vor Victoria stand, sollte keiner an sie herankommen. Seine Fäuste waren geballt. Er wartete nur darauf, dass einer der drei einen Schritt machte. Jedoch wagten es Mirena, Razvan und Florim nicht, sich Victoria zu nähern. Stattdessen sprang sie vom Thron auf und brüllte: „Ich habe das Dorf angreifen lassen! Wenn du es dir jetzt ansiehst, gleicht das Dorf Tralgia einem Schlachtfeld! Reicht das nicht als Beweis?!"

Mirena verneinte ihre Antwort: „Das liegt nur an diesem Mann! Er ist tot, wenn er herkommt!" Victoria wurde plötzlich richtig wütend. Blitzschnell packte sie Mirena und stemmte sie in die Luft: „Ihm wird nichts passieren." Ihre Stimme klang richtig finster und bedrohlich. Sie drückte Mirena den Kehlkopf zu: „Du willst das Monster? Hier hast du es." Sie zog Mirena zu sich heran und biss sie. Victoria trank das Blut der Hexe. Ihre Augen färbten sich dunkelrot. Victorias komplettes Gesicht veränderte sich. Es sah richtig boshaft aus und ließ das Vampirvolk vor Angst erzittern.

Victoria hatte vor, Mirena zu töten. Doch Razvan und Florim rissen ihre Nichte von der Hexe weg und schubsten sie auf den Thron. In dem Moment schritt Björn mit ein. Mit einem gewaltigen Fausthieb schlug er Florim zu Boden. Florim hatte das Gefühl, dass ihm ein riesiger Betonklotz ins Gesicht fiel. Im nächsten Moment rammte Björn seinen Ellenbogen in Razvans Gesicht. Auch Razvan fiel zu Boden. Björn stellte sich mit einem Fuß auf Razvan und richtete seine Axt an den Hals von Florim. Keiner der Gebrüder van Darkblood wagte aufzustehen.

Victoria stand wieder vom Thron auf und wandte sich dem Volk zu. Mit einem blutverschmierten Gesicht brüllte sie zum Volk: „Ist es das, was ihr wollt?! Wollt ihr alle das Monster sehen?! Ich bin die Königin!“

Das Vampirvolk verneigte sich ohne Worte vor der furchteinflößenden Victoria. Die Königin wandte sich ihren Onkels und der Hexe zu. Drohend sagte sie: „Wenn ihr mich noch mal infrage stellt oder mich auch nur wagt anzufassen, zeige ich euch, was Angst ist.“

Die Aussage und der Anblick von Victoria flößten selbst Björn den größten Respekt ein. Er wagte es nicht, seiner Königin in die Augen zu sehen. Victoria wandte sich von ihnen ab und ging aus dem Thronsaal, gefolgt von Björn.

Razvan und Florim standen auf und sahen ihrer Nichte stillschweigend hinterher. Gleich darauf halfen sie Mirena. Langsam stand Mirena wieder auf. Sie war extrem wütend: „Das wird mir dieses Miststück büßen.“ Mirena schmiedete schon Rachepläne. Doch ihre Gedanken wurden über den Haufen geschmissen, als Florim fragte: „Wieso reagiert sie so?“ Mirena antwortete finster: „Es liegt an diesem fremden Mann. Obwohl, das Band zwischen ihnen zerrissen ist, ist immer noch etwas da. Victoria weiß, dass er kommt.“ Florim sagte entschlossen darauf: „Er muss aufgehalten werden. Noch bevor er das Land betritt.“ Mirena schloss die Augen und konzentrierte sich. Durch einen Zauber, den sie in ihren Gedanken aussprach, wollte sie wissen, wo Adam war. Mit geschlossenen Augen sah sie das Schiff. Die Entfernung war nicht mehr allzu groß. Mirena öffnete die Augen und sah Razvan und Florim an: „Wir müssen handeln. Wir dürfen nicht warten, bis der Mann in Rumänien ankommt. Der Plan ändert sich. Nehmt ein paar Vampire mit und fliegt zu dem Schiff. Ihr könnt es nicht verfehlen. Es ist unmittelbar vor der Küste Rumäniens. Findet das Schiff und bringt jeden um." Razvan und Florim nickten. Sie wollten den Befehl ausführen. Sofort verwandelten sie sich in Fledermäuse und flogen los und mit ihnen zehn weitere Vampire. Laut brüllte Mirena ihnen hinterher: „Beeilt euch! Lasst ihn nicht am Leben.

Victoria befand sich mit Björn in ihrem Zimmer. Dort stellte sich Victoria ans Fenster. Sie wagte es nicht, Björn anzusehen. Mit dem Blick nach draußen sagte sie: „Du musst mich für eine schlechte Königin halten." Björn trat neben sie: „Wieso sollte ich euch für eine schlechte Königin halten. Ihr habt wahre Stärke gezeigt. Besser als ich. Besser als jeder Vampir, der anwesend war. Uns trieb der Durst an." Victoria wollte den Worten glauben, konnte es aber nicht: „Wenn du mich für so stark hältst … wieso fühle ich mich dann so schwach? Den Angriff auf das Dorf hätte ich verhindern können. Ich hätte den Befehl nicht geben dürfen. Jedoch wollte ich es. Ich sah, wie die Menschen verbrannten. Kleine Kinder weinten. Sie brauchten Hilfe. Doch niemand kam. Kein Nebelvampir kam zuhilfe. Wieso?" Sie sah Björn an. Ihr Blick war ratlos.

Björn antwortete: „Ich kenne die Nebelvampire nicht besonders, aber vielleicht waren sie eingeschüchtert. Vielleicht haben sie irgendwie von dem Tod Nebulas erfahren." Victoria senkte den Kopf leicht. Sie wollte nur alleine sein. Björn ging aus dem Zimmer. Victoria legte sich in ihr Bett. Sie wollte diese Nacht einfach nur vergessen. Darum versuchte sie zu schlafen. Was ihr nicht leichtfiel. Die Gedanken an die Bilder wollten sie nicht schlafen lassen.

Nach einiger Zeit gelang es ihr dann doch.
Im Schlaf versank sie in einen tiefen Traum. Sie stand auf einer weiten mit Blumen bedeckten Wiese. Hinten war der Wald und vor ihr war das Dorf Tralgia. Wunderschön und friedvoll strahlte das Dorf. Keine Gewalt, kein Kampf, rein gar nichts, was schlecht war. Ein leichter Wind wehte ihr durchs Haar und wehte über die Wiese hinweg. Die durch den Wind abfallenden Blütenblätter sammelten sich in der Luft. Lauter bunte Blütenblätter wehten in der Luft. Im

Wind formten sie sich zu einem Menschen. Es war nicht irgendein Mensch. Vor Victoria tauchte Adam auf. Victoria freute sich und strahlte richtig. Sie rannte auf ihn zu und sprang ihm in die Arme. Ein Kuss vereinte beide. Victoria freute sich so sehr, endlich wieder die Lippen von Adam zu spüren. Lächelnd sahen sie sich beide an. Durch den Blick des anderen wussten beide, was sie dachten. Hand in Hand gingen sie durch den Wald spazieren. Selbst der Wald wirkte friedlich. Keine Anzeichen von Kampf, Krieg oder Vampiren. Nur sie waren in dem Wald.

Mitten im Wald küssten sie sich erneut. Victoria ließ sich dabei in Adams starke Arme fallen. Flüsternd sprach sie zu ihm: „Ich habe dich so vermisst. Bitte geh nie wieder weg." Ein weiterer Kuss brachte ihre Lippen zusammen. Victoria schenkte Adam ein kurzes Lächeln und rannte vor ihm weg. Nicht etwa, weil sie Angst vor ihm hatte. Ganz im Gegenteil. Adam sollte sie nur fangen. Sie spielten. Beim Rennen kamen sie an den Bach mit dem umgekippten Baum. Der Ort, wo sie sich das erste Mal sahen. Der Ort, wo die Love Story begann.

Auf dem Baum blieb Victoria stehen und ließ sich von Adam fangen. Von hinten wurde sie von Adam gepackt. Sanft berührten sich ihre Lippen in einem leidenschaftlichen Kuss. Victoria schloss die Augen, um den Kuss innerlich zu spüren. Ihr Herz schlug so stark vor Freude und Glück wie noch nie zuvor. Sie befand sich schwebend auf Wolke sieben.

Doch als sie ihre Augen öffnete, stieß sie sich weg. Mit dem Ärmel wischte sie sich über den Mund. Sie konnte nicht glauben, ihn geküsst zu haben. Vor ihr stand plötzlich Edward Dragonheart. Er hatte ein schmieriges Grinsen im Gesicht: „Du küsst so gut. Fast schon göttlich. Kein Wunder, warum Adam so vernarrt in dich ist. Es muss ihn schon beinah umbringen, deine Lippen nicht zu spüren."

Victoria war einfach nur angewidert: „Was willst du?" Noch bevor Edward antwortete, veränderte sich die Umgebung. Stück für Stück veränderte sich der Wald in das brennende Dorf. Erneut hörte Victoria die lauten Schreie der Menschen, das Weinen der Kinder und der Ruf nach Hilfe. Victoria sah sich um und fragte: „Warum sind wir hier?“ Edward applaudierte: „Ich hatte noch keine Gelegenheit, dir zu gratulieren. Du hast gehandelt wie ein echter Vampir.“

Victoria bereute ihre Tat. Sie fühlte sich wie in die Hölle versetzt. Das Feuer, die toten Menschen und lauter blutrünstige Vampire. Ja, Victoria konnte es nicht verneinen. Sie war in der Hölle. Die Gräueltat, die sie begangen hatte, wurde ihr vor Augen geführt wie eine nie endende Strafe. Victoria senkte den Kopf: „Ich wollte das nicht. Du hast mich dazu gezwungen.“ Edward grinste hämisch: „Ich war lediglich in deinen Gedanken. Gehandelt hast du selbst. All die toten Menschen gehen auf dich. Die Bilder hast du im Kopf. Auf ewig werden sie dich verfolgen. Immer wenn du deine Augen schließt, wirst du das Gesicht jedes weinenden Kindes sehen, das Gesicht jedes hilflosen Menschen.“

Edward zeigte auf ein weinendes Kind, welches kniend vor seiner toten Mutter saß. Victoria taten diese Bilder im Herzen weh. Sie ging auf ihre Knie. Den Tränen nah, sah sie das Kind an, wie es versuchte, seine tote Mutter zu wecken. Jedoch wird sie nie wieder aufwachen. Vampire hatten sie getötet. Victoria konnte nicht sprechen. Jedes Wort blieb ihr wie ein dicker Klumpen im Hals stecken. Wahrlich große Schuldgefühle plagten sie. Das Nächste, was geschah, war, dass sich zwei Vampire auf das Kind stürzten. Wie wilde Raubtiere bissen sie das Kind und tranken es leer. Victoria brüllte noch laut: „Nein!“ Niemand hörte sie. Edward stand freudestrahlend neben ihr. Langsam hockte er sich zu Victoria runter: „Das ist das Schicksal der Menschen. Sie sind schwach. Unter ihnen gibt es keinen Mut. Sie sind alle ängstlich und schwach …“

Victoria unterbrach ihn in rauem Ton: „Du irrst dich.“ Erzürnt und entschlossen zugleich sah sie Edward an. Gleichzeitig richteten sie sich auf. Victoria sprach gegen Edward: „Die Menschen sind mutig. Ich habe es gesehen. Wladimir Bridges, Kira Bridges und Elise Lefevre sind mutige Menschen. Sie sind stark und scheuen keine Gefahr.“ Edward lachte auf: „Wladimir ist tot. Jeder Mensch, der vorgibt, mutig zu sein, stirbt. Deine Mutter war ein Mensch und starb durch die Hand eines Vampirs … deinem Vater.

Sie sind die schwachen Wesen in der Welt. Nur die starken überleben. Kira und Elise werden genauso sterben. Du weißt das, ich weiß das, jeder Vampir weiß das. Der Tod ist für die Menschen bestimmt.“ Victoria schüttelte den Kopf. Edward lenkte ihren Blick auf das tote Kind: „Sieh dir die Welt der Menschen an. Sie erwartet nichts außer dem Tod. Dieses tote Kind ist deine Belohnung. Diese Momente sind eine Freude für jeden Vampir. Der Schmerz und die Trauer sind ein Segen für uns Vampire.“

Victoria wollte das nicht glauben: „So redet nur jemand, der kein Herz hat.“ Die Worte provozierten Edward. Er packte sie an den Armen, drückte sie so fest, dass Victoria jeden Schmerz spürte. Sein Blick war voller Zorn. Brüllend sagte er: „Ich hatte ein Herz! Jedoch wurde es mir genommen!“

Plötzlich veränderte sich die Umgebung. Sie befanden sich beide im Schloss Dragonhell. Jedoch viel früher. Edward und Victoria standen im Schlafgemach. Auf dem Bett lagen eine tote Königin und ein toter König. Direkt am Bettenrand kniete ein weinender Junge. Der kleine Junge war Edward Dragonheart. Er war ein Mensch, noch lange vor seiner Zeit als Monster. Edward drängte Victoria, sich das Bild anzusehen. Victoria wusste nicht, was Edward ihr damit sagen wollte. Die Vorgeschichte von Edward kannte sie. Ratlos sah sie Edward an. Sie konnte nicht glauben, was sie bei ihm sah. Der große Hüne zeigte Tränen. Die Griffe an Victorias Armen lockerten sich. Victoria war leicht geschockt. Nie hätte sie solche Gefühle bei einem riesigen Vampir erwartet. Edward atmete durch, wischte sich die Tränen aus dem Gesicht und erzählte: „Ich liebte meine Eltern. Der Tod hatte mich sehr mit genommen. Noch heute verfolgt er mich. Ganz alleine knie ich vor dem Bett. Ich fühlte mich allein gelassen. Das ist noch nicht das Schlimmste. Für mich war die schlimmste Sache, dass ich nicht helfen konnte. Ich fragte die Nebelvampire um Hilfe. Lord Arthur und Lady Magarete hätten meinen Eltern helfen können."

Wieder veränderte sich die Umgebung. Dieses Mal blieb alles schwarz. Vor Edward und Victoria zeigte sich ein riesiges Bild. Es zeigte Edward bettelnd auf den Knien vor Lord Arthur und Lady Magarete. Beide drehten dem kleinen Jungen den Rücken zu. Edward erzählte weiter: „Man hat mir nicht geholfen. Ein kleines Kind, das um Hilfe bat … um Hilfe förmlich bettelte, wurde ignoriert. So starben meine Eltern."

Das Bild verschwand und die Umgebung veränderte sich wieder. Erneut befanden sie sich im Schloss Dragonhell. Zum Schluss erzählte Edward: „Alles was ich erfuhr, was ich lernte, war Hass, Zorn und Wut." Edward zeigte Victoria, wie Mirena zu dem kleinen Jungen kam und den Hass sowie Wut und Zorn in ihm säte. Kein Trost. So wurde der erste Vampir geboren. Mirena formte das Böse. Edward sah Victoria an: „Du siehst also, dass nur die Starken überleben. Den Menschen ist es bestimmt zu sterben. Hilfe gibt es keine. Du hast es gesehen, als du das Dorf überfallen hast. Es kam kein Nebelvampir und half. Warum also bist du nicht einfach das Monster. Die Welt ist längst nicht so, wie du denkst."

Victoria wachte auf. Sie saß im Bett. Tränen folgten. Hatten die Worte von Edward ihre Wirkung gezeigt? Sie ließ sich zurück ins Bett fallen. Die ganze Geschichte, die ganzen Bilder waren eine regelrechte Folter für sie. Ihr Wunsch war es, endlich erlöst zu werden. Vielleicht konnte sie es aber auch selbst. Victoria dachte an ihr Messer. Das war die Lösung. Es würde nur ein Stich mit dem Messer brauchen und sie wäre erlöst. Victoria stand auf und nahm ihr Messer. Langsam hielt sie es an ihre Brust. Ein kräftiger Stoß und alles wäre vorbei. Kein Leid und keine Folter mehr. Nur ein kräftiger Stoß. Victoria schloss die Augen und wollte es beenden.

Sie wollte es. Doch etwas hielt ihre Hand zurück. Sie öffnete die Augen. Wen sie dann vor sich sah, wollte sie nicht glauben. Vor Schreck ließ sie das Messer fallen und wich zurück: „Björn … bist du das oder ist das ein Traum?“ Die Person antwortete: „Dies ist kein Traum und dein Diener bin ich auch nicht. Ich bin es wirklich.“ Vor Victoria stand ihr Vater Vlad van Darkblood als Geist.

Erneut fragte sie: „Wie ist so was möglich?“ Vlad antwortete: „Ich bin immer da. Du stehst nicht alleine.“ Victoria überlegte nicht lange und wollte ihren Vater umarmen. Es funktionierte nicht. Er war ein Geist. Leicht enttäuscht ging sie zwei Schritte zurück. Ihr Vater sprach gleich: „Es tut mir alles so leid. Dass du diese Qualen erleidest, wollte ich nicht.“ Victoria ballte die Fäuste und fragte: „Wieso hast du ihn damals getötet?“ Vlad antwortete ruhig: „Ich wollte Frieden. Ich wollte, dass es aufhört.“ Victoria wurde leicht laut: „Es hört nicht auf. Ständig geht es weiter. Erst war Nebula die Leidtragende und jetzt bin ich es. Es sollte Frieden herrschen. Adam und ich … wir haben uns doch geküsst. Es sollte Frieden herrschen. Was ist schiefgegangen?“

Vlad antwortete: „Kurz bevor du mich getötet hast, floh Edward aus meinem Körper. Der Kuss von dir und Adam … ich weiß nicht warum es nicht geklappt hat. Edward Dragonheart ist äußerst mächtig. Ich weiß das und du weißt das auch.“ Victoria verbesserte ihren Vater: „Ich spüre es am laufenden Band. Die Frage ist, wann hört es auf? Du bist ein Geist, kannst du ihn nicht beseitigen?“

Vlad antwortete: „Ich würde ihn töten. Ich würde ihn richtig fertigmachen. Jedoch bin ich nicht stark genug. Du musst einen Weg finden, ihn zu töten.“ Vlad schwebte rüber zu seiner Tochter und wollte ihr das Gefühl einer Umarmung geben. Victoria schreckte nicht zurück und versuchte, die Umarmung zu genießen. Flüsternd sagte Vlad zu ihr: „Meine liebe Tochter. Ich bin so stolz auf dich. Du bist eine starke, junge Frau. Ich fühle mich geehrt, dein Vater zu sein. Die Worte zauberten Victoria ein Lächeln ins Gesicht. Ihr Lächeln erlosch auch nicht, als Vlad wieder verschwand. Sie schenkte ihm sogar eine Freudenträne. Als ihr Vater weg war, sprach sie die Worte: „Es ist mir eine Ehre deine Tochter zu sein."

Totgeglaubt

Die Geschichte von Edward Dragonheart wollte Victoria nicht in Ruhe lassen. Ihr Gefühl verriet ihr, dass Edwards Geschichte mit dem Krieg zusammenhängt. Leise dachte Victoria vor sich hin: Der Hass wurde in Edward gesät. Victoria begann, sich die Frage zu stellen, ob Edward Dragonheart wirklich böse war. Stimmte seine Geschichte oder war sie eine Lüge. Victoria wusste nicht, wie sie zu der Sache stehen sollte. Mitleid wollte sie mit Edward nicht haben. Er war der Böse. Alleine er sorgte für das Leid von Victoria und so vielen Menschen. So war es, so musste es sein. Victoria wollte nicht weiter darüber nachdenken. Ohne einen weiteren Gedanken an die Geschichte zu verschwenden, legte sich Victoria ins Bett.

Sie hatte keine Ahnung, was auf sie zukam. Friedlich schlief sie ein. Sie ahnte nicht, dass Mirena sich auf den Weg zu ihr befand. Finster waren ihre Gedanken. Rache war ihr Ziel. Der Biss von Victoria sollte nicht ungestraft bleiben. Niemand konnte so mit der Hexe umgehen. Auch nicht die Königin der Vampire. Sie erreichte die Zimmertür von Victoria. Doch rein sollte sie nicht kommen. Björn stand vor der Tür und bewachte sie. Keiner durfte das Zimmer betreten. Björn hätte nicht mal Razvan und Florim zu Victoria gelassen. Mirena sollte da keine Ausnahme sein. Doch Mirena machte es sich einfach. Mit einem Fingerschnipsen verzauberte sie Björn und machte ihn willenlos. Alles was Mirena wollte, tat er ohne Widerworte. Björn ging von der Tür weg. Finster lächelte Mirena ihm zu: „Du bist nur ein Sklave. Schwach und minderwertig.“ Björn sagte nichts darauf. Still starrte er geradeaus. Er war wie festgefroren. Normalerweise hätte er sich gewehrt. Jedoch nicht gegen die mächtige Zauberkraft von Mirena.

Mirena betrat Victorias Zimmer. Leise schlich sie sich an die schlafende Victoria heran. Per Zauber erschuf sie ein Messer. Der

Griff war schwarz und die Klinge leicht gebogen. Das Messer war nicht einfach ein Messer. Sobald die Klinge die Haut berührte, fügt es eine nie heilende Wunde zu. Victoria sollte leiden. Sie sollte jeden Schmerz fühlen, den Mirena fühlte. Mirenas Gesicht verzog sich. Schon fast dämonisch wirkte sie. Ihre Augen waren komplett schwarz. Leise sprach sie: „Du hast mir wehgetan, also werde ich dir wehtun." Das Messer war kurz davor, ihre Haut zu berühren.

Mirena bekam ein komisches Gefühl. Schnell warf sie das Messer weg. Durch einen leise gesprochenen Zauber wollte Mirena die Gedanken von Victoria sehen. Mirena schloss die Augen und sprach den Zauber zu Ende. Sie tauchte in Victorias Gedankenwelt ein. Viele geliebte Erinnerungen über Agatha, Kira, Elise und auch Adam fand sie da. Schon bei dem Anblick von Agatha verzog Mirena angewidert das Gesicht. Denn neben Nebula war auch Agatha eine Feindin des Hexenzirkels gewesen. Doch jetzt waren beide tot. Für Mirena gab es keine Feinde mehr. Niemand der sich mit ihr messen konnte. Mirena forschte in Victorias Gedanken weiter und wurde fündig. Sie sah, dass Victoria etwas über Edward Dragonheart wusste. Schnell verschwand sie aus ihrer Gedankenwelt. Mirena war wütend: „Sie kennt die Geschichte von Edward." Mirena musste handeln. Nie hätte sie gedacht, dass jemand hinter das Geheimnis kommt.

Mit einer Handbewegung zauberte sie sich das Messer in die Hand und wollte sie töten. Wieder konnte sie es nicht. Jedoch nicht wegen eines schlechten Gefühls. Björn war da und hinderte Mirena daran, Victoria zu töten. Mit einem Arm hielt er ihre Hand fest. Fragend sah Mirena Björn an: „Wie geht das? Ich habe dich willenlos gemacht. Du müsstest unter meinem Zauber stehen." Es gab für Mirena keine Erklärung, wie sich Björn aus dem Zauber befreien konnte. Björn gab ihr die Antwort: „Ich bin ein Gestaltwandler. Deine Zaubertricks wirken bei mir nicht. Dann schubste er sie mit einem gewaltigen Hieb zurück. Mirena flog gegen die Wand.

In dem Moment wachte Victoria mit einem Schreck auf. Sofort bemerkte sie Björn und Mirena: „Was geht hier vor?" Björn antwortete: „Die Hexe wollte euch töten, meine Königin." Victoria sprang vom Bett auf und sagte wütend: „Du wagst es, mich töten zu wollen." Mirena sprach darauf: „Du weißt zu viel. Doch dein Sklave hat dich gerettet." Das reichte Björn. Erzürnt sagte er: „Ich bin kein Sklave. Ich bin Björn Stone, der Gestaltwandler mit hellseherischen Kräften." Mirena wirkte nicht überrascht. Dennoch kam sie zu der Erkenntnis: „Natürlich, kaum zu glauben, dass es mir entfallen war. Weder der Biss eines Vampirs noch mein Zauber hat eine Wirkung auf dich. Du bist einzigartig. Man könnte dich als eine Legende bezeichnen. Doch all das ändert nichts. Victoria wird sterben." Darauf schmiss Mirena das Messer auf Victoria. Die Klinge hätte Victoria in Gesicht getroffen, wenn Björn nicht gewesen wäre. Er fing das Messer auf und schmiss es zu Mirena mit ganzer Kraft zurück. Mirena reagierte schnell und ließ das Messer zu Staub zerfallen. Im nächsten Moment zog Björn seine schwarze Doppelaxt und sagte finster: „Meine Königin … ihr solltet in Deckung gehen. Denn gleich wird das Blut der Hexe in alle Richtungen spritzen." Mit einem Satz sprang Victoria auf die andere Seite des Bettes. Sie wollte der Legende nicht im Wege stehen.

Björn ging auf Mirena zu. Seine Hände umfassten fest den Griff der Axt. Mirena hatte ein gewaltiges Problem. So dachte Björn. Jedoch vergaß er, dass Mirena eine Hexe war. Sie wusste also, sich zu verteidigen. Ein lauter, schriller Schrei ertönte aus Mirenas Mund. Der Schrei war für Victoria und Mirena ohrenbetäubend. Jedoch alarmierte es jeden Vampir im Schloss. Noch bevor Björn reagieren konnte, wurde er von einem Vampir umgerissen. Weitere Vampire folgten. Alle stürzten sich auf Björn.

Björn wehrte die Vampire ab. Einen nach dem anderen schlug er weg. Rasch sprang Björn auf. Ruhe gab es für ihn nicht. Die Vampire griffen ihn erneut an. Schnell packte Björn seine Axt und tötete mit einem Hieb zwei Vampire. Einen dritten Vampir knockte er mit einem harten Kopfstoß aus. Ein weiterer Vampir sprang Björn auf den Rücken und wollte ihn beißen. Björn packte den Vampir an den Haaren und zog ihn über die Schulter, noch bevor dessen Zähne seinen Hals berühren konnten. Ein Hieb mit der Axt beendete das Leben des Vampirs. Darauf brüllte er: „Ihr seid lästiger als Fliegen!“ Zwei weitere Vampire wagten es, sich Björn in den Weg zu stellen. Mit gezogenen Schwertern wollten sie es mit ihm aufnehmen. Sie kamen nicht dazu. Mit einer schwungvollen Handbewegung trennte er ihre Köpfe von den Körpern und sagte: „Ich bin eine Nummer zu groß für euch. Zerfallt zu Staub. Denn mehr seid ihr Blutsauger nicht.“

In dem Kampf hatte Björn vollkommen den schrillen Schrei Mirenas vergessen. Sofort erreichte der Schrei seine Ohren. Er hielt sich die Ohren zu und sah Victoria, wie sie auf Knien saß und sich ebenfalls die Ohren zuhielt. Björn reichte es. Er wollte dem ein Ende setzen. Laut brüllte er: „Jetzt halt die Klappe!“ Björn packte seine Doppelaxt mit beiden Händen und hielt sie über den Kopf. Mit ganzer Kraft schmiss er die Axt auf Mirena. Sie sollte Mirena töten. Wieder gelang es Björn nicht. Noch bevor die Axt Mirena erreichte, erwischte sie zwei Vampire und fiel zu Boden. Björn stöhnte genervt und wollte Mirena mit bloßen Händen ausschalten. Auch das gelang ihm nicht. Gleich drei Vampire stellten sich ihm in den Weg. Siegessicher zogen sie ihre Schwerter. Es sollte ein leichtes Spiel für sie sein. Denn Björn hatte ja keine Axt mehr. Er war unbewaffnet.

Das Ende von Björn? Nein, auch wenn er keine Waffe in seinen Händen hielt, wich er nicht vor den Vampiren zurück. Er hatte immer noch seine Fäuste und mit ihnen wehrte er sich auch. Jedoch wie lange konnte er sich mit bloßen Fäusten wehren? Einen Vampir nach den anderen schlug er zu Boden, verpasste ihnen Kopfstöße und Ellenbogenstöße. Wie ein wilder Bär kämpfte er gegen jeden Vampir. Jedoch wurden es nicht weniger Vampire.

Das merkte auch Victoria. Ihr Blick ging zu Mirena, die mit ihrem Schrei immer mehr Vampire anlockte. Victoria musste handeln. In einem schnellen Tempo sprang sie wieder über das Bett, flitzte auf Mirena zu und rammte sie. Sofort verstummte der Schrei. Im selben Moment wurde Victoria von einem Vampir gepackt. Victoria befreite sich durch starkes Herumzappeln aus den Fängen des Vampirs und fuhr mit ihren Vampirkrallen über seinen Hals. Sofort zerfiel der Vampir zu Asche.

Victoria sah sich den Kampf in ihrem großen Zimmer an, der eher einer halben Schlacht glich. Sie wollte es beenden und brüllte: „Ich bin eure Königin! Hört auf, uns anzugreifen!“ Mirena stand auf und lachte laut: „Die Vampire hören nicht auf dich. Sie sind meine Schöpfung. Ich habe sie geschaffen. Du, dein Vater oder Edward Dragonheart hatten nie die Macht über sie. Eure Macht war nur eine Illusion.“ Victoria war sichtlich geschockt. Ratlos sah sie Mirena an und wechselte ihren Blick zu Björn, der nach wie vor gegen die Vampire kämpfte. Sie wollten einfach nicht aufhören. Trotz Mirenas Worte, versuchte Victoria erneut, die Vampire zu beruhigen: „Hört auf zu kämpfen! Hört auf!“ Es hatte keinen Zweck. Die Vampire hörten nicht auf Victoria. Jeder einzelne Vampir stürzte sich auf Björn. Mit allem, was er hatte, wehrte Björn sich. Einen Vampir schnappte er sich und hämmerte ihn gegen Victorias Schminktisch. Der Schminktisch fiel in sich zusammen. Denn nächsten Vampir beförderte Björn aus dem Fenster. Darauf verpasste er einem angreifenden Vampir einen Bauchbumser. Der Vampir fiel zurück und riss drei Vampire mit sich. Ein Vampir versuchte es erneut, Björn von hinten anzugreifen. Björn bemerkte ihn und knockte ihn mit einem harten Ellenbogen aus.

Mirena reichte es. Sie war von Björns wilden Kämpfen genervt. Schnell zückte sie einen Zauberstab und machte eine schwungvolle Bewegung. Aus ihrem Zauberstab sprangen lange Seile, die sich um Björns Arme, Beine und Hände wickelten. Ein kräftiger Zauberstoß brachte Björn zu Fall. Björn war nicht beeindruckt.

Beleidigend sprach er zu Mirena: „Wenn die Kraft versagt, dann kommen die Zaubersprüche. Dabei bezeichnest du mich als minderwertig. Du bist minderwertig und peinlich noch dazu.“ Mirena ignorierte die Worte. Sie sah die Vampire an, die noch auf ihren Beinen standen und sagte lächelnd: „Schlagt ihn zusammen. Tötet oder beißt ihn aber nicht. Vielleicht kann er noch nützlich sein.“ Grinsend nickten die Vampire und stürzten sich sofort auf Björn. Victoria wollte dazwischengehen. Doch Mirena hielt sie fest. Ein Zauber drückte Victoria gegen die Wand.

Mirena sah Victoria wutentbrannt an: „Ich bestimme über alles und jeden. Ich bin die mächtigste Hexe auf Erden. Niemand kann meiner Macht trotzen. Auch nicht so ein minderwertiges Ding wie du.“ Mutig konterte Victoria: „Selbst das mächtigste Wesen kann durch den Schwächsten fallen. Macht ist nicht alles in der Welt. Liebe, Freundschaft … so was ist viel wertvoller.“ Mirena lachte nur und sagte: „Liebe … Freundschaft. Diese Werte sterben aus. Macht regiert die gesamte Welt. Sie unterscheidet die Starken von den Schwachen. Die Fliege stirbt, wenn die Spinne vor ihr steht. Die Maus stirbt, wenn die Katze vor ihr steht. Auf der Welt ist kein Platz für schwache Wesen.“ Kurz dachte Victoria über die Worte nach. Stimmte das? Victoria wollte nicht daran glauben: „Hast du das auch gedacht, als du einen kleinen Jungen Namens Edward Dragonheart zum Monster machtest?“

Mirenas Lächeln wurde breiter: „Er hat es dir gezeigt. Der Junge war von Trauer zerfressen. Ich sah, wie dieser kleine Menschenjunge vor dem Bett der Eltern kniete und weinte. Die Nebelvampire versagten ihre Hilfe, genauso wie bei dem Überfall auf das Dorf. Ich gab Edward Dragonheart die Möglichkeit, sich gegen die Nebelvampire zu wehren. Ich machte ihn zum ersten Vampir. Sein Herz war verseucht von Hass, Wut und Zorn. Zusammen bilden sie das nie endende Gefühl der Rache. Niemand konnte ihn aufhalten …“ Victoria unterbrach Mirena: „Bis mein Vater kam.“ Mirena wurde ernst: „Ich hörte von dem Plan deines Vaters und wollte es verhindern. Doch als sich dein Vater mit Nebula zusammenschloss, musste ich einen anderen Plan finden. Ich fand ihn auch. Die Rache … die komplette Bosheit von Edward Dragonheart verwandelte ich in einen Fluch. Von der Sekunde an, als dein Vater Edward tötete, ging der Fluch auf ihn über und als du deinen Vater getötet hast, ging der Fluch auf dich über. So wird es immer weitergehen. Egal, wer dich töten wird, der Fluch geht auf ihn über. Das ist das nie endende Gefühl der Rache."

Victoria war fassungslos. Die Geschichte von Mirena ließ Victoria sprachlos werden. Es gab keine Rettung vor dem Fluch. Jedoch fügte Mirena noch hinzu: „Was mir nur auffällt, ist, dass der Fluch bei dir nicht richtig wirkt. Die Bosheit kommt immer mal wieder durch und dann verschwinden sie. Warum? Als du den Befehl gegeben hast, das Dorf anzugreifen, riss das Band, das dich und diesen Mann zusammenhält. Der Fall von Königin Victoria van Darkblood in die Dunkelheit geschah … ich fühlte es. Das Monster war da. Doch als du das Baby in den Händen hieltest, hast du es nicht getötet. Warum?"

Victoria erinnerte sich an das Baby. Sie hielt es in den Händen und hätte es töten können. Jedoch lächelte das Baby sie an. Leise antwortete Victoria daher: „Weil ich kein Monster bin." Wieder lachte Mirena laut auf: „Was! Na klar bist du ein Monster. Der Vampir steckt in dir. All die Dinge, die du getan hast, machen dich zum Monster. Nein, es muss einen anderen Grund geben."

Mit beiden Händen berührte Mirena Victorias Kopf. Mirena wollte in Victoria nach dem Grund suchen. Als stärkste Hexe besaß sie die Fähigkeit, in die Gedanken und Gefühle anderer Wesen einzutauchen. So konnte sie jedes Geheimnis lüften. Es erforderte keine große Suche von Mirena, um zu sehen, dass Victorias Gefühle sich an die klitzekleine Hoffnung klammerten, Adam wieder zu sehen.

Wie in einem Traum tauchte sie in diesen Gedanken ein. In dieser Erinnerung sah sie, wie Victoria mit Adam unter dem Sternenhimmel lag und ihn küsste. Nach wie vor war die Liebe stark zwischen beiden. Doch wieso? Von dieser Erinnerung hätte auch nach dem Fall in die Dunkelheit nichts mehr übrig sein dürfen. Woran lag es? Mirena forschte weiter. In den Gedanken fand sie die Lösung nicht. Doch nach weiterem Suchen stieß sie darauf. Sie fand die Lösung. Rasch verschwand sie aus Victoria und sah sie schweigend an. Victoria wirkte ahnungslos. Selbst sie schien von nichts zu wissen. Mirena wich ein paar Schritte zurück und flüsterte fast: „Du bist schwanger. Du erwartest ein Baby."

Victoria konnte nicht glauben, was sie da hörte. Sie war geschockt und überrascht zugleich. Ein Lächeln zeichnete sich in ihrem Gesicht ab. Im Gegensatz zu Mirena. Ihr gefiel es nicht und das sagte sie auch: „So ein Baby habe ich noch nie gesehen. Es trägt die Gene des Menschen, des Vampirs und des Werwolfes. Doch warum?" Mirena überlegte und überlegte. Sie brüllte sogar die Vampire an, dass sie aufhören sollten, Björn zu verprügeln. Mirena konnte bei dem Lärm nicht denken. Aufgestachelt lief sie im Zimmer auf und ab und flüsterte ständig umher. Plötzlich schoss es ihr wie ein Blitz durch den Kopf. Hastig und mit großer Angst formte sie mit ihren Händen eine Art Wolke. In dieser Wolke zeigte sich, wie Razvan und Florim die Vampirjäger auf dem Schiff angriffen. Victoria sah es sich ebenfalls an. Selbst die Vampire sahen es sich mit großer Spannung an. Jeder außer Victoria wollte sehen, wie die Brüder van Darkblood die Vampirjäger auseinandernahmen.

Razvan und Florim erreichten mit den Vampiren das Schiff. Adam und Elise waren noch draußen und sahen die Horde von Fledermäusen. Sie landeten auf dem Schiff und verwandelten sich zurück.

Vorne standen Razvan und Florim. Finster waren ihre Gesichter. Adam und Elise zogen ihre Schwerter. Darauf zog jeder Vampir sein Schwert. Razvan trat hervor und sprach: „Wir sind hier, um euch zu töten. Bitte wehrt euch nicht. Wir hatten schon eine anstrengende Nacht.“ Adam sagte rau darauf: „Ihr seid auf dem falschen Schiff gelandet.“ Weder er noch Elise zeigten Scheu. Obwohl Elise große Angst verspürte, wollte sie es an Adams Seite nicht zeigen. Mutig warnte sie die Vampire: „Ihr wisst nicht, in welche Schwierigkeiten ihr euch gebracht habt.“ Florim musste lachen. Was jeden anderen Vampir ansteckte. Jeder von ihnen lachte Elise aus. Spöttisch sagte Florim zu Elise: „Schwierigkeiten wird es keine geben. Ihr seid tot.“ Elise machte sich zum Kampf bereit. Dieses Mal wollte sie nicht ängstlich sein. Doch Adam sagte zu ihr: „Verschwinde nach drinnen. Wecke die anderen und kommt nicht raus. Hier wird es gleich hässlich werden.“

Elise sah Adam an. Sie erkannte die extreme Anspannung und wusste genau, was passieren wird. Adam wollte den Werwolf rauslassen. Sein Blut kochte schon richtig. Sein Herz schlug in einem schnellen Tempo. Er knurrte und schnaufte. Ohne weitere Worte verschwand Elise nach drinnen, verschloss die Tür und tat das, was Adam ihr gesagt hatte. Schnell eilte sie zu Kira. Heftiges Klopfen an ihre Tür weckte sie. Halb im Schlaf machte Kira die Tür auf und fragte leicht genervt: „Was ist? Das Klopfen geht auch wesentlich leiser.“ Elise sagte hastig: „Wir werden von Vampiren angegriffen. Adam ist draußen und kämpft gegen sie …“ Kira wollte Elise nicht zu Ende reden lassen. Sofort nahm sie ihr Schwert und wollte nach draußen eilen. Elise hielt sie zurück und sagte: „Adam wollte es alleine tun. Ich glaube, er will den Werwolf rauslassen. Ich sollte alle wecken. Wir sollen hier drin bleiben.“ So sollte es sein. Razvan und Florim lachten. Sie fanden es lustig, dass sich Adam der Horde alleine stellen wollte. Florim war es recht. Hauptsache, es gab einen Kampf.

Ohne Worte trat Adam alleine den Vampiren entgegen. Sein Blick war finster. Ein Hauch von Angst stieg in den Vampiren. Selbst Razvan und Florim spürten es. Mit jedem Schritt verwandelte Adam sich mehr zum Werwolf. Zuerst die Augen, dann die

Hände, dann die Zähne. Razvan und Florim wichen zurück und streckten Adam die Spitze ihrer Schwerter entgegen.

Razvan sagte: „Du bist der Mann. Von dir geht die große Gefahr aus.“ Adam knurrte und sprach in tiefem Ton: „Ich bin die Gefahr. Kein Vampir wird lebend von diesem Schiff runterkommen.“ Die Muskeln von Adam verhärteten sich und wurden größer. Sie ließen seine Kleidung aufplatzen. Die restlichen Fetzen an Kleidung riss sich Adam ab. Auch von seiner Größe her wurde er größer. Nicht unweit von Razvan und Florim entfernt, stand Adam als Werwolf da. Die Zähne und Krallen waren spitz und scharf. Sie warteten nur darauf, sich in die Vampire zu bohren und zu töten. Für die Vampire war es ein regelrechter Schock.

Mirena erging es nicht anders. Leise flüsterte sie: „Der legendäre Werwolf. Das Geschenk Gottes.“ Jeder Vampir wich zurück. Als der Werwolf sein lautes Gebrüll präsentierte, jagte es jedem Vampir eine gewaltige Angst ein. Nur Victoria lächelte. Voller Stolz und Freude sagte sie: „Niemand kann ihn aufhalten. Er ist unbesiegbar.“

Mirena flüsterte nur: „Das darf nicht sein.“ Ihr Blick war ganz starr. Am ganzen Körper begann sie zu zittern. Den Vampiren auf dem Schiff ging es nicht anders. Ihre Angst umfasste ihr Herz. Dennoch dachte niemand ans Abhauen. Gerade Florim wollte nicht vor einem Tier fliehen. Laut brüllte er: „Greift an!“ Die Vampirhorde stürzte sich auf den Werwolf. Keine Minute später erlitten alle den Tod. Geschockt von der Kraft des Werwolfes sahen Razvan und Florim, wie ihre Vampire zu Asche zerfielen. Adam hatte allen Vampiren den Kopf mit einem Hieb seiner Krallen abgeschlagen.

Razvan und Florim waren wie festgefroren. Sie wussten, dass der Werwolf stark war, aber mit solcher Stärke hatte niemand gerechnet. Sie waren alleine. Beide Brüder sahen dem Werwolf direkt in die Augen. Razvan wollte fliehen. Er sah keine Chance, gegen den Werwolf zu gewinnen. Florim verweigerte die Flucht. Feige flüchten kam für ihn nicht infrage. Auch wenn er Angst hatte, wollte er den Kampf gegen den Werwolf. Razvan wollte seinen Bruder aufhalten. Seine Worte sollten ihn umstimmen. Es war vergebens. Florim griff Adam an.

Schon den ersten Schwerthieb hielt Adam auf. Er packte Florim am Hals. Die Krallen durchbohrten seine Haut. Zum ersten Mal fühlte Florim den Tod. Nie konnte ihn einer bezwingen. Der Werwolf vermochte es. Ein Biss trennte Florim noch von dem Tod. Der Biss sollte auch kommen. Hastig versuchte Florim, sich zu befreien. Doch alles, was er bewirkte, war, dass Adam härter zudrückte. Es war aus. Florim würde sterben. Er sah seinen Tod kommen. Razvan konnte seinen Bruder nicht im Stich lassen. Er griff den Werwolf an. Dabei befreite er Florim. Zusammen schlugen sie den Werwolf mit blitzschneller Geschwindigkeit zu Boden. Immer wieder verschwanden sie und tauchten woanders auf. Der Werwolf wusste nicht, wie ihm geschah. Immer und immer wieder schlugen sie auf den Werwolf ein. Adam stand auf allen vieren. Erschöpft verwandelte Adam sich zurück. Im Gesicht sowie am Körper zeigten sich die Spuren der Brüder. Razvan und Florim hatten ihn. Ihre Schwerter sollten den Rest erledigen.

War dies das Ende des Werwolfes? So sollte es sein. Das Ziel von Mirena war erfüllt. Mirena ließ die Wolke mit einem finsteren Lächeln verschwinden. Sie sah Victoria an, die wie erstarrt war. Ihr Blick war leer. Es war der Schock, dass Adam tot war. Mirena nährte sich Victoria und flüsterte ihr zu: „Das war es mit deinem Werwolf. Ich gebe zu, ich war erst geschockt. Doch jetzt siegte die Dunkelheit. Merkst du es jetzt? Du kannst der Dunkelheit nicht entkommen."

Mirena sah die überglücklichen Vampire. Dann wandte sie ihren Blick zu Björn. Völlig fertig lag er gefesselt auf dem Boden. Lächelnd und doch in ernsthaftem Ton befahl sie: „Sperrt beide weg. Die Königin der Vampire soll lernen, wo ihr Platz ist." Ein Teil der Vampire schnappte sich Björn und sie trugen ihn weg. Der Rest nahm Victoria und brachte sie weg. Victoria bekam nichts mehr mit. Ihre Augen waren offen und doch war sie völlig weggetreten. Kein Wort und keine Reaktion. Victoria wirkte wie tot. Innerlich war sie es auch. Dass Adam tot ist, verpasste ihr eine tiefe Wunde im Herzen. Victoria hörte nicht einmal das finstere Gelächter von Mirena oder den fröhlichen Gesang der Vampire über Adams tot. Sie war leer. Beide wurden in den Kerker gebracht.

Ein dunkles Herz

Razvan und Florim kehrten zurück. Vor den Schlosstoren verwandelten sie sich in Vampire zurück. Völlig fertig atmeten sie durch. Sofort kamen auch zwei Wachen, die sich um die Brüder kümmerten. Erschöpft sagte Florim: „Das war ein harter Kampf. Die Hexe hatte recht.“ Razvan nickte: „Jetzt ist es vorbei.“ Sie gingen in das Schloss. Schon beim ersten Schritt wurden sie wie Helden gefeiert. Vampirfrauen schmissen sich an die Brüder wie Groupies. Fast jede zweite Vampirfrau lobte die Vampirbrüder. Küsse auf die Wangen und die Lippen folgten. Florim genoss es, von den Frauen begehrt zu werden. Doch Razvan waren die Frauen zu viel. Er schubste sie weg. In schnellen Schritten ging er zum Thronsaal. Leicht verduzt sah Florim seinem Bruder hinterher. Jedoch vergaß er ihn schnell, als weitere Vampirfrauen zu ihm ankamen. Jede von ihnen küsste sich mit Florim.

Razvan war kaum beim Thronsaal, als die nächsten Vampirfrauen anhimmelnd zu ihm kamen. Alle schmissen sich an ihn. Auch diese Frauen schubste er von sich weg und sagte: „Geht zu meinem Bruder.“ Kaum gesagt, taten sie es auch. Florim kam ihnen sogar entgegen. Eine Frau sprang ihn sogar an. Florim hielt sie fest. Wild begannen beide zu küssen. Leise sagte er darauf: „Mann, da geht heute noch was.“ Dann ging er zu seinem Bruder. Zusammen betraten sie den Thronsaal.

Sofort wurden sie von Jubelstürmen überflutet. Laute Rufe wie Razvan und Florim sind Helden, hallten durch den Saal. Die Brüder konnten sich vor so viel Jubel gar nicht retten. Florim hob wie ein Held die Arme und ließ sich vom Volk feiern. Razvan dagegen zeigte keine Reaktion. Zusammen schritten sie an dem Vampirvolk entlang. Die Blicke waren auf den Thron gerichtet. Lächelnd wartete Mirena dort. Razvan sah das Vampirvolk an und bekam ein unwohles Gefühl.

Er wusste genau, dass sie die Jubelstürme nicht verdient hatten. Dennoch genoss Florim jeden einzelnen Zuruf. Im Mittelpunkt zu stehen, war schon immer ein großes Verlangen von Florim. Zwei dunkelhaarige Vampirfrauen kamen den Brüdern entgegen. Sie waren gekleidet in schwarzen Kleidern, verbunden mit einem blutroten Korsett. Die Haut der Vampirinnen war so weiß wie Schnee. Ihre dunklen, langen Haare bedeckten fast den gesamten Rücken. Beide Vampirinnen verneigten sich vor den Brüdern. Razvan und Florim sahen sich fragend an. Mirena erklärte ihnen: „Das sind Miranda und Cassandra. Sie waren einst Menschen, mit dem sehnlichen Wunsch, ein Vampir zu sein. Ich erfüllte ihren Wunsch. Ich war gütig zu den beiden Schönheiten. Heute Nacht bin ich gütig zu euch. Miranda und Cassandra gehören euch."

Sie erhoben sich und reichten den Brüdern jeweils einen goldenen Kelch, gefüllt mit Blut. Razvan nahm seinen Kelch nur zögernd. Im Gegensatz zu Florim. Er nahm den Kelch und zog gleich Miranda zu sich heran. Wie eine Geliebte legte sie ihre Arme um seinen Hals. Florim packte sie mit einer Hand am Hintern, drückte ihn fest und nahm einen Schluck Blut. Er schluckte das Blut nicht runter. Mit dem Mund voll Blut küsste er Miranda. Sie teilten sich das Blut in einem Kuss.

Leidenschaftlich erwiderte sie den Kuss. Dabei floss das Blut aus den Mündern. Razvan konnte sich das Bild nicht ansehen. Er drückte Cassandra den Kelch in die Hand und zog Florim von Miranda weg. Irritiert von Razvans Reaktion, fragte er: „Hey, hey Bruder. Das wäre mein Mädchen für die Nacht geworden. Was ist denn los?" Razvan war es egal. Er antwortete auch nicht auf Florims Frage. Sie stellten sich vor Mirena. Plötzlich war das ganze Volk still. Jeder Vampir wartete auf Mirenas Reaktion. Die Hexe klatschte. Darauf klatschte das Volk ebenso. Lobende Worte von der Hexe folgten: „Razvan und Florim … zwei Helden des Vampirvolkes. Zu zweit habt ihr eine drohende Gefahr abgewehrt. Euer Bruder wäre stolz auf euch." Die Gesichter der Brüder wurden ernst. Florim ballte sogar die Fäuste. Mirena bekam es mit. Sie reagierte gar nicht darauf. Beiden Brüdern streichelte sie leicht über die Wangen: „Leidet nicht. Der Werwolf ist tot …“ Razvan unterbrach Mirena in ernstem Ton: „Wo ist Victoria?“ Mirena wurde still. Ihr Blick ging zur Kerkertür. Razvans und Florims Blick folgten. Leise antwortete Mirena: „Wir mussten Victoria im Kerker einsperren. Sie war wegen des Werwolfes völlig außer Rand und Band.“ Razvan sagte keinen Ton mehr. Schweigend ging er an Mirena vorbei. Alleine ging er in den Kerker und fand seine Nichte, still sitzend auf dem Boden. Ihr Blick war leer. Kein Wort, nicht einmal ein kleines Zucken kam. Still starrte sie zu ihrem Onkel. Ihr Blick war leer. Victoria realisierte nicht, dass es Razvan war, der vor ihrem Käfig stand. Nicht einmal seine Worte konnten sie zurückholen. Razvan bereute seinen Fehler. Auf den Kampf gegen den Werwolf hätte er sich nicht einlassen dürfen.

Victoria sagte nichts. Dafür sprach Björn: „Victoria hat die Hoffnung aufgegeben. Ihre Freude und Hoffnung war groß, dass der Werwolf kommt. Doch ihr Blutsauger musste ihn töten. Weil euch eine Hexe den Befehl gab.“ Razvan sah Björn an und fragte leise: „Was ist nur los?“ Erzürnt trat Björn ans Gitter und sprach schon fast in lautem Ton: „Sie erwartet ein Kind von dem Mann, den ihr getötet habt. Wir erfuhren es, als Mirena sie töten wollte. Victoria hat geschlafen. Wäre ich nicht gewesen, dann wäre sie nicht mehr hier. Genauso wie das Kind.“ Eine kurze Stille trat ein. Dann sagte Björn leise: „Verdammt … ihr seid eine Familie. Du und Florim, ihr seid ihre Onkels. Eine Familie muss zusammenhalten. Ihr seid zwei starke Vampire. Ihr solltet dafür sorgen, dass diese Hexe nie wieder kommt. Doch stattdessen folgt ihr diesem Miststück. Durch Mirena Dragomir ist das alles nur passiert.“

Plötzlich trat Victoria an das Gitter. Sie sah ihren Onkel mit Trauer und Verachtung an. Razvan sah seiner Nichte in die Augen und begriff, das Björn recht hatte. Kein Wort brachte er heraus. Die Verachtung seiner Nichte konnte er förmlich spüren. Razvan bereute es zutiefst, diesen Fehler begangen zu haben. Er hätte nie gegen den Werwolf kämpfen dürfen. Nie hätte er sich von Mirena beeinflussen lassen dürfen. Was war nur los? Die Rache für seinen toten Bruder Vlad van Darkblood hatte ihn zu sehr aufgefressen. Er sah nichts außer seiner Rache und das hat Personen verletzt, die es nie treffen sollte. Doch wie sollte er diesen Fehler wiedergutmachen? Keine Entschuldigung auf der Welt konnte das bewirken. Leise fragte ihn seine Nichte: „Hat es dir Spaß gemacht? Hast du es genossen?" Alles was Razvan rausbrachte, war: „Tut mir leid."

Doch eine einfache Entschuldigung brachte Adam nicht zurück. Egal wie ernst man es meinte. Victoria schüttelte leicht den Kopf: „Ich verachte dich. Die Königin, die ihr wollt, will ich nicht sein. Ich will keine Königin sein." In dem Moment kam Florim in den Kerker. Sofort stichelte er in Richtung Björn: „Na! Wie ist es, wieder hinter Gitter zu sein?" Björn ballte die Fäuste und antwortete mit einem aufgesetzten Lächeln: „Schade, dass du nicht hier drin bist." Florim verzog die Miene. Ernst antwortete er: „Das würde dir nicht bekommen." Björn lächelte nur: „Mach den Käfig auf und finde es heraus." Razvan war genervt von dem Wortgefecht zwischen Florim und Björn. Daher beendete er die Debatte. Er sah seine Nichte ein letztes Mal an. Sie drehte ihm den Rücken zu. Razvan ging stillschweigend. Florim folgte ihm.

Im Thronsaal wurden sie gleich wieder mit Jubelstürmen bombardiert. Genervt brüllte Razvan: „Haltet die Schnauze!" Er wollte dem nur entfliehen. Das Volk jedoch hörte nicht mit dem Jubel auf. Rasch flüchtete Razvan aus dem Thronsaal. Was Mirenas Aufmerksamkeit weckte. Still folgte sie ihm in einem Abstand. Sie spürte, dass etwas nicht stimmte. Razvans Weg führte nach draußen. Er wollte frische Luft schnappen. Schweigend und tief versunken in Gedanken und Schuldgefühlen ging er durch den Wald. Er begann, sich zu fragen, warum er Schuldgefühle hatte. Diese Gefühle waren ihm völlig fremd.

Doch der verachtende Gesichtsausdruck von Victoria hatte sie geweckt. An einer Lichtung blieb er stehen und sah rauf zum Nachthimmel und ließ einen Seufzer von sich. Die Sterne sowie der Mond waren verschwunden. Als wären sie mit der Trauer von Victoria erloschen. Nichts als blankes Schwarz war zu sehen. Wind kam auf und wehte durch die Äste der Bäume. Regen folgte. Tausende kleine Wassertropfen, die in Scharen auf die Erde fielen. Mit der Trauer einer Prinzessin folgte der Regen. Leise flüsterte Razvan: „Die Tränen einer Prinzessin."

Quasi war es auch so. Denn Victoria saß zusammengezogen im Käfig und weinte. Es war schon beinah Magie, dass zeitgleich der Regen kam. Björn war bei ihr und tröstete sie. Obwohl sie sich beide kaum kannten, war Björn ihr ein guter Freund. Leise sagte er zu ihr: „Lass die Trauer nicht zu tief in dein Herz. Der Mann, den du verloren hast, wird immer in deinem Herzen bleiben." Weinend sagte Victoria: „Ich habe so gehofft, dass er mich hier rausholt. Wie konnte all das nur passieren? Ist es meine Schuld?" Björn antwortete: „Nein, es ist die Schuld jener Monster, die glauben, über allem zu stehen. Egal, was passieren wird … ich bleibe an deiner Seite. Ich werde nicht zulassen, dass ein hässlicher Blutsauger dir was antut." Dies war ein Versprechen.

Im Wald wollte Razvan gerade weitergehen, als ihn eine Stimme fragte: „Was bedrückt dich?" Razvan drehte sich rasch zur Stimme um. Mirena stand vor ihm, vom Regen durchnässt. Er bekam einen leichten Schreck.

Erneut fragte Mirena: „Was bedrückt dich?" Razvan antwortete: „Der ganze Kampf. Irgendwie will er mich nicht loslassen. Der Blick von meiner Nichte … verschaffte mir Schuldgefühle. In meinen Gedanken stellt sich die Frage, ob der Kampf gegen den Werwolf wirklich nötig war. Victoria sagte nichts. Es war nur ein verachtender Blick mir gegenüber und ein trauriger Blick für den Werwolf." Mirena rückte dichter und antwortete: „Es ist Trauer, was sie fühlt. Sie wird es verstehen, dass der Tod des Werwolfes nötig war. Er hätte uns alle getötet. Er musste sterben. Er war eine Gefahr für uns alle.“ Razvan wurde leicht misstrauisch.

Er hakte nach: „Welche Gefahr? Alles, was der Werwolf wollte, war sie. Die Prinzessin und der Werwolf.“ Mirena grinste kurz: „Das klingt wie eine kitschige Geschichte. Doch diese Liebesgeschichte wird nicht wahr werden. Klar, sie genossen eine schöne Liebe. Sie erwartet ein Kind von dem Monster. Es besteht aus drei Wesen. Mensch, Vampir und Werwolf. Es wird eine starke Waffe sein. Nur schade, dass es ohne Vater aufwächst.“ Razvan nickte nur. Er zeigte Mirena ein gespieltes böses Lächeln. Innerlich aber freute sich Razvan, dass der Plan aufging. Mirena soll glauben, dass Adam tot ist. Ihm tat bloß Victoria leid. Auch sie war im Glauben, dass Adam tot sei. In Wahrheit lebte Adam und befand sich nach wie vor auf den Weg nach Rumänien. Dass Mirena nicht wusste, was am Ende des Kampfes passiert war, war ein großer Vorteil für Adam und sein Team. Im Kampf zwischen den Vampirbrüdern und dem Werwolf wurden Razvan und Florim die Augen geöffnet. Denn in dem Moment als Adam dem Tod nah war, erschien seine Rettung in Form eines Geistes. Es war nicht irgendein Geist. Sein Name war Vlad van Darkblood. Schützend stellte er sich vor den Werwolf.

Razvan und Florim waren zuerst erschrocken. Auch wollten sie es nicht glauben. Jedoch war es wahr. Vlad stand als Geist vor ihnen. Sein Gesichtsausdruck war ernst: „Schluss mit dem Kampf. Dem Werwolf soll kein Leid geschehen.“ Florim fragte seinen toten Bruder gleich: „Wieso beschützt du diese Bestie?“ Fast schon im lauten Ton antwortete Vlad: „Weil er die Rettung ist. Zudem liebt meine Tochter, eure Nichte, diesen Mann. Er wird nach Rumänien kommen. Er soll nach Rumänien kommen.“ „Warum?“, fragte Razvan gleich und fügte noch hinzu: „Er ist der Feind. Er hat gegen dich gekämpft …“ Vlad unterbrach seinen Bruder: „Jedoch hat er mich nicht getötet. Ich starb schon, als die Spitze meines Schwertes die Brust von Edward Dragonheart durchstieß. Victoria erlöste mich von dem Leid und jetzt trifft sie dasselbe Schicksal. Weder der Werwolf noch Victoria töteten mich. Es war der Fluch jener Hexe, der ihr folgt. Die Rache hat euch blind gemacht. Das muss aufhören. Der Werwolf muss nach Rumänien kommen. Erst der Kuss der wahren Liebe kann dieses Chaos beenden." Kurze Stille trat ein. Razvan und Florim dachten über Vlads Worte nach. Beiden berührte er an der Schulter: „Meine Brüder, immer wollten wir für das Gute kämpfen. Das war unser Traum als Kinder. Von diesem Traum sind wir abgekommen. Das muss sich ändern. Ihr habt die Chance, es zu ändern. Es muss bloß eine Person sterben, damit es Frieden geben kann. Doch dazu muss dieser Mann nach Rumänien kommen." Die Brüder verstanden es. So entstand der Plan, dass Adam totgeglaubt sein sollte. Der Plan wurde von den van Darkblood-Brüdern geschmiedet. Mirena Dragomir wurde getäuscht. Es klappte.

Der Tag brach an und ein Schiff legte in Rumänien an. Die Besatzung des Schiffes sprang runter und befestigte die Taue des Schiffs am Steg. Eine große Brücke wurde runtergelassen, damit die Jäger vom Schiff gehen konnten. Adam stand mit verschränkten Armen am oberen Ende der Steuerbordseite und schaute in Richtung der Villa und der beiden Schlösser „Dragonhell" und dem Schloss der Nebelvampire.

Unter Deck machten Marcus, Kira und Ronald die Pferde fertig. Sie wurden gebürstet und gesattelt. Zum Schluss wurde ihnen noch das Reitgeschirr angelegt. Jeder nahm zwei Pferde und führte sie nach oben.

An Deck warteten Adam, Elise und Sheng schon an der Brücke. Aufgeregt betrachtete Elise Rumänien und sagte: „Lange war ich weg. Komisch, wieder hier zu sein." Sheng sagte darauf: „Das erste Mal, dass ich dieses Land sehe. Beide sahen zu Adam. Die Fäuste geballt, starrte er gerade aus. Erst als Kira, Marcus und Ronald mit den Pferden kamen, bemerkte er die anderen. Jeder nahm ein Pferd und ging langsam vom Schiff runter. Jeder war still. Gedanken plagten jeden. Adam dachte nur daran, Victoria zu befreien. Kira hoffte, dass es ihrer Schwester gut ging. Elise hatte leichte Angst und hoffte, bei der Rettung ihren Mut zu finden. Sheng hoffte nur, den Kampf zu überleben. Er kam nur mit, um vor dem Orden nicht als Feigling dazustehen. Marcus und Ronald hofften nur, dass die Rettung nicht zu schwierig wird. Auch sie waren noch nie in Rumänien. Daher wussten sie nicht, was sie erwartete.

In einer Reihe standen sie und schauten alle in eine Richtung. Das Schloss „Dragonhell." Kira, die neben Adam stand, sprach zu ihm: „Hätte nie gedacht, wieder hier zu sein. Die Rettung von Victoria wird gefährlich werden."

Rau sagte Adam darauf: „Ich bin die Gefahr." Mit den Worten setzte er sich auf sein Pferd, ebenso wie die anderen. Dann sollte es losgehen. Adams Pferd stellte sich kurz auf die Hinterbeine, wieherte und ritt dann im schnellen Tempo los. Adam ritt in einem großen Abstand voraus. Sein Team kam kaum hinterher. Gerade mal Kira schaffte es, etwas aufzuholen. Hintereinander ritten sie im Eiltempo zum Dorf „Tralgia." Niemand von ihnen ahnte, was dort passiert ist.

Die Pferde wurden bis zum Äußersten getrieben. Sie schnauften regelrecht. In dem schnellen Tempo verwandelten sich Adams Augen. Fast schon gierig wollte er sein Ziel erreichen. Sie ritten durch kleine Wälder und Wiesen. An eine Pause wurde nicht gedacht. Erst als Kira zu Adam brüllte: „Hey Adam! Lass uns bitte eine kurze Rast machen! Die Pferde brauchen eine Pause!" Adam hielt an einem kleinen Teich inmitten eines kleinen Waldes an. Kira, Elise, Marcus, Ronald und Sheng hielten auch darauf an. Mit einem tiefen Atemzug stiegen alle von ihren Pferden ab. Sheng musste gleich das in seinen Augen geilste Schmuckstück richten: „Oh man, das Reiten schlägt ganz schön auf mein liebstes Körperteil." Als Konter kam von Kira gleich: „Jetzt weißt du, wie es sich für jede Frau anfühlt, die mit dir ins Bett springt.“ Leicht gekränkt in seinem Stolz sagte Sheng: „Die Frauen steigen mit mir ins Bett, weil sie wissen, was für ein Liebessturm sie erwartet.“ Darauf antwortete Elise: „Was soll man da erwarten? Mehr als heiße Luft bringst du doch nicht raus.“ Auf dem Spruch von Elise hagelte es großen Applaus von Kira, Ronald und Marcus. Sheng lachte nur sarkastisch: „Sehr witzig.“

Die Pferde wurden dicht ans Wasser gebracht. Die Zügel wurden an niedrig hängenden Ästen festgebunden. Alle Pferde tranken sofort Wasser. Ein kurzes Wiehern sollte ihre Erleichterung ausdrücken.

Kira und Sheng ließen es sich nicht nehmen und tranken auch etwas Wasser. Mit den Händen fischten sie das Wasser auf und führten es zum Mund. Dabei sprach Sheng ein heikles Thema an: „Was ist eigentlich, wenn wir Victoria gefunden haben?“ Kira antwortete kurz: „Dann retten wir sie.“ Sheng bekam ein unwohles Gefühl bei der Sache: „Was ist, wenn sie böse ist? Immerhin soll sie bei den Vampiren sein …“ Rau antwortete Kira: „Meine Schwester ist nicht böse.“ Kira wollte von Sheng weggehen. Doch Sheng hielt sie fest und wurde leicht laut: „Du weißt genauso gut wie ich, dass die Prinzessin böse sein kann! Doch du und Adam verschließt die Augen davor. Sie ist ein Monster.“ Kira riss sich von Sheng los und sah ihn nur wütend an. In dem Moment kam Adam, packte Sheng am Hals und drückte ihn gegen einen Baum: „Sie ist kein Monster! Niemand hat dich gezwungen, mitzukommen. Adam ließ Sheng los. Sheng hustete und schnappte nach Luft. Adam hatte ihn halb gewürgt.

Still sahen alle Sheng an. Sheng erwiderte ihre Blicke und sagte: „Ihr wisst, dass ich recht habe. In ihr steckt der Vampir …“ Sheng war kurz still. Sein Blick ging zu Adam. Wütend und mit geballten Fäusten sah er Sheng an. Sheng stellte Adam eine wichtige Frage: „Was ist, wenn du sie töten musst? Kannst du es?“ Adam antwortete auf die Frage nicht. Dennoch brachte es ihn zum Nachdenken. Jeden brachte es zum Nachdenken. Keiner von ihnen wusste, wie es um Victoria bestellt war. Stand sie unter dem Einfluss von Edward Dragonheart? Ohne Worte setzten sie sich auf ihre Pferde und ritten weiter. Von einem Monster war bei Victoria momentan nichts zu sehen. Noch immer war sie von der Trauer übermannt. Still sah sie neben sich. Björn schlief schnarchend auf der Bank. Er saß auf der Bank und lehnte sich gegen die Wand. Victoria schmunzelte kurz. Etwas zu schlafen, war keine schlechte Idee. Obwohl ihr das alles schon wie ein Albtraum vorkam. Sie schloss die Augen. Die Trauer um Adam wollte sie nicht schlafen lassen und dennoch fiel sie in einen tiefen Traum.

Wieder befand sie sich auf der Wiese. Doch dieses Mal war kein Adam da. Sie sah in jede Richtung. Adam tauchte nicht auf. Sie war völlig alleine. Vielleicht sollte es so sein. Jeder, der in Victorias Nähe war, starb. Zuerst ihre Mutter, dann Wladimir, Marek Baltasar, Agatha, ihr Vater und jetzt Adam. Victoria hatte es geschafft, ein ganzes Dorf zu stürzen. Langsam ging Victoria über die Wiese. Rasch veränderte sich ihre Umgebung. Victoria lief durch das verbrannte Dorf. Dabei sah sie die toten Leichen. Zum Teil begraben unter verbranntem Holz. Sie schaute auf die Leichen und erkannte eines: „Mein Leben war seit der Geburt bestimmt vom Tod." Jedes Wort verließ ihre Lippen im Flüsterton. Rasch veränderte sich ihre Umgebung wieder. Victoria befand sich wieder auf der Wiese. Doch dieses Mal war sie nicht alleine. Vor ihr stand Edward Dragonheart.

Victoria wich zurück. Gleichzeitig bombardierte sie ihn mit Worten: „Was willst du jetzt? Willst du mich weiter quälen? Tu es ruhig. Es ist mir egal. Das größte Leid wurde mir schon zugefügt." Edward schüttelte den Kopf. Zum ersten Mal im Leben zeigte er Mitleid: „Kein Leid soll dir zugefügt werden. Keine Qualen sollst du erleiden." Völlig unerwartet nahm Edward die trauernde Victoria in die Arme. Victoria war verwirrt und überrascht. Sie wusste gar nicht, was sie sagen sollte. Ihre Augen wurden glasig. Edward schenkte ihr Trost. In einer Umarmung. Leise flüsterte er die Worte: „Traure um deinen Geliebten. Er ist tot und wird nie wieder zurückkehren. Behalte die schönste Erinnerung in deinem Herzen."

Edwards Stimme wurde immer finsterer. Mit jedem flüsternden Wort wurde der Hass in Victoria geschürt. Adams Tod war der Schlüssel. Die Krönung, der Überfall auf das Dorf, all das das war nur ein kleiner Teil, dessen was Victoria in die Dunkelheit stürzen sollte. Obwohl das Band zwischen Adam und Victoria zerrissen war, war immer noch ihre Hoffnung da. Doch auch die Hoffnung starb. In der Umarmung verfinsterte sich jeder einzelne Gedanke Victorias. Ihr Herz wurde von einer schwarzen Hand gepackt. Wut, Zorn und Hass füllten ihr Herz und durchzogen jede Ader und jede Vene. Edward spürte die starke Finsternis in Victoria und machte weiter: „Das Kind, das in dir wächst, muss ohne Vater aufwachsen. Welch ein grausames Schicksal. So etwas wünscht man keinem Kind. Doch was ist mit dir? Nie wieder wirst du die Liebe von ihm spüren. Sie starb mit ihm. Alles was bleibt sind Erinnerungen. Nie wirst du die Lippen deines Geliebten spüren. Kein Kuss am Morgen und kein Kuss am Abend. Nie wieder wirst du seine zarten Berührungen auf der Haut spüren. Alles starb mit ihm. Was bleibt, sind die Erinnerungen."

Die Worte brannten sich in Victoria ein, wie ein Brandmal auf der Haut. Jedes Wort erzeugte Trauer und Schmerz in Victoria. Aus der Trauer entstand der Hass. Aus dem Schmerz entstanden der Zorn und die Wut. Gepackt von all diesen Gefühlen, bekam sie gar nicht mit, wie sich Edward langsam auflöste. Victoria war völlig paralysiert von den Worten. Vor ihren Augen spiegelte sich noch mal jedes Bild. Von der ersten Begegnung bis zum ersten Liebesakt. Jedes Bild zeigte sich und zerfiel in tausend Teile, wie Glas. Es wurde dunkel um Victoria herum. In der Dunkelheit tauchte eine Person auf. Es war Adam. Dicht stand er vor ihr. Sie sah ihn an und er sah sie an. Keine Worte fielen. Eine sanfte Berührung von Adam an Victorias Wange ließ sie eine Träne vergießen. Eine Träne gemischt mit Trauer und Freude. Sie wusste, er war tot, aber sie freute sich, ihn noch einmal in ihrem Traum zu sehen. Ein letztes Lächeln von ihm, bevor er sich in Staub auflöste. Victoria wollte, dass er bei ihr blieb. Jedoch konnte sie es nicht verhindern. Leise ertönte seine Stimme ein letztes Mal: „Ich liebe dich, Victoria." Trauer übermannte Victoria und erzeugte mehr Hass. In der Dunkelheit hallte laut die Stimme von Edward. Rau und finster sprach sie: „Fühle den Hass und nutze ihn! Man hat dir deine große Liebe genommen! Zorn und Wut sollen dein Leitfaden sein. Rache soll dein Ziel sein. Nie soll sie ein Ende finden! Tod und Blut sollen dein Leben bestimmen! Königin der Vampire!"

Es war getan. Mit einem Blutrausch wachte Victoria auf. Sofort biss sie den schlafenden Björn. Der wachte natürlich dadurch auf. Victoria ließ nicht von ihm ab. Im Blutrausch wollte sie Björn töten. Mit ihren Vampirkrallen krallte sie sich an Björns Armen fest. Tief bohrten sich die Krallen in seine Haut. Gierig trank sie sein Blut und wollte immer mehr. Ihre Augen waren rot und schwarz zugleich. Sie sah aus wie ein richtiger Dämon. Björn sollte sterben. Niemand konnte ihn retten. Sein Schicksal sollte besiegelt sein. Wenn da nicht Florim wäre. Er hatte den Lärm im Kerker gehört und eilte zum Käfig. Mit wenig Kraft riss er die Käfigtür heraus und riss Victoria von Björn runter. Sofort stürzte sie sich auf ihn.

Florim konnte gar nicht so schnell gucken, wie sich die Zähne seiner Nichte in seinen Hals bohrten. Auch ein Florim ging zu Boden. Das reichte Victoria nicht. Sie war vollkommen außer Rand und Band. Mit ihren Krallen stach sie in Florims Augen. Laut brüllte sie: „Tod!" Aus den Augenhüllen von Florim floss Blut. Sie begann damit, das Gesicht ihres Onkels aufzuschlitzen. Ihr Blutrausch war nicht zu stoppen. Sie trank Blut und wollte Blut sehen. Vollkommen blutverschmiert erhob sie sich und starrte auf die Leiche von Florim. Sie zerfiel zu Asche. Dann ging ihr Blick zu Björn. Auch er sollte sterben. Doch in dem Moment erschien Mirena. Sofort beruhigte sich Victoria. Keine Worte folgten. Still und finster lächelte Mirena die Königin der Vampire an. Victoria sah Mirena nur kurz an. Ihr Interesse galt Björn. Sie tat ihm nichts. Voller Zorn befahl sie: „Er soll verschwinden. Björn wird des Schlosses verbannt."

Dann ging Victoria zu Mirena. Eine kurze Umarmung folgte, was bei Mirena ein hinterhältiges Grinsen zauberte. Ihr gefiel Victoria. Sie hatte ein dunkles Herz.

Razvan konnte es kaum glauben. Er stand vor der Asche seines toten Bruders. Sollte er wütend oder traurig sein? Denn der Mörder war seine Nichte. Wütend ballte er seine Fäuste. Dabei bohrten sich seine Vampirkrallen in seine Hände. Blut tropfte von seinen Händen auf die Asche von Florim. Leise flüsterte er: „Zwei Brüder … einer tot und noch einer am Leben. Nichte … Königin, hin oder her. Es reicht.“ Gepackt von seiner Wut stampfte er aus dem Kerker.

Im Thronsaal saß Victoria auf dem Knochenthron. Direkt neben ihr stand Mirena. Sie waren alleine. Denn alle Vampire, bis auf einen hatten sich zurückgezogen. Schließlich war es Tag. Victoria und Mirena lachten, als wäre nichts geschehen. Mirena war überglücklich, dass Victoria doch noch in die Dunkelheit stürzte. Lächelnd sagte sie: „Kaum zu glauben, dass es nur den Tod einer wichtigen Person brauchte, um dir die Augen zu öffnen.“ Vollkommen gleichgültig redete Victoria: „Ja, ist zwar schade um diesen Mann. Aber egal. Ich bin ein Vampir und die Liebe zu Adam war nicht echt. Sie stammt von einer Hexe, die schon lange tot ist.“

Mirena nickte mit einem falschen, bedrückten Gesicht: „Agatha, eine gute Hexe mit einem großen Herz. Am Ende jedoch verlor sie ihren Kopf. Wirklich, wirklich schade.“ Victoria und Mirena sahen sich an. Lautes Gelächter brach aus ihnen heraus. Sehr zum Leidwesen von Razvan. Wütend betrat er den Thronsaal. Victoria wirkte völlig überrascht. Zumindest sollte es so aussehen: „Aber Onkel, wieso bei Tageslicht wach? Es könnte dich umbringen.“ Victoria konnte sich ein Grinsen nicht verkneifen. Leise sprach Razvan mit finsterer Miene: „Florims Tod hätte nicht sein dürfen.“

Victorias Gesichtsausdruck wurde finster. Sie stand auf und sagte: „Nein, sein Tod hätte nicht sein dürfen und doch ist er geschehen. Sein Tod war gerechtfertigt. Ihr habt Adam getötet.“ Mit jedem Wort trat sie dichter an ihren Onkel heran. Bis sie vor ihm stand. Sie sah ihm in die Augen: „Ich leide unter dem Tod von Adam. Wenn man mir nicht die Augen geöffnet hätte, wäre ich an der Trauer zerbrochen. Die Dunkelheit … sie tröstet mich und ist so gut." Razvan war sichtlich geschockt. Die Worte von Victoria klangen so finster. Leicht schüttelte er den Kopf: „Nein, Victoria. Nein diese Finsternis spendet dir keinen Trost. Sie ist falsch." Victoria belächelte Razvan und dennoch klangen ihre Worte zornig: „Es kann gar kein schlechtes Gefühl sein. Wut, Hass und Zorn. Zusammengemischt ergibt es das wunderbare Gefühl, Rache. Als ich Florim die Augen ausstach, genoss ich es richtig. Ihn zu töten, war ein äußerst befriedigendes Gefühl. Schon beinah besser als Adam zu ficken. Ja, die Dunkelheit umgibt mich. Kalt und erbarmungslos vergiftet sie mein Herz. Es ist ein wunderbares Gefühl. Adam war nur eine zerbrechliche Mauer, die mich schützen sollte. Ein Zauber von Agatha, der kopflosen Hexe, wenn man es so bezeichnen will. Ihre Prophezeiung war ein lächerlicher Zauber. Die Dunkelheit war stärker."

Razvan widersprach: „Du irrst dich. Victoria … Adam ist am Leben." Victoria packte die Wut. Mit ganzer Kraft schlug sie auf Razvans Brust ein. Mit den Vampirkrallen zerkratzte sie sein Gesicht und brüllte: „Lüge! Es ist alles eine Lüge! Adam ist tot!"

Sie fauchte und wollte Razvan beißen. Razvan hielt sie fest und sah in ihre blutroten Augen. Er sah in ihren Augen Hass und Wut. Doch auch die Trauer sah er. Leicht schubste er Victoria zurück. Sie brach darauf zusammen. Hass, Wut und Zorn verwandelten sich in Trauer. Weinend sank sie auf die Knie. Mit den Händen stützte sie sich ab. Razvan hockte sich zu ihr runter, lenkte ihren Blick auf sich und flüsterte: „Er lebt, Victoria. Es ist keine Lüge. Adam lebt." Zusammen erhoben sie sich. Die Kratzer in Razvans Gesicht heilten. Leise fragte Victoria: „Adam lebt?" Sie schien Razvan zu glauben. Leicht weinend umarmte sie ihren Onkel: „Es tut mir leid." Razvan erwiderte die Umarmung: „Ist schon gut.

Florims Tod war nicht wirklich deine Schuld." Sie lösten die Umarmung. Ein kurzes Lächeln schenkten sie sich. Plötzlich brüllte Victoria: „Verschwinde! Ich hasse dich!" Victoria sah Mirena an: „Er soll verschwinden! Er soll in der Sonne verbrennen!" Mirena überlegte nicht lange. Sie schnipste einmal mit den Fingern. Razvan wurde nach draußen teleportiert. Weit weg vom Schloss. Sofort merkte er, wie das Sonnenlicht ihn verbrannte. Er konnte sich nur ein Stück weit mit seinem Mantel schützen. Schnell wollte er ein Versteck vor der Sonne finden. Glücklicherweise war die Villa der Nebelvampire gleich vor Ort. Razvan flüchtete in die Villa. Sein ganzer Körper qualmte. Verbrennungen an den Händen zeigten sich. Schnell heilten sie aber wieder. Razvan atmete durch und fragte flüsternd: „Oh Adam, wo bist du?"

Im schnellen Tempo ritt er mit seinem Team durch den letzten Wald, der sie vom Dorf trennte. Keine fünf Minuten ließen sie den Wald hinter sich und ritten in Dreiecksformation über die blumenbedeckte Wiese. Vor dem Dorfzaun hielten sie an. Sprachlos standen sie vor einem zerstörten Dorf. Ronald fragte: „Was ist hier passiert?" Niemand antwortete. Still ritten sie langsam durch das zerstörte Dorf. Keiner von ihnen konnte glauben, was dort passiert war. Die Sorge um Victoria wurde größer. Bei den Bildern hoffte Adam, dass es Victoria gut ging. Jedoch war die Hoffnung gering. Solche Bilder von verbrannten Leichen hatte keiner von ihnen je gesehen. Selbst für den erfahrenen Marcus waren diese Bilder ein Schock. „Welch grausame Tat", flüsterte Marcus.

Elise ritt neben Marcus und fragte: „Sind alle Menschen hier tot?" Leise antwortete Marcus: „Es scheint so." Sheng sagte darauf: „Alles ist niedergebrannt. Die Leichen sind alle verkohlt. Das Werk eines Vampirs." Marcus verbesserte ihn: „Vampire tun so etwas nicht. Das ist nicht ihre Natur. Sie saugen ihren Opfern nur das Blut aus und verbrennen sie nicht. Auch setzen sie kein ganzes Dorf in Brand. Hier muss etwas anderes passiert sein." Ronald fragte darauf: „Nur, wer könnte so grausam sein?" Marcus wusste es nicht. Elise sagte darauf: „Hoffentlich hat dieser Jemand nicht Victoria in seiner Gewalt." Sheng tröstete Elise: „Dann bekommt er es mit unserem großen legendären Werwolf zu tun." In seinen Worten steckte der pure Neid. Sheng ahnte, wer es war. Für ihn war Victoria die schuldige Person. Nur wagte er es nicht laut auszusprechen. Adam würde sofort wütend werden. Kira rückte zu Adam auf und fragte ihn leise: „Glaubst du, Victoria war es?"

Adams Blick war finster: „Nein. Das könnte sie gar nicht. Doch wer es auch immer war, wird mit seinem Leben dafür bezahlen. Adams Stimme klang sehr ernst und finster. Es machte Kira schon beinahe Angst, wie Adam drauf war. Sie bekam das Gefühl, dass sich Adam, seit dem Vorfall auf dem Schiff, mit jeder Minute mehr veränderte. Er wirkte so zornig. Das merkte Kira auch schon daran, als der Überfall auf dem Schiff war und niemand zu Adam konnte, um ihm zu helfen. Etwas ist auf dem Schiff passiert. Nur Kira wusste was. Normalerweise bricht nie einfach so der Werwolf aus. Doch auf dem Schiff war es etwas anderes. Besorgt sah sie ihn an und fragte: „Ist alles o. k.?"

Adams Blick ging starr nach vorne: „Ja, mit mir ist alles o. k."

Kira kaufte ihm die Antwort nicht ab. Irgendetwas war mit Adam. Beim Gasthaus hielten sie an. Es verwunderte und freute die Vampirjäger, dass das Gasthaus noch stand. Es war das einzige Haus, das nicht den Flammen zum Opfer fiel. Sie stiegen von den Pferden ab, banden sie fest und sahen sich erneut um. Es war eine tote Stille in dem Dorf. Adam, Kira und Elise erinnerten sich noch an den letzten Besuch im Dorf. Die Menschen liefen die Straßen auf und ab, arbeiteten und unterhielten sich. Kinder spielten und lachten. All das war nicht mehr. Es war nicht einmal ein Vogel am Himmel zu sehen. Ronald sagte leise: „Keiner hatte eine Chance."

Kira stand vor einem kleinen verbrannten Kind, das die Arme ausstreckte. Sie schloss die Augen und drehte ihren Kopf zur Seite: „Nicht einmal die Kinder wurden am Leben gelassen." Adam trat zu Kira, genauso wie Elise. Leise sagte Kira zu beiden: „Solch eine Grausamkeit und Brutalität habe ich noch nie gesehen." Sheng, Ronald und Marcus kamen dazu. Keiner sagte etwas. Fassungslos schauten sie auf das verbrannte Kind.

Plötzlich öffnete sich hinter ihnen die Tür des Gasthauses. Die Vampirjäger drehten sich um. Es war ein dicker Mann mit Vollbart und krausem Haar. Für Adam, Kira und Elise war er kein Unbekannter. Es war der Wirt Trevor Wilson. Erleichtert und heilfroh klatschte der Wirt in die Hände. Auch Adam, Kira und Elise waren froh, den Wirt zu sehen. Ronald; Sheng und Marcus wurden dem Wirt vorgestellt. Eine lange Kennenlernphase gab es nicht. Rau fragte Sheng: „Was ist hier passiert?" Trevor wurde ganz ruhig. Sein Blick war ernst. Er war sichtlich angespannt. Trevor sah sich kurz in alle Richtungen um, als ob er vor etwas Angst hätte und bat die Vampirjäger ins Gasthaus. Der Weg führte sie geradewegs ins Restaurant. Dort saß ein dünner, kurzhaariger Mann mit seiner Frau und einem Baby. Trevor stellte sie vor: „Das sind Nikolai, seine Frau Lorena und ihr Baby, die kleine Ofelia."

Nikolai stand auf und ging zu Trevor. Rau und misstrauisch fragte er: „Wer sind die?" Trevor antwortete: „Das sind Adam Knight, Kira Bridges, Elise Lefevre und ihre Freunde Ronald Black, Sheng Li und Marcus Thompson. Sie sind Vampirjäger." Nikolai ließ einen verächtlichen Grunzer von sich: „Vampirjäger? Wo wart ihr, als das Dorf angegriffen wurde? Wir hätten eure Hilfe gebrauchen können. Doch stattdessen wurden alle gemeuchelt."

Die Vampirjäger spürten den Zorn von Nikolai. Hilflos mussten sie mit ansehen, wie das Dorf zerstört und die Bewohner getötet wurden. Marcus versuchte, ruhig mit Nikolai zu sprechen: „Wir verstehen, dass ihr zornig und verängstigt seid. Doch jetzt sind wir hier. Bitte erzählt uns, was passiert ist." Nikolai verschränkte die Arme und begann zu erzählen: „Es geschah in der letzten Nacht. Man dachte an nichts Böses. Die Kinder schliefen friedlich in ihren Betten. Doch dann von einem Moment auf den nächsten kamen sie. Die Vampire überrannten das Dorf. Schmissen Menschen aus den Fenstern. Blutrünstig töteten sie jeden mit ihren Vampirkrallen und Schwertern. Kinder wurden gebissen und in Fetzen zerrissen. Die Häuser wurden in Brand gesteckt. Menschenschreie hallten durch die Nacht. Der Himmel war bedeckt von dicken schwarzen Rauchwolken. Viele Menschen verbrannten in der Nacht. Entzündet wurde das Feuer durch eine finstere, bösartige Hexe. Hierzulande nennen wir sie Mirena Dragomir. Gleich neben ihr stand wohl die neue Königin. Es war eine wunderschöne Frau. Sie war ein Vampir, wirkte aber nicht so."

Kira antwortete gleich darauf: „Das kann nur Victoria sein." Nikolai nickte: „Ja, ja diese Frau war es." Sofort stellte sich Adam vor Nikolai und durchbohrte ihn mit einem wütenden, stechenden Blick. Seine Fäuste waren geballt. Eine unheimliche Stille ging durch das Restaurant. Still beobachteten sie Adam. Nur Kira versuchte, mit Adam zu reden: „Adam, bleib ruhig." Er schien sie nicht zu hören. Finster sagte er zu Nikolai: „Du lügst. Wage es nicht, Victoria durch den Dreck zu ziehen."

Nikolai wich zwei Schritte zurück. Adam starrte ihn dennoch an. Sein Blick jagte Nikolai regelrecht Angst ein. Ebenso seiner Frau. Sie bemerkten, dass an Adam etwas komisch war. Kira stellte sich vorsichtig neben ihn und sah ,ihn an. Es machte ihr selber Angst, wie Adam still starrend Nikolai ansah. Sie berührte vorsichtig seinen Arm und fühlte, wie angespannt er war. Leise flüsterte sie zu ihm: „Bitte Adam. Nicht hier. Bitte."

Trevor näherte sich von der anderen Seite und sprach vorsichtig: „Es stimmt, Adam. Alles was Nikolai sagt, ist wahr." Es machte Adam nur noch wütender. Kiran versuchte, ihm weiter gut zuzureden: „Adam bitte bleib ruhig. Es bringt jetzt nichts." Sein Blick ging von Nikolai zu seiner besten Freundin Kira. Er war gerade dabei, sich zu beruhigen, als Nikolai sagte: „Sie ist ein Monster." Das war ein Fehler. Es war die Zündung für Adam. Blitzschnell packte er Nikolai am Hals und stemmte ihn ohne Mühe in die

Luft. Lorena bekam Angst um ihren Mann. Kira, Elise, Marcus und Ronald versuchten zu helfen. Nur Sheng und Trevor hielten sich zurück. Sie waren gepackt von ihrer Angst.

Adam drückte den Hals von Nikolai fest zusammen. Seine Augen verwandelten sich. Finster war seine Stimme: „Du glaubst zu wissen, was ein Monster ist?!“ Nikolai bekam keine Luft mehr. Keiner schaffte es, den Griff von Adam zu lösen. Kira sah daher nur eine Möglichkeit. Sie zog ihr Schwert und drückte Adam die Spitze in den Rücken. Warnend sagte sie: „Lass den Mann los oder ich steche zu.“ Adam ließ Nikolai fallen. Sofort kümmerten sich Trevor und Lorena um ihn.

Adam drehte sich zu Kira um. Ihre Schwertspitze zielte nun auf sein Herz. Stille, wütende Blicke trafen sich. Jeder andere um Adam und Kira herum nahm Abstand. Jeder befürchtete, was passieren wird. Sollte es zum Kampf zwischen Adam und Kira kommen? Sie waren beste Freunde. Gekämpft haben sie nur im Training gegeneinander. Adam schlug Kira ihr Schwert aus der Hand. Jeder zuckte zusammen. Elise bekam richtig Angst um Kira. Kira wich vor Adam nicht zurück. Sie wendete ihren Blick auch nicht von ihm ab. Leise fragte sie: „Erkennst du mich noch? Oder kommt das Monster in dir durch?“ Adam sagte nichts darauf. Ohne Worte verschwand er nach draußen.

Draußen ging er ein Stück. Wütend zerschlug er einen verbrannten Holzbalken. Unter dem zerschlagenden Holzbalken fand er zwei vom Feuer verbrannte Menschen. Es schien eine Mutter mit ihrem Kind zu sein. Genau konnte man es nicht sagen. Man konnte es nicht wirklich erkennen.

Bei dem Anblick dieses Bildes wurde der Gedanke in Adam stärker, dass es Victoria war. Jedoch wollte er es nicht glauben. Still ging er weiter. Sein Weg führte ihn in Richtung des Waldes. Währenddessen wachte Björn in einer Waldlichtung auf. Geschwächt stand er langsam auf und stützte sich an einem Baum ab. Schwer atmend und desorientiert sah er sich um. Es dauerte eine kurze Weile, bis Björn realisierte, dass er nicht mehr im Schloss war. Vorsichtig versuchte er, ein paar Schritte zu gehen. Seine Beine waren wackelig. Sofort ging er runter auf ein Knie und stützte sich mit den Händen auf dem Boden ab. Leise fragte er sich: „Was ist nur passiert? Wo ist Victoria?“

Zeit zum Nachdenken hatte er nicht. Wie aus heiterem Himmel wurde er von dem kleinen Wolfsbaby überrascht. Jedoch war es kein fröhliches Wiedersehen. Das Wolfsbaby war völlig aufgewühlt. Björn schaffte es nicht, den kleinen Wolf zu beruhigen. Winselnd wollte es, dass Björn mitkommt. Es brauchte Hilfe. Es zerrte sogar an Björns Hosenbein. Björn rappelte sich auf und folgte dem Wolfsbaby zum Bach. Versteckt hinter einem Busch lag Buran. Das Wolfsbaby führte Björn zu seinem Vater. Björn verstand sofort, was das Wolfskind wollte. Er sollte Buran helfen. Noch immer steckte das Messer im Bein des Wolfsvaters. Buran ging es richtig schlecht. Dem Tode nah lag er einfach nur da. Keine Bewegung und kein schmerzliches Winseln. Man sah nur wie Buran schwach atmete.

Das Wolfsbaby ging winselnd zu seinem Vater. Leicht stupste es Buran mit der Nase an. Björn spürte, wie groß die Angst des Wolfbabys war, den Vater zu verlieren. Er sah ein Stück weiter und fand die tote Mutter. Björn musste handeln. Der kleine Wolf sollte nicht noch seinen Vater verlieren. Vorsichtig zog Björn das Messer aus dem Bein, was bei Buran ein kurzes Aufheulen verursachte. Björn beruhigte den Wolf mit leichten Streicheleinheiten. Schnell musste Björn weiter handeln. Denn das Blut floss ungehindert aus dem Bein. Björn kannte nur ein Mittel dagegen. Dadurch, dass er ein Hellseher war, kannte er einen Heilungszauber. Vorsichtig nahm Björn den schwachen Buran und ging mit dem Wolf zum Bach. Das Wolfsbaby folgte natürlich. Björn ging mit dem Wolf richtig in das Wasser rein. Langsam legte er Buran in den Bach. Björn kniete neben ihn, legte beide Hände flach auf Buran und sprach die Worte: „Das Wasser ist eine starke heilende Kraft. Heilen soll sie diesen Wolf. Zu neuer Kraft soll sie ihn ihm verhelfen. Schnell soll er dem Tod entkommen. Kraft des Wassers, heil diesen Wolf.“

Die Worte waren ausgesprochen. Gleich darauf tat das Wasser seine Wirkung. Es leuchtete hell auf. Wie ein Stern im Wasser umschloss es den Wolf. Funkelnder Staub legte sich auf die Wunde und heilte sie. Dazu verhalf es Buran zu neuer Kraft. Nach kurzer Zeit war alles geschehen. Buran stand vor Björn, als wäre nichts passiert. Kurze Blicke trafen sich. Dann sprang Buran schwanzwedelnd Björn an und leckte ihm das Gesicht ab. Gleich darauf eilte Buran zu seinem Kind. Das Wolfsbaby war außer sich vor Freude. Fröhlich sprang es hin und her. Björn war gerade am Aufstehen, da wurde er vom Wolfsbaby wieder umgerissen. Auch Buran kam dazu. Wieder wurde Björn das Gesicht abgeleckt. Das Wolfsbaby biss ihm sogar leicht in die Nase. Sie bedankten sich so bei ihm. Björn lachte und stand auf. Klitschnass ging er aus dem Bach, gefolgt von den Wölfen. So schön die Freude für die Wölfe war, endete sie, als sie die tote Wolfsmutter sahen. Traurige Gesichter sahen Björn an. Doch da konnte Björn nichts machen. Er konnte nur Wunden heilen. Tote Wesen wieder zu beleben, konnte er nicht. Die Wolfsmutter blieb tot. Das Einzige, was sie machen konnten, war, sie zu beerdigen.

Zwei Hände und vier Pfoten buddelten daher ein Grab, wo die Wolfsmutter reingelegt wurde. Das Grab wurde wieder zugeschüttet. Eine Weile blieben sie bei dem Grab sitzen. Björn lehnte gegen einen Baum und tröstete die Wölfe mit Streicheleinheiten. Währenddessen stand Adam vor dem Wald. Er spürte, dass sich Victoria in dem Wald befand. Sie musste einfach da sein. Er ging in den Wald. Sein Weg führte ihn zur Villa. Er hoffte, sie dort zu finden. Genau vor der Villa hatten sie sich das erste Mal gesehen. Nur war er ein Werwolf. Er erreichte die Villa. Seine Hoffnung war groß. Adam wollte keine Zeit verlieren. Er stand vor der Tür und wollte reingehen. Jedoch seine Beine bewegten sich nicht. Ein Gefühl verriet ihm, dass Victoria nicht da war. Auch nahm er ihren Geruch nicht wahr. Das machte ihn wieder wütend. In ihm kochte das Blut, als würde er sich gleich verwandeln. In seiner Wut schlug er die Türen der Villa ein. Ein lauter Brüller sollte folgen. Doch in dem Moment ertönte aus der Villa eine laute Stimme: „Brüll nicht rum." Adam sah in die Villa und fragte: „Wer ist da?" Keine Antwort kam. Adam war misstrauisch und neugierig zugleich. Vorsichtig betrat er die Villa. Er ahnte nicht, dass sich Razvan in der Villa befand. Wieder fragte Adam: „Wer ist da?"

Die Stimme antwortete aus einer dunklen Ecke heraus: „Ich bin es …Razvan." Langsam trat der Vampir näher ins Licht. Sofort fragte Adam: „Wieso bist du hier? Du solltest doch auf Victoria aufpassen."

Razvan antwortete: „Der Plan ist gescheitert. Diese Hexe Mirena hat Victoria komplett unter ihrer Kontrolle." Adam gefiel die Aussage gar nicht. Zornig ballte er die Fäuste: „Ich bringe die Hexe um." Razvan sprach dagegen: „Das schaffst du nicht. Ich kenne Mirena Dragomir. An ihr ist kein Herankommen. Ihre Macht ist enorm. Victoria hatte sich gegen sie gewehrt. Am Ende unterlag sie der Hexe. Dein vorgetäuschter Tod war der Auslöser. Nebenbei schaffte sie es auch, meinen Bruder und mich zu beeinflussen." Das war Adam noch nicht aufgefallen: „Wo ist dein Bruder?"

Bedrückt antwortete Razvan: „Tot. Er wurde von Victoria getötet." Adam wollte es nicht glauben. Auch Razvan bezeichnete er als Lügner. Gepackt von seiner Wut wollte er Razvan angreifen. Doch Razvan reagierte schnell. Er packte ihn und hämmerte ihn zu Boden. Leicht zornig versuchte Razvan, Adam die Augen zu öffnen: „Begreif es! Victoria ist nicht mehr so, wie du sie kanntest. Sie hat meinen Bruder getötet. Sie hat Nebula getötet. Das zerstörte Dorf und die toten Menschen waren ihr Werk. Victoria ist in die Dunkelheit gestürzt. Glaube mir."

Razvan ließ Adam los. Rasch stand Adam auf. Beide sahen sich ernst an. Die Fäuste waren geballt. Die gefährlich funkelnden Augen des Werwolfes und die furchteinflößenden Augen des Vampirs zeigten sich. Ihre Herzen hämmerten und ihr Blut kochte. Finster sprach Adam: „Wir befreien Victoria und töten diese Hexe."

Razvan wusste nicht wie. Er hatte keinen Plan. Ratlos sprach er leise: „Ich weiß nicht, ob es geht. Der Einfluss der Hexe ist stark. Victoria hat sich völlig verändert." Adam dachte kurz nach und verriet Razvan: „Ich glaube nicht, dass die Hexe alleine so viel Einfluss ausüben kann. Mit ihrer schwarzen Magie mag sie stark sein. Ich glaube nicht, dass die Hexe alleine reicht, um den Willen Victorias zu brechen. Ich kenne sie. Es muss noch jemand nachgeholfen haben." Razvan wusste nicht, wer es sein sollte. Adam erklärte es ihm: „Als ich noch in London war, fand ich eine schwarze Kugel. Aus dieser Kugel sprach der Geist von Edward Dragonheart. Er hatte damals schon Nebula und deinen Bruder Vlad stark beeinflusst. Wir wollten ihn aufhalten und dachten auch, dass wir es geschafft hatten. Dem war wohl nicht so. Irgendwie muss der Geist von Edward Dragonheart überlebt haben. Er drohte mir nämlich mit Victoria. Irgendetwas sollte mit ihr passieren. Wahrscheinlich ist auch was passiert." Adam wurde kurz still. Er dachte an jene Nacht zurück, als er noch auf dem Schiff war: „Bevor dein Bruder und du kamst, gab es einen Ausbruch. Ich konnte mich nicht kontrollieren. Der Werwolf in mir wollte einfach raus ..."

Razvan unterbrach ihn: „Der Fall in die Dunkelheit. Noch bevor wir auf dein Schiff kamen, überfielen wir das Dorf im Auftrag der Königin. In dem Moment muss das Band zwischen euch gerissen sein. Die große Liebe der Prinzessin und des Werwolfes zerbrach mit dem Überfall auf das Dorf. Mit jedem Schritt, den Victoria sich der Dunkelheit näherte, wurde auch das Monster in dir stärker."

Adam fragte: „Fällt es mir deswegen so schwer, den Werwolf zu kontrollieren?" Razvan nickte: „Vorher warst du und der Werwolf eins. Man könnte es als ein perfektes Team bezeichnen. Möglicherweise bändigte auch Victorias Liebe zu dir den Werwolf. Jetzt wo Victoria die Finsternis umgibt, will auch das Monster in dir heraus. Deine Wut und dein Zorn sind der beste Beweis dafür." Adam war leicht geschockt. Auch wenn er es immer noch nicht ganz glauben wollte, fühlte er aber, dass Razvan recht hatte. Adam erinnerte sich noch daran, was Agatha einst zu ihm sagte: Das Schicksal von Victoria und dir ist mit einander verknüpft. Die Prinzessin und der Werwolf. Entschlossen sah Adam Razvan an: „Dann müssen wir Victoria schnell befreien und dem Ganzen ein Ende setzen. Heute Nacht soll es geschehen. Mein Team wird mit dabei sein." Razvan wirkte etwas unsicher: „Dein Team?" Adam nickte: „Sie werden dir nichts tun. Dafür sorge ich. Doch zuerst muss ich los." Beide nickten sich zu. Adam ging.

Kaum war er draußen, wurde er gleich von einem alten Bekannten überrascht. Es war Buran. Voller Freude sprang er Adam an. Beide gingen zu Boden. Adam freute sich ebenfalls, Buran wieder zu sehen. Er setzte sich auf und streichelte Buran über den Kopf: „Wie geht es dir?" Dadurch dass Adam ein Werwolf war, konnte er Burans Gedanken hören, wenn er ihm über den Kopf streichelte: „An sich geht es mir gut. Ich habe meine Gefährtin durch Vampire verloren. Ich war auch kurz vor dem Tode, wenn mein Sohn Songan nicht wäre und Hilfe geholt hätte." Adam drückte sein Beileid für Burans Verlust aus und sagte überrascht: „Du hast einen Sohn?" Im nächsten Moment antwortete eine fremde Stimme: „Ja, hat er."

Es war Björn mit Songan auf dem Arm. Adam stand auf und fragte rau: „Und wer bist du?" Björn ließ Songan runter und antwortete: „Ich bin Björn Stone. Der legendäre Gestaltwandler."

Adam wollte es ihm nicht wirklich glauben. Daher bewies Björn es ihm. Prompt verwandelte er sich in Adam. Adam wurde still. Die Wölfe waren etwas verwirrt und sahen beide an. Björn fragte: „Glaubst du mir jetzt?" Adam nahm alles zurück. Björn verwandelte sich zurück und fragte: „Und wie darf man dich nennen?" Adam grinste finster. Er zeigte die Augen des Werwolfes. Björn erkannte ihn sofort. Leicht geschockt sagte er: „Du bist der legendäre Werwolf. Der Mann, der das Geschenk Gottes erhalten hat. Aber wie? Du müsstest tot sein." Adam antwortete: „Sei vergewissert … ich lebe. Mein Name ist Adam Knight und ich bin gekommen, um Victoria van Darkblood zu befreien."

Björn zerstörte die schöne Vorstellung von Adam: „Du kommst zu spät. Victoria ist in die Dunkelheit gestürzt. Ich habe es am eigenen Leib erfahren. Victoria hätte mich beinahe umgebracht. Ihre Trauer um deinen Tod hat sie dazu getrieben. Jetzt steht sie unter Mirenas Einfluss." Adam war entschlossen: „Ich werde sie zurückholen und die Hexe töten." Björn lächelte: „Oh wie gerne würde ich die Hexe platt machen."

Adam sagte darauf: „Nun, da du meinem vierbeinigen Freund das Leben gerettet hast, sollte ich dir vertrauen. Ich habe ein Team unten im Dorf. Wenn du dabei sein willst, kannst du mitkommen." Björn nickte mit einem entschlossenen Lächeln. Doch das war noch nicht alles. Adam wollte kein Risiko eingehen. Daher bat er Buran, alle Wölfe zusammenzuholen und am Eingang des Waldes zu warten. Sofort tat der Wolf das. Jedoch ohne seinen Sohn. Songan sollte mit Adam und Björn gehen. So sollte es sein.

Rasch war Buran verschwunden. Der schwarze Wolf wusste genau, wo er hinmusste. Er rannte und rannte. Bis er zu einem Teil des Waldes kam, der recht finster war. Die Bäume standen ziemlich dicht zusammen. Viele große Steine schmückten Teile des Waldabschnitts. Buran hielt vor einer Höhle an. Laut ließ er einen Heuler von sich. Einen kurzen Moment geschah nichts. Dann kam ein Heuler zurück. Gefolgt von dem nächsten. Nach und nach ertönte ein Heuler nach dem anderen. Gleich darauf traten Wölfe aus der Höhle. In einem kleinen Rudel traten weiße und graufarbige Wölfe aus der Höhle. In einem Kreis setzten sie sich um Buran. Buran lief langsam im Kreis, sah dabei jeden Wolf an und machte ihnen verständlich, dass der große Werwolf wieder da ist. Auch sollte es einen Kampf gegen die Hexe geben. Buran wollte wissen, wer sich dem Kampf anschloss. Kein Wolf überlegte lange. Im Chor heulten sie. Jeder der Wölfe war bei dem Kampf dabei. Jeder von ihnen wollte Seite an Seite mit dem legendären Werwolf kämpfen. Egal ob Männchen oder Weibchen, sie alle standen hinter Adam. Buran freute es und er heulte mit. Das Heulen der Wölfe ertönte durch den ganzen Wald und erreichte sogar Adam, Björn und Songan. Sie waren außerhalb des Waldes und blickten zurück. Songan heulte mit. Adam lächelte nur. Björn verstand das Heulen nicht und fragte: „Was bedeutet es?"

Adam sah ihn an und antwortete: „Das bedeutet, sie kämpfen alle mit uns." Björn lachte laut. Auch wenn er es nicht gewohnt war, mit Tieren zusammen zu kämpfen, freute es ihn. Razvan vernahm das entschlossene Heulen der Wölfe. Er verstand sie nicht, konnte sich aber denken, dass es positiv war. Genauso erging es auch Adams Team. Selbst im Dorf war das Heulen noch zu hören. Marcus, Sheng und Ronald konnten das Heulen der Wölfe nicht deuten. Ein Chorgeheul hatten sie noch nie gehört. Es weckte ihre Neugier. Dafür konnten Kira und Elise es deuten. Zumindest dachten sie sich ihren Teil. Beide konnten sich denken, dass Adam dahintersteckte. Ahnungslos dagegen waren Trevor, Nikolai und Lorena. Dennoch weckte es auch ihre Neugier: „Was hat das zu bedeuten? Im Chor haben wir die Wölfe noch nie gehört." Kira antwortete ihnen: „Das bedeutet, dass der Kampf gegen die Vampire beginnt."

Nikolai und Lorena verstanden es immer noch nicht: „Wie jetzt? Kämpfen die Wölfe selber gegen die Vampire?" Elise erklärte ihnen: „Adam Knight ist der legendäre Werwolf. Er hat das Geschenk Gottes gekriegt." Marcus fragte weiter nach: „Heißt das, dass die Wölfe mit uns kämpfen?" Kira und Elise nickten. Kira antwortete noch: „Adam scheint alle Kräfte zu mobilisieren." Leise fügte Elise noch hinzu: „Die Kräfte eines Werwolfes."

Irritiert waren auch Mirena und Victoria. Auch sie hatten das Chorgeheul der Wölfe noch nie gehört. Dennoch fühlten beide, dass es nichts Gutes zu bedeuten hatte. Ernst wollte es weder Victoria noch Mirena nicht nehmen. Es waren ja nur Tiere. Sie konnten gegen die mächtigste Hexe und die Königin der Vampire nichts ausrichten. Plötzlich hörten sie noch ein anderes Heulen. Dieses Heulen war lauter und gehörte nicht zu dem Rudel Wölfe. Dieses Heulen stammte von Adam persönlich.

Victoria kannte dieses Heulen irgendwoher. Sie konnte es nur nicht deuten. Der Fall in die Dunkelheit hatte ihr sämtliche Erinnerungen genommen. Es hörte sich gefährlich an und jagte Victoria sowie Mirena einen kalten Schauer über den Rücken. Ihre Angst stieg, als das Heulen verstummte.

Die Befreiung beginnt

Adam, Björn und Songan erreichten das Dorf. Sofort holten Björn die schrecklichen Erinnerungen an die vergangene Nacht wieder ein. Am Eingang des Dorfes blieb er stehen und sah auf die verbrannten Häuser. In seinen Gedanken hörte er die Schreie der Menschen, die in dem Feuer verbrannten und von Vampiren getötet wurden. Adam und Songan blieben stehen und sahen Björn an. Björn warf ihre Blicke zurück: „Ich war dabei, als der Überfall geschah. An der Seite Victorias ermordete ich völlig unkontrolliert die Dorfbewohner." Adam wollte ihn trösten: „Es war nicht deine Schuld. Du standest unter dem Einfluss einer höheren Macht."

Björn schüttelte seinen Kopf: „Das kann aber nicht sein. Zauberei wirkt bei mir nicht. Selbst der Einfluss einer höheren Person funktioniert nicht." Adam klopfte ihm auf die Schulter: „Irgendwann ist immer das erste Mal." Gerade als Adam weitergehen wollte, sagte Björn: „Ich denke, es war Victoria selbst." Die Aussage gefiel Adam nicht. Prompt drehte er sich um und sah Björn finster an. Wütend, schon fast im lauten Ton, sprach er zu Björn: „Ich habe die Schnauze voll, dass mir jeder sagen will, Victoria sei schuld an dem Chaos!" Björn sprach im lauten Ton dagegen: „Aber so ist es! Ich war dabei, wie sie sich veränderte!" Adam juckte es in den Händen. Am liebsten hätte er Björn für die Anschuldigungen umgebracht. Mit jeder Anschuldigung gegen Victoria wurden seine Gedanken immer finsterer. Jedoch riss er sich zusammen und ging zum Gasthaus. Gefolgt von Björn und Songan.

Vor der Tür des Gasthauses blieb Adam stehen. Leise sagte er zu Björn: „Tut mir leid. Ich wollte dich nicht anschnauzen. Es macht mich nur alles so wütend." Björn fasste ihn an der Schulter: „Ist schon gut. Ich verstehe das." Adam warf ihm einen kurzen Blick zu, gefolgt von einem leichten Lächeln. Björn versprach Adam: „Darum werden wir sie heute Nacht befreien. Zwei Legenden gegen eine Hexe. Dieses Miststück wird bluten." Adam nickte nur. Sie betraten das Gasthaus. Noch immer waren alle im Restaurant. Blicke der Vorsicht trafen Adam. Nikolai sowie Lorena bekamen leicht Angst, als Adam das Restaurant betrat. Adam ließ sich von den Blicken nicht stören. Rau sagte er gleich: „Heute Nacht befreien wir Victoria." Adam betonte jedes einzelne Wort, als wäre es schon entschieden.

Kira hatte etwas dagegen: „Entschuldige mal. Können wir das erst mal besprechen." Adam atmete tief durch. Für ihn gab es nichts zu besprechen: „Ich führe dieses Team. Zu besprechen gibt es da nichts." Mit verschränkten Armen stellte sich Kira vor Adam: „Dein Team sollte aber wissen, welchen Plan du hast." Adam sah zu Marcus, Ronald, Sheng und Elise. Alle vier wirkten ahnungslos. Kira war auch interessiert an dem Plan. Doch bevor sie ihn besprechen konnten, fragte Kira: „Wer ist der Kerl überhaupt?" Sie deutete mit einer Kopfbewegung auf Björn. Neugierig wurde er von allen angesehen. Björn trat vor und stellte sich freundlich vor: „Ich bin Björn Stone, der legendäre Gestaltwandler." Völlig überrascht sprach Marcus: „Björn Stone? Ich habe Geschichten von dir gehört. Man sagt, du seist ein Hellseher." Fasziniert von Björn fügte Elise hinzu: „Mein Vater hat mir Geschichten von dir erzählt. Ganz alleine sollst du es mit zwei Hexenmeistern aufgenommen haben." Björn nickte: „Die Geschichte ist wahr." Sheng gefiel der Gestaltwandler nicht. Björn war ein bekannter Held. Auch er hatte von der Geschichte gehört, wie er zwei Hexenmeister besiegte.

Es war in jener Nacht eines kalten Landes. Schwarze Wolken bedeckten den Nachthimmel und ließen Schneeflocken vom Himmel fallen. In dieser Nacht machte sich Björn Stone auf die Jagd nach den berüchtigten Hexenmeistern Elias und Erik Larsson. Sie vollzogen satanische Rituale, folterten hilflose Menschen und töteten sie alle auf grausame Art. Björn war schon eine Weile auf der Jagd nach den Brüdern. Nie fand er das Versteck von ihnen. Doch in dieser Nacht sollte Björn Glück haben. Er fand ihr Versteck in einem kleinen Wald nah am Gebirge. Björn überraschte die Hexenmeister mit einem Überraschungsangriff. In einem gefährlichen Kampf enthauptete er beide Hexenmeister mit seiner Axt. In dieser Nacht wurde Björn als Held gefeiert und zu einer Legende. Er wurde auch „Beschützer des Volkes“ genannt. Denn jede Hexe und jeder Hexenmeister, die nach dem Tod der Larsson Brüder folgten, starben. Schwarze Magie wirkte bei ihm nicht. Denn genauso wie Adam Knight, war auch Björn Stone ein Auserwählter Gottes. Ein ganz normaler Mann erhielt von Gott das Geschenk des Gestaltwandlers. So wie Adam sollte auch Björn die Welt vor den finsteren Mächten beschützen.

Das stank Sheng so richtig an. Er kam schon kaum mit einer Legende klar. Wie sollte es mit zwei Legenden sein. Arrogant stellte er sich vor Björn: „Was bist du? Ein Hexenjäger?“

Angewidert antwortete Björn: „Ja, was bist du? Eine Witzfigur“ Die Antwort gefiel Sheng gar nicht. Er plusterte sich vor Björn richtig auf und wollte seine Muskeln spielen lassen. Kira sowie Elise konnten sich ein Grinsen nicht verkneifen. Auch Marcus und Ronald mussten schmunzeln. Ronald sagte noch zu Sheng: „Hör auf. Der Mann könnte dich in den Boden stampfen.“

Sheng wollte das nicht glauben. Er ballte die Fäuste und wollte Björn ins Gesicht schlagen. Björn fing seine Fäuste ab und drückte sie zusammen. Björn setzte so viel Kraft ein, dass Shengs Hände zu brechen drohten. Jammernd ging Sheng auf die Knie. Björn ließ seine Hände los und tätschelte ihm den Kopf. Adam war genervt: „Sind wir mit dem Theater denn fertig?“ Björn sah Adam lächelnd an: „Von meiner Seite aus schon.“

Kira war Shengs Aktion so peinlich. Sie entschuldigte sich sogar für ihn: „Tut mir leid. Nimm Sheng nicht ernst. Er versucht oft, den großen Macker raushängen zu lassen.“ Björn sah es nicht so schlimm. Er nahm es eher mit Humor. Er half Sheng auf und sagte zu ihm: „Du bist mutig. Das gefällt mir.“ Über das Kompliment freute sich Sheng. Er grinste wie ein kleines Kind.

Kira wollte wieder ernst werden und den Plan von Adam hören. Adam wollte gerade anfangen, seinen Plan zu erklären, da wurde er von Nikolai unterbrochen.

Nikolai hatte Björn die ganze Zeit beobachtet. Aufgebracht sagte er zu ihm: „Ich erkenne dich. Du warst bei dem Überfall dabei. Viele Menschen hast du getötet." Lorena und Trevor bestätigten es. Ronald antwortete darauf: „Dann ist unsere zweite Legende ein Mörder." Sofort zogen Ronald und Sheng ihre Schwerter und richteten sie auf Björn. Nikolai brüllte noch: „Tötet ihn!" Elise dagegen rief dazwischen: „Hört auf! Das schafft ihr nicht! Er würde euch fertigmachen!" Auf die lauten Worte fing das Baby von Nikolai und Lorena an zu weinen.

Adam reichte es endgültig. Mit ganzer Kraft zertrümmerte er mit einem Schlag einen Tisch und brüllte: „Schluss jetzt! Mir reicht es! Hier ist der Plan. Heute Nacht befreien wir Victoria und töten jeden Vampir, der sich uns in den Weg stellt." Jeder bis auf das Baby war still. Lorena ging mit dem Baby aus dem Restaurant. Nikolai wollte es nicht so stehen lassen: „Die Königin der Vampire muss sterben. Sie ist ein Monster."

Plötzlich schlug Adam Nikolai ins Gesicht. Nikolai ging zu Boden und blutete stark aus der Nase. Wütend brüllte Adam ihn an: „Willst du ein Monster sehen!? Adam wollte sich in den Werwolf verwandeln. Sofort wurde er von Björn, Marcus, Sheng und Ronald festgehalten. Sie wollten verhindern, dass Adam die wilde Bestie im Gasthaus rauslässt. Trevor und Elise brachten den blutenden Nikolai in Sicherheit. Kira wollte helfen. Auch sie versuchte, Adam zu beruhigen. Jedoch war es nicht mehr aufzuhalten. Adam war gepackt von seiner Wut. Mit einem Satz schlug er alle von sich. Marcus, Sheng und Ronald brachten sich sofort in Sicherheit. Kira und Björn blieben bei Adam und versuchten, ihn weiter zu beruhigen. Wieder stürzte sich Björn auf Adam und hielt ihn fest. Adam geriet immer mehr in Rage. Dem Gestaltwandler fiel es schwer, Adam festzuhalten. Mit ganzer Kraft versuchte er, Adam zu halten. Doch auch dies schien zu versagen. Kira stellte sich vor Adam, lenkte mit beiden Händen seinen Blick auf sich. Seine Augen waren schon komplett verwandelt. Der Rest sollte folgen. Kira versuchte, ihm zuzureden. Es half nichts. Mit voller Wucht schüttelte er beide von sich ab und stand als kompletter Werwolf vor Kira. Björn reagierte schnell. Er sprang ihn von hinten an und riss ihn zu Boden. Mit ganzer Kraft versuchte er, Adam zu würgen. Es war die einzige Möglichkeit, den Werwolf ruhigzustellen. Es half nicht. Adam befreite sich aus Björns Griff und hämmerte ihn mit voller Wucht durch einen Tisch. Darauf packte er Björn, hob ihn hoch und schleuderte ihn gegen den Tresen, der eine riesige Delle von Björn bekam.

Adam war total auf Björn fixiert. Er brüllte und wollte ihn angreifen. Schnell rannte er auf Björn zu. Mit einem Satz stand Björn auf und empfing Adam mit einem gewaltigen Hieb seiner Faust. Gleich darauf rammte Björn ihn hart mit der Schulter und stieß ihn so ebenfalls durch einen Tisch. Dann sagte Björn in lautem Ton zu ihm: „Beruhig dich, Adam. Wir sind nicht deine Feinde."

Adam hörte nicht. Er stieß Björn nach oben und trat ihn mit den Beinen weg. Sofort wollte er ihn angreifen. Nur dieses Mal stellte sich Kira ihm in den Weg. Sofort blieb Adam stehen. Knurrend sah er sie und sie sah ihn ohne Worte an. Obwohl Adam so in Rage war, schien er seine beste Freundin zu erkennen. Er beruhigte sich. Still sahen sie sich beiden an. In Kiras Augen konnte er die Frage sehen und hören: Warum?" Eine Antwort gab es nicht. Kiras Blick war weder verachtungsvoll noch ängstlich oder wütend. Es war ein einfacher Blick, vermischt mit Traurigkeit. Der Ausbruch zeigte Kira, dass sich Adam völlig verändert hatte. Doch verstand sie nicht warum. Lag es wirklich daran, dass Victoria nicht da war? Oder war es doch noch etwas anderes?

Sie erkannte ihren besten Freund jedenfalls nicht wieder. Langsam wendete sie ihren Blick von Adam ab und drehte ihm den Rücken zu. Kira ging zu Björn und kümmerte sich um ihn. Adam sah ihr hinterher und erinnerte sich an die Worte von Razvan. Der Werwolf übernahm wirklich die Kontrolle über ihn.

Die Nacht brach an. Noch während der Mond aufging, verschwand Mirena aus dem Schloss. Sie hatte einen neuen Plan. Nichts gegen die Wölfe oder die Aussage von Razvan, dass Adam noch am Leben war. Ihr Plan galt Victoria. Das heranwachsende Baby in ihr sollte Mirena dienen. Es war ihre Hoffnung auf das absolut Böse. Das Blut des Babys sollte Mirenas neun Schwestern wieder beleben, die Jahrhunderte zuvor von Nebula van Blutstein getötet wurden. Die Mischung aus Mensch, Vampir und Werwolf war die passende Zutat. Jedoch wollte sie das Baby sofort. Gleich als sie das Baby in Victoria sah, wusste sie, dass es etwas Besonderes war.

Daher teleportierte sich Mirena durch Zauberei in einen weit abgelegenen Wald. Niemand kannte diesen Wald, weil niemand überlebte, der den Wald betrat. Der Wald war die reine schwarze Magie. Jede Pflanze und jedes Tier war böse. Mirena hatte einst dem Wald ein finsteres Eigenleben gegeben. Nur Mirena selbst und ihre Schwestern konnten gefahrlos durch diesen Wald wandern. Was mit jedem anderen geschah, sah man an den Bäumen. Viele Leichen verschmolzen mit den Bäumen. Von ganzen Skeletten bis zu halbverwesten Leichen fand man alles. Die Bäume waren blutgetränkt von den Leichen. Die toten Gesichter der Leichen konnte man noch erkennen. Einige besaßen noch ein Auge, andere Leichen hatten bereits leere Augenhüllen. Mirena gab den Bäumen daher den Namen „die Totenbäume." Die Bäume waren pechschwarz und stanken nach Verwesung. Blätter trugen sie nicht. Dafür wirkten ihre Äste wie die Arme und jeder Zweig wie die Hände jener Opfer, die sie sich holten.

Tageslicht gab es in diesem Wald nicht. Er lebte in kompletter Finsternis. Dementsprechend lebten auch solche Tiere dort. Blutrünstige, abgemagerte Wölfe. Ihr Fell war pechschwarz und ihre Augen funkelten wie Juwelen. Riesige fette Spinnen, die in Knochenschädeln hausten, die den Boden schmückten. Zum Teil hausten sie auch in den Bäumen. Die Spinnen waren die Beobachter von Mirena. Durch ihre Augen konnte Mirena alles sehen, was sich im Wald tat. Schwarze Schlangen hausten ebenfalls in dem Wald. Durch die Dunkelheit des Waldes waren sie nur schwer zu sehen. All diese Tiere waren Mirenas Haustiere und Leibwächter.

Mirena selbst besaß eine mit Stroh bedeckte Hütte. Von außen wirkte die Hütte klein. Doch von innen wirkte sie riesig. Schon bald wie ein Palast. In dieser Hütte besaß Mirena alles, was sie zum Zaubern brauchte. In der Mitte der Hütte stand ein riesiger schwarzer Zinkkessel, gefüllt mit einer grünen, flüssigen Substanz. Mit einigen anderen Zutaten konnte Mirena so jeden Zaubertrank brauen, den sie wollte. Dutzende von großen Regalen standen an den Wänden und waren gefüllt mit alten Zauberbüchern. An den Wänden hingen auch kleinere Regale, gefüllt mit sämtlichen Elixieren. Vom tödlichsten Gift bis zum wirksamsten Liebeszauber besaß Mirena alles. Direkt neben dem Kessel stand ein riesiger, langer Tisch. Auf dem Tisch standen Kräuter jeglicher Art. Diese Kräuter wollte Mirena auch für ihren Zaubertrank nutzen, der die Geburt von Mirena beschleunigen sollte. Nur hatte sie dafür kein Rezept. In den Büchern fand sie ebenfalls kein Rezept. Alles, was sie fand, waren Rezepte von Fluchtränken, Gifttränken, Foltertränken und Kontrolltränken.

Mirena frustrierte es, keinen Zaubertrank zu haben, der die Geburt beschleunigte. Sie musste aber eine Lösung finden. Schließlich war sie die mächtigste Hexe auf der Welt. Aufgebracht lief sie in ihrer Hütte auf und ab: „Es muss doch eine Lösung geben. Ich bin die mächtigste Hexe auf Erden. Der Plan ist fast vollendet. Victoria steht unter meiner Kontrolle. Adam ist tot. Ich brauche nur das Blut dieses Babys.“ Mirena überlegte und überlegte. Es machte sie regelrecht wütend, die Lösung nicht zu kennen. Es gab nur eine Möglichkeit. Es war Mirenas letzte Hoffnung, ihr Ziel doch noch zu erreichen. Mithilfe eines Zauberspruchs konnte sie ihren Zauberkessel verzaubern und die Lösung finden. Das tat sie auch. Mit finsterer Stimme sprach sie in einer fremden Sprache den Zauber. Ihr Kessel leuchtete giftgrün auf und formte sich zu einer Art Spiegel. Mirena musste nichts weiter sagen. Es reichte die Vorstellung des Rezepts. Sofort erschien es in einer verschnörkelten Schrift. Die benötigten Kräuter besaß sie bereits. Es fehlte nur eine Zutat. Das Blut der Eltern brauchte sie, um den Trank zu fertigen.

Der Spiegel zeigte ihr Victoria. Adam wurde Mirena als verrauchte Gestalt gezeigt. Laut stieß sie ihren Frust raus: „Verdammt! Verdammt! Das Blut der Eltern fehlt mir! Das Miststück Victoria nützt mir alleine nichts!“ Laut stieß Mirena einen unerträglich schrillen Schrei aus und zerstörte den Spiegel mit einer Feuerkugel, die sie aus ihrer Hand schoss.

In tausend Teile lag der Spiegel auf den Boden. Jedoch setzte er sich von alleine wieder zusammen. Schnaufend sah Mirena in den Spiegel. Die verrauchte Gestalt wurde sichtbar. Das war ein Zeichen, dass Adam noch lebte. Ihre Wut verwandelte sich in große Freude. Fröhlich begann sie herumzutänzeln: „Der Vampir hatte recht.“ Obwohl es eigentlich nicht gut für Mirena war, dass Adam noch lebte, freute es sie. An das Blut würde sie mit Sicherheit kommen. Finster sah sie zum Spiegel und sah Adam und Victoria gleichzeitig als Paar. Dieser Anblick machte Mirena erneut wütend. Sie dachte da nur an die Prophezeiung von Agatha. Sie hatte Angst, dass die Prophezeiung doch noch wahr wird: ein leidenschaftlicher Kuss getaucht in wahrer Liebe. Ja auch Mirena kannte die Prophezeiung. Jede Hexe kannte sie. Mit der Geburt von Victoria entstand sie. Dieser Kuss durfte nie passieren. Er würde das Ende für Mirena bedeuten. Andererseits fühlte Mirena sich sicher. Denn Victoria war komplett von der Dunkelheit besessen. Alles Gute in Victoria war ausgelöscht, selbst die Liebe zu Adam konnte nicht entfacht werden. Daher lachte Mirena kurz auf: „Liebe … wie schwach sie doch ist. Nur dumme Menschen glauben daran, dass die Liebe alles besiegen kann. Am Ende sterben sie alle. Die Vampirjägerin Arsenia starb, als sie ihr Kind beschützen wollte. Der König der Vampire starb, als er seiner Tochter half." Mirena spielte auf Arsenia Bridges an, wie sie Victoria damals vor Vlad van Darkblood beschützte und wie Vlad wiederum seiner Tochter half, den Geist von Edward Dragonheart zu besiegen. Mirena fand es immer nur zum Lachen, wie sich manche Wesen für ihre Liebenden opferten. Die Hexe wusste, dass Adam auch alles opfern würde, um Victoria zu retten. Mirena begann, sich erneut zu freuen. Ihre finstere Freude wurde von einer tiefen Stimme unterbrochen: „Wenn der Werwolf lebt, wirst du es nicht schaffen. Du wirst zum Scheitern verurteilt sein."

Mirena kannte die Stimme. Sie wendete ihren Blick vom Spiegel ab und sah hinter sich. Hinter ihr erschien der Geist von Edward Dragonheart. Finster sah Mirena ihn an: „Du irrst dich. Ich bekomme immer, was ich will." Ihr Blick wurde richtig zornig. Doch Edward jagte es keine Angst ein. Die Hexe näherte sich dem Geist und sagte finster: „Du vergisst eins. Ich bin die mächtigste Hexe. Niemand kann meiner Macht trotzen. Nicht einmal du. Nur durch mich lebt dein Geist weiter, während deine Asche in alle Winde verstreut wurde. Ich stehe über alles und jedem."

In dem Zug antwortete Edward: „Das ist wohl wahr. Deine Macht ist wahrhaftig die stärkste auf Erden. Jedoch ist meine Rache geschehen. Die edle Lordschaft der Nebelvampire ist tot und Nebula selbst ist es auch. Ich möchte frei sein. Ich will meine Ruhe finden." Mirena lachte Edward aus: „In Frieden ruhen? Du bist ein Vampir. Geschaffen aus meiner Hand …"

Edward unterbrach Mirena lautstark: „Ich bin ein Mensch! Ich habe meine Rache, für den Tod meiner Eltern bekommen! Ich möchte meinen Frieden!" Mirena schüttelte den Kopf: „Vergiss es. Du magst deine Rache bekommen haben. Freigeben kann ich dich dennoch nicht. Wenn ich dich freigebe, löst sich der Einfluss auf Victoria auf. Nein, nein, mein lieber Edward, du bleibst. Solange du als Geist weiterlebst, bleibt Victoria in der Dunkelheit gefangen. Ich stehe so kurz davor, meinen Plan zu vollenden. Zudem vergiss nicht, wer dir diese Macht gab … mein kleiner Vampir."

Es machte Edward wütend. Er fing an, seinen Fehler zu bereuen. Nie hätte er sich auf Mirena einlassen sollen. Jedoch war er damals ein kleines Kind und voller Trauer. Die giftigen Worte von Mirena formten seinen Hass. Jetzt war er dazu verdammt, auf Ewigkeit Mirena zu dienen. Ein kleiner Junge, der zum König der Vampire wurde, und doch nur ein Mittel zum Zweck war. Es war ein Fluch, den Mirena auf Edward setzte und der über Vlad zu Victoria ging. Gegen Mirenas Magie gab es keine Heilung. Es müsste jemand mit gleicher Macht sein, um ihre schwarze Magie zu brechen. Edward war gezwungen, sich damit abzufinden. Dennoch sagte er warnend: „Vergiss nicht, wer bei dem Werwolf ist. In deinem ach zu perfekten Plan hast du einen Fehler gemacht."

Mirena wurde neugierig: „Du warst so davon besessen, Victoria auf deine Seite zu kriegen, dass du es nicht bemerkt hast, wie die neue Königin der Vampire deinen schlimmsten Feind freilässt. Björn Stone ist am Leben und ist bei Adam. Der Werwolf und der Gestaltwandler, zusammen gegen eine mächtige Hexe. Zwei Legenden, die ein Geschenk von Gott erhalten haben."

Mirena wusste, dass Björn eine richtige Bedrohung für sie war. Sie hatte versucht, ihn auf ihre Seite zu ziehen. Die Hexe war sich auch sicher, dass sie den Hexenjäger auf ihrer Seite hatte. Denn sie konnte die Finsternis in ihm spüren. Doch dann wandelte er sich plötzlich, warum? Mirena hatte die ganze Zeit nicht darauf geachtet. Doch jetzt begann sie, es sich zu fragen. Edward sah die Hexe nachdenken und musste lachen. Was Mirena gar nicht gefiel. Zornig sah sie den Geist an und brüllte: „Was weißt du? Was habe ich übersehen." Edward gab ihr keine Antwort. Lachend verschwand er aus der Hütte. Mirena stieß einen richtigen Wutschrei heraus. Dabei ließ sie aus ihrem Mund eine riesige Feuerfontäne sprühen. Das Feuer setzte die Hütte in Brand.

Gleich darauf ließ sie das Feuer mit einer Handbewegung verglühen. Sie hasste es, Fehler zu machen. Wo war der Fehler bei ihrem Plan? Mirena ging zu einem kleinen Holztisch. Auf dem Tisch standen neun kleine Staturen. In diesen Staturen waren die Seelen ihrer neun Schwestern gefangen. Sie stützte sich mit den Händen auf dem Tisch ab und flüsterte: „Schwestern, was habe ich übersehen?“ Plötzlich schoss es ihr wie ein Blitz durch den Kopf. Rasch schaute sie zum Spiegel. Ihr Blick fiel auf Victoria. Mirena fing an zu glauben, dass Victoria damit etwas zu tun hatte. Der Gedanke war nicht falsch. Schließlich schaffte es Victoria, den legendären Werwolf zu zähmen. Sollte sie es auch mit dem legendären Gestaltwandler schaffen? Wenn ja, dann war Victoria gefährlicher, als Mirena am Anfang dachte.

Gleichzeitig kam ihr auch ein neuer Gedanke. Wenn Victoria dazu in der Lage ist, die beiden Legenden zu kontrollieren oder zu zähmen, dann könnte sie auch den Werwolf und den Gestaltwandler in die Finsternis stürzen. So wäre es für Mirena ein leichtes Spiel, an das Blut der Eltern zu kommen. Es war ein Plan. Doch bevor Mirena dem nachgehen konnte, musste sie sich komplett sicher sein. Vielleicht kam die Chance schneller, als sie dachte. Denn im Gasthaus machte man sich für die Befreiung Victorias fertig. Worte wurden keine gewechselt. Nach dem Ausbruch von Adam hielten alle Abstand zu ihm. Nicht einmal Kira war bei ihm. Die Angst war zu groß. Abgesehen von Björn. Er verstand den Ausbruch von Adam. Noch nie hatte Kira Angst vor ihrem besten Freund. Jetzt Angst vor Adam zu haben, war völlig neu. Diese Ausbrüche kamen völlig unkontrolliert. Was Kira am schlimmsten fand, war, dass sie keine Möglichkeit fand, ihm zu helfen. In ihrem Kopf kreiste der Gedanke umher, dass es nur was mit ihrer Schwester Victoria zu tun haben könnte. Sie wusste nicht wie, aber vielleicht war es eine Macke bei den Werwölfen. Kira wusste es einfach nicht. Sie hatte Angst vor dem nächsten Werwolfausbruch. Beim nächsten Mal könnte jemand getötet werden. Adam war ja jetzt schon so weit, jemanden zu töten. Wenn Björn ihn nicht zurückgehalten hätte, hätte er Nikolai getötet. Vielleicht hätte er auch sie selbst getötet, wenn Björn nicht gewesen wäre. Still kontrollierte jeder seine Waffen.

Björn jedoch hasste diese Stille. Er spürte die Sorge und Angst bei den anderen, dass der Werwolf erneut ausbrechen könnte. Besonders wenn er Kira ansah. Still beobachtete er sie. Ihre Angst war zu spüren. Leicht zitternd überprüfte sie ihre Pistole. Dabei fiel sie ihr aus den Händen. Björn eilte zu ihr und hob sie für Kira auf. Still nickte Kira als Dankeschön. Vorsichtig fragte er: „War Adam schon immer so drauf?“ Kira schüttelte leicht ihren Kopf: „Nein. Ich meine mal, er war schon immer sehr ehrgeizig, stur und angespannt, wenn es um Vampire ging. Die Beherrschung hatte er jedoch nie verloren. Adam ist eigentlich einer, der strikt gegen das Böse kämpft. Auch ohne den Werwolf ist er ein wahrer Albtraum für jeden Vampir. Die Situation jetzt ist ganz anders.“

Kira bekam glasige Augen. Sie holte tief Luft und erzählte weiter: „Dass Victoria nicht bei ihm ist, hat ihn sehr verändert. Als wäre er von ihr besessen.“ Björn nickte und antwortete: „Die Prophezeiung von der Prinzessin und dem Werwolf. Ich kenne diese Prophezeiung.“

Kira schmiss ihre Pistole auf den Tisch und fluchte: „Ich hasse diese Prophezeiung. Sie ist eher ein Fluch. Wegen dieser Prophezeiung ruhen meine Eltern unter der Erde.“ Björn fragte: „Waren sie auch Vampirjäger wie du?“ Kira nickte und erzählte: „Mein Vater und meine Mutter zählten zu den besten unter den Vampirjägern. Sie waren wahre Meister. Kein Vampir konnte ihnen etwas anhaben. Doch dann kam dieser Auftrag. Meine Mutter sollte alleine den berüchtigten Vlad van Darkblood töten. Sie scheiterte. Noch bevor meine Mutter starb, bekam sie ein Kind. Victoria van Darkblood ist meine Halbschwester.“

Das überraschte Björn etwas: „Ich habe gewusst, dass sie halb

Mensch und halb Vampir ist. Aber ich hätte nie damit gerechnet, dass sie deine Schwester ist." Kira nickte und sagte: „Ich will sie auch um jeden Preis retten. Doch nicht so wie Adam." Björn wurde neugierig: „Wie habt ihr euch eigentlich kennengelernt?" Kira lächelte kurz und erzählte: „Mein Vater brachte Adam mit. Adam und ich … wir verstanden uns von der ersten Minute an. Wir trainierten zusammen, stellten viel Mist zusammen an und erledigten einen Auftrag nach dem anderen. Wir wurden richtig enge Freunde. In unserem Orden ging schon das Gerücht rum, dass wir ein Paar wären …"

Björn unterbrach Kira und fragte: „Empfindest du denn was für ihn." Kira gab keine Antwort. Sie nickte nur. Dann erzählte sie: „Meine Gefühle für Adam waren schon immer stark. Ich habe mich nie getraut, es ihm zu sagen. Doch dann kamen Victoria und diese Prophezeiung. Seine Augen sehen nur sie. Ich gönne es den beiden, nur …"

Kira brachte den Satz nicht zu Ende. Dafür tat es Björn: „Nur wünschst du dir, an Victorias Stelle zu sein." Erneut nickte Kira still. Ohne, dass sie es mitbekamen, trat Elise zu ihnen. Sie war neugierig, was Björn betraf. Fast schon verliebt sah sie ihn an und sagte: „Du hast noch gar nichts von dir erzählt. Wie viele Hexen hast du getötet? Du bist bestimmt ein echter Albtraum für sie." Björn wurde ganz verlegen. Breit war sein Grinsen: „Ja, ich bin ein Albtraum für die Hexen und Hexenmeister, nur weiß ich nicht, wie viele ich erledigt habe." Schwärmend sagte Elise: „Bestimmt sind schon Hunderte durch deine Hand gefallen."

Kira fand den Anblick etwas lustig. Elise wirkte leicht verlebt und Björn war richtig verlegen. Sein Gesicht wurde auch leicht rot. Jedoch wurde Kira auch neugierig: „Ja, erzähl uns doch etwas von dir." Lächelnd antwortete Björn: „O. k., o. k. Ich erzähle euch was von mir. Ich komme aus einem kalten Ort. Hexen jage ich seit ich sechzehn bin. Ausgebildet im Kämpfen haben mich meine Eltern. Meine Fähigkeiten zu kontrollieren verhalf mir meine

Großmutter. Vor langer Zeit zog sie aus meiner Heimat weg. Ich wollte sie besuchen und erfahre, dass sie tot ist." Kira und Elise drückten ihr Beileid aus. Von Elise bekam Björn sogar eine Umarmung. Kira fragte: „Wer war deine Großmutter?"

Björn antwortete: „Agatha war ihr Name. Sie war ebenfalls eine Hexe, aber eine gute."

Kira nickte: „Ich weiß. Adam, Elise und ich kannten deine Großmutter. Sie kämpfte mit uns, als wir den Geist von Edward Dragonheart töten wollten. Sie war eine mächtige Hexe und eine mutige Frau." Björn nickte: „Ja, das war sie. Sie lehrte mich viele Dinge. Meine Großmutter zeigte mir all die guten Dinge auf der Welt und lehrte mich, sie zu ehren und zu beschützen. Zudem wusste sie, dass ich eines Tages Teil von etwas Großem sein werde. Wer weiß, vielleicht ist es ja die Befreiung von Victoria."

Zusammen gingen sie ins Restaurant, wo Marcus, Sheng und Ronald warteten. Adam kam als Letzter dazu. Still sahen sie sich kurz an. Die Blicke seines Teams sagten alles. Adam sagte nichts und machte sich auf den Weg. Kira folgte ihm. Draußen vor dem Gasthaus hielt sie ihn auf. Sie wollte, dass ihr bester Freund sie ansah. Adam sah sie an und fragte: „Was? Ich weiß, was ihr denkt. Ich nehme es euch nicht übel. Ihr müsst auch nicht mitkommen. Ich schaffe es allein."

Das wollte Kira nicht hören: „Hör auf, so etwas zu sagen. Wir beide sind beste Freunde und stehen das zusammen durch. Ich will nur wissen, ob es dir gut geht." Klar und deutlich antwortete Adam: „Nein, mir geht es nicht gut. Diese ganze Geschichte macht mich so wütend. Ständig höre ich nur, dass Victoria ein Monster ist. Keiner sieht hinter der Fassade. Sie ist auch ein Opfer von Edward Dragonheart. Dann kommt da noch dieser Hexenjäger daher und erzählt, dass hier eine Hexe am Werk ist. Das macht mich alles so megawütend. Denn ich war glücklich. Ich hatte meine Freunde und meine Liebe. Alles war gut. Niemand war da, der uns schaden wollte. Doch dann musste Edward Dragonheart wieder auftauchen. Er musste ja wieder das große Glück zerstören. Kotzt es dich nicht auch an." Kira antwortete: „Natürlich macht es mich wütend. Ich will auch, dass meine Schwester wieder da ist. Sie ist alles, was mir von meiner leiblichen Familie noch bleibt. Doch deswegen einen Ausraster nach dem anderen zu kriegen, bringt uns nicht weiter. Ich kenne dich, Adam, und ich weiß, du willst sie wieder haben. Doch denk bitte daran, dass du in diesem Kampf nicht alleine stehst."

Eine Umarmung folgte. In dem Zug kamen die anderen auch raus. Nebeneinander standen sie in einer Reihe und sahen zu Adam und Kira. Beide lösten die Umarmung und wandten sich dem Team zu. Adam sagte laut zu jedem: „Meine Ausraster tun mir leid. Ich hoffe, ihr könnt sie mir verzeihen." Sein Blick richtete sich auf Björn. Er hatte ja mit Adam gekämpft. Elise sprach für alle: „Wir sind ein Team."

Jeder stimmte zu. Adam war froh, dass sie ihm verziehen. Nur musste er ihnen den Plan noch erklären: „Vor dem Wald wird ein Rudel Wölfe warten. Sie werden uns im Kampf gegen die Vampire helfen. Jedoch ist da noch etwas. Es wird uns noch jemand helfen. Elise und ich sind ihm auf dem Schiff begegnet. Sein Name ist Razvan und er ist ein Vampir. Sein Bruder wurde von Victoria getötet. Er sah, wie eine Hexe ihren Einfluss auf Victoria aufbaute. Noch dazu haben Björn und Razvan miterlebt, wie Victoria in die Finsternis stürzte. Der Kampf, der vor uns steht, wird nicht einfach."

Björn stellte sich neben Adam und fügte hinzu: „Einfach wird der Kampf auch nicht. In dem Schloss wimmelt es von Vampiren. Noch dazu gesagt, würde ich diesem Vampir nicht vertrauen. Er war nicht gerade freundlich gesinnt, als ich ihn traf. Razvan darf man nicht unterschätzen. Er ist extrem schnell und Besitz ein hohes Maß an Wissen. Mit seinem Wissen hätte er auch genauso gut ein Hexer sein können." Adam erklärte ihm wiederum: „Das ist ein Risiko … ich weiß. Jedoch verdient dieser Vampir eine Chance. Man könnte es als eine höhere Fügung bezeichnen, dass er uns helfen soll. Wenn er uns jedoch hintergehen sollte, werden wir ihn einfach töten."

Der Plan war gesagt und stand. Auch wenn jeder gegenüber dem Vampir misstrauisch war. Es sollte losgehen. Als Team machten sie sich auf den Weg zum Wald.

Schnell erreichten sie den Wald. Dort blieben sie stehen und warteten. Ungeduldig fragte Sheng: „Worauf warten wir jetzt? Ich dachte, die Wölfe warten hier." Niemand antwortete. Stattdessen stieß Adam einen lauten Heuler aus. Jeder Vampirjäger außer Björn, Kira und Elise zuckte zusammen. Gespannt passten sie auf, was passierte. Aus der Dunkelheit heraus kamen sie. Ein Rudel Wölfe trat langsam aus dem Wald und jagten Sheng, Marcus und Ronald leichte Angst ein. Zuerst sah man nur gelbfunkelnde Augen. Doch dann traten sie ans Licht. Voran ging Buran. Er ging dicht zu Adam und senkte den Kopf vor ihm, worauf es das Wolfsrudel auch tat. Es war eine Verneigung vor dem Werwolf. Erstaunt sahen Sheng, Marcus und Ronald sich das Spektakel an. Ronald war ganz fasziniert von dem Verhalten der Wölfe. Flüsternd sagte er: „Das ist interessant. Weil Adam der Werwolf ist, sehen sie ihn als Alphatier an."

Adam streichelte Buran leicht über den Kopf. Natürlich erkannte Buran auch Kira und Elise. Er freute sich, die beiden wieder zu sehen. Genauso freuten sich auch Kira und Elise. Nur lange Zeit hatten sie dafür nicht. Die Befreiung sollte beginnen. Auf Adams Befehl hin rannten die Wölfe los. Adam und sein Team folgten. In einem schnellen Tempo rannten sie bei Nacht durch den Wald. Schnell wollten sie das Schloss „Dragonhell" erreichen. Nur waren Adam und die Wölfe zu schnell. Ronald, Marcus und Sheng kamen kaum hinterher. Auch Kira und Elise hatten zu tun, hinterherzukommen. Björn war die Rennerei gar nicht gewohnt. Zumal alle auf niedrig hängende Äste und Steine aufpassen mussten. Adam sowie die Wölfe störte es nicht. Entweder sprangen sie drüber oder rutschten unten durch. Sie ließen sich von nichts aufhalten. Knurrend und leise brüllend ließen sie die anderen beinah hinter sich.

Zur selben Zeit befand sich Victoria in ihrem Schlafgemach. Sie dachte über die Aussage von Razvan nach, dass Adam noch leben würde. Sie ahnte nicht, dass ihr Geliebter ganz in der Nähe war. Das laute Heulen in der letzten Nacht ging ihr auch nicht aus dem Kopf. Sie begann, sich wirklich zu fragen, ob Adam noch am Leben war. Innerlich begann sie leicht zu hoffen, sein Gesicht doch noch zu sehen. Andererseits hoffte sie, dass der Werwolf tot war. Victoria war böse. Das durfte man nicht vergessen. Jedoch wollte ihr jemand die Augen öffnen. Besser gesagt, es waren mehrere Leute. Noch eh sich Victoria versah, war sie umzingelt von Geistern. Sie alle kannten Victoria und Victoria kannte sie. Victoria war ganz erschrocken, so viele Geister zu sehen. Sie wollte nach hinten ausweichen. Jedoch befanden sich hinter ihr auch Geister. Die Geister waren Vlad van Darkblood, Marek Lefevre, Baltasar, Agatha und Nebula. Sie alle wollten Victoria wieder wachrütteln.

Den Anfang übernahm ihr Vater: „Ich freue mich, dich zu sehen und doch enttäuscht es mich, wie du dich verändert hast.“ Nebula sprach gleich hinterher: „Du musst aus diesem Fluch raus. Edward Dragonheart existiert nur in deinem Kopf.“ Dann sagte Agatha: „Du bist nicht böse und hast auch keine finsteren Gedanken. Befreie dich von diesem Einfluss, der ein Fluch ist.“ Marek trat hervor und redete: „Du hast mal meine Tochter vor dem Tod gerettet. Wenn du böse wärst, dann hättest du sie sterben lassen.“ Baltasar sagte nur: „Wach auf, Victoria.“

Vlad trat dicht zu ihr und lenkte ihren Blick auf sich: „Meine liebe Tochter. Dein Onkel Razvan hatte recht. Adam ist nicht tot. Er lebt und ist auf den Weg hierher.“ Victoria wollte es nicht glauben. Der Einfluss von Mirena und Edward war zu stark. Die Wahrheit wollte sie nicht erkennen. Wütend brüllte sie: „Adam ist tot! Verschwindet und lasst mich in Frieden!“ Victoria wurde richtig zornig. Sie zeigte den Vampir. Jedoch sahen die Geister auch, dass Victoria in ihrem Zorn Tränen zeigte. Erneut sagte sie, jedoch diesmal beinah im Flüsterton: „Verschwindet einfach." Die Geister verschwanden. Victoria wollte nicht mit sich reden lassen. Doch durch die Tränen sahen sie, dass die alte Victoria noch da war. Die einzige Hoffnung, sie zu befreien, war Adam. Nur er konnte sie noch wachrütteln.

Gerade erreichten Adam und die Wölfe das Schloss. Razvan wartete auch schon dort. Sofort gab es ein Problem. Buran erkannte ihn und wollte ihn angreifen. Der Wolf hatte nicht vergessen, was sie seiner Gefährtin angetan hatten. Adam hielt den Wolf auf. Streichelnd über den Kopf versuchte er, den Wolf zu beruhigen. Wütend sagte Buran zu ihm: „Dieser Vampir hat meine Gefährtin getötet und meinen Sohn entführt." Adam sah Razvan an: „Ist das wahr?" Razvan nickte. Doch Razvan wollte sich entschuldigen: „Eine einfache Entschuldigung lässt meinen Fehler nicht vergessen. Dennoch will ich versuchen, es wiedergutzumachen. Ich war geblendet von Rache und dachte nicht klar. Bitte lasst es mich versuchen, meinen Fehler wiedergutzumachen." Nur widerwillig gab Buran ihm die Chance. Verzeihen wollte er ihm den Mord an seiner Wölfin nicht.

Adams Team erreichte auch das Schloss. Sie waren vom Rennen völlig fertig. Marcus sagte nach Luft ringend: „Bitte seid beim nächsten Mal nicht so schnell." Jeder stimmte dem zu. Sie alle sahen leicht verschwitzt aus. Nur Björn schwitzte mehr. Ebenso rang er mehr nach Luft. Er stützte sich sogar mit seinen Händen auf den Knien ab und sagte mit einem leichten Lächeln: „Verdammt, seid ihr Wölfe. Ihr seid wahnsinnig schnell. Sie alle fingen sich wieder. Jedoch bevor es losgehen konnte, schlug Björn mit geballter Faust Razvan ins Gesicht und sagte ernst: „Das ist für die Zeit, als ich im Kerker eingesperrt war." Razvan ging zu Boden und lobte Björn: „Dafür, dass du kein Vampir bist, hast du einen verdammt harten Schlag." Björn half Razvan hoch und zeigte ihm beide Fäuste. Geschmeichelt von dem Lob sagte Björn rau: „Merk dir meine Fäuste gut. Sie verfehlen nie ihr Ziel.“ Razvan klopfte ihm nur auf die Schulter: „Ich werde es mir merken.“ Elise gefiel es, was Björn mit Razvan machte. Anhimmelnd sagte sie zu Björn: „Du bist so stark.“ Björn bedankte sich mit einem Lächeln. Adam lenkte die Aufmerksamkeit wieder auf das eigentliche Geschehen. Doch bevor die Befreiung stattfinden konnte, mussten sie ins Schloss kommen. Da kam Razvan ins Spiel. Alleine ging er zum Schloss und klopfte dreimal an das Tor. Die Vampirjäger konnten sehen, wie Razvan mit der Wache sprach. Im nächsten Moment zog Razvan sein Schwert und tötete die Wache blitzschnell. Das war das Zeichen, dass die Vampirjäger kommen konnten. Das Tor war offen. Damit war der erste Teil getan. Der zweite Teil bestand darin, jeden Vampir zu töten, der ihnen entgegenkam.

Kaum wollten sie den Plan so vollziehen, da eilte schon eine große Horde Vampire herbei. Sehr zugunsten der Vampirjäger. Björn spuckte in beide Hände, schlug sie zusammen und rieb sie sich vor Freude: „Jetzt wird es lustig.“ Adam fügte im ruhigen Ton noch hinzu: „Passt auf, dass ihr nicht getötet werdet.“ Kira lächelte ihrem besten Freund zu: „Du weißt, dass das nicht passieren wird.“ Adam grinste und stimmte Kira zu. Mit einem lauten Werwolfgebrüll gab er das Zeichen zum Angriff. Alleine das Gebrüll des Werwolfs reichte, um den Vampiren Angst einzujagen. Ein Entkommen gab es aber nicht mehr. Sofort griffen die Wölfe die Vampire an. Schnell rannten sie auf die Horde zu und sprangen sie an. Die Vampirjäger folgten. Bis auf Adam und Björn zogen alle ihre Schwerter und töteten die Vampire. Adam und Björn kämpften mit ihren Fäusten. Einen nach dem anderen schlugen sie weg. Adam und Björn waren nicht zu stoppen. Während Björn jeden angreifenden Vampir mit Kopfstößen und Faustschlägen fertigmachte, zeigte Adam seine Krallen und schlitzte einen Vampir nach dem anderen auf. Schnell hatten sie sich durch die Horden gekämpft. Während Adams Team die restlichen Vampire tötete, eilte schon die nächste Horde herbei. Die Vampire brannten förmlich darauf, die Eindringlinge fertigzumachen. Björn schlug eine Faust in seine Hand. Adam zeigte seine Krallen. Seine Augen hatten sich ebenfalls schon verwandelt. Auch zeigten sich seine Zähne. Jedoch verwandelte er sich nicht weiter. Adam sah aus wie ein halber Dämon.

Bei der neuen Horde kam Björn auf eine Idee: „Hey Adam, was hältst du von einer Wette?“ Adam fragte gleich: „An was hast du gedacht? Wer die meisten Vampire tötet?“ Björn antwortete: „Nein. Wer am schnellsten von uns sich durch die Horde von blutrünstigen Vampiren kämpft.“ Kaum hatte Björn ausgesprochen, sprintete Adam nach vorne und riss einen Teil der Horde um. Björn fand das gar nicht o. k. und rief ihm hinterher: „Hey, du hast geschummelt!“ Adam antwortete, während er kämpfte: „Nein, hab ich nicht. Ich bin bloß schneller als du.“ Darauf packte Adam sich einen Vampir und warf ihn Björn zu. Björn fing den Vampir auf und hämmerte ihn mit voller Wucht auf den Boden. Erneut packte Björn den Vampir und schmiss ihn zu Adam zurück. Adam sah den Vampir und sprang hoch. Mit einem harten Tritt beförderte er den Vampir wieder zurück zu Björn. Der Vampir selbst wusste gar nicht, wie ihm geschah. Schreiend flog er jedes Mal hin und her. Man könnte meinen, Adam und Björn spielten mit dem Vampir Volleyball. Das ging so lange, bis Björn keine Lust mehr hatte. Als der Vampir wieder zu ihm flog, ging Björn einfach einen Schritt zur Seite. Der Vampir knallte auf den Boden und wurde sofort vom Wolf getötet.

Jetzt stürzte sich auch Björn auf die Horde Vampire. Schließlich wollte er Adam den Spaß nicht alleine überlassen. Wieder machten sie einen Vampir nach dem anderen fertig. Kira, Elise, Marcus, Sheng, Ronald und Razvan konnten zusehen, wie die beiden Legenden die Horde alleine aufmischten. Selbst die Wölfe gönnten sich eine Pause. Alle setzten sich in einer Reihe hin und wedelten fröhlich mit dem Schwanz. Kira und Elise wollten es sich nicht länger angucken. Sie wollten auch ihren Spaß haben. Beide rannten auf die Horde zu. Gleichzeitig rutschten sie unter Adam und Björn durch und töteten noch im Rutschen jeweils einen Vampir. Dann sprangen sie auf und sahen Adam und Björn an. Ihre Hände hatten sie in die Hüften gestemmt. Kira sagte zu beiden: „Ihr seid ganz schön egoistisch. Wir wollen auch unseren Spaß."

Kaum hatte Kira ausgesprochen, griff ein Vampir sie von hinten an. Ohne hinzusehen, tötete Kira den Vampir. Dann drehten Kira und Elise sich um und töteten noch in der Drehung einen weiteren Vampir. Adam und Björn sahen zu, wie die Damen mit schnellen Zügen die Horde fertigmachten. Als beide den letzten Vampir erledigt hatten, sahen sie Adam und Björn an. Beide Männer applaudierten den Damen zu. Dann ging es für alle weiter. Die folgenden Vampire wurden fertiggemacht. Einer nach dem anderen zerfiel zu Asche. Egal ob durch die Legenden, den Menschen, Razvan oder den Wölfen. Die Gruppe war nicht zu stoppen. Erstaunt waren sie auch, wie schnell Razvan agieren konnte. Blitzschnell tötete er fünf Vampir. Der Kampflärm lockte weitere Vampire an. Sehr zum Gefallen von Björn und Adam. So konnten sie weitere Vampire töten. Ihre Wette hatte sich inzwischen darin verwandelt, wer von beiden schneller war. Selbst Victoria hörte, wie die Schwerter aneinanderprallten. Wütend ging sie aus ihrem Zimmer und brüllte: „Was ist denn los?!" Ein vorbeirennender Vampir antwortete: „Wir werden angegriffen." Ein weiterer Vampir kam herbei und sagte zu Victoria: „Meine Königin, wir müssen euch in Sicherheit bringen. Der Werwolf greift an. Kommt schnell, wir bringen euch in den Thronsaal."

Victoria glaubte, nicht richtig gehört zu haben. Adam schien also wirklich hier zu sein. Eine Gelegenheit, ihn zu sehen, bekam sie nicht. Schnell wurde sie von den Vampirsoldaten in den Thronsaal gebracht. Noch bevor sie mit Victoria den Thronsaal erreichten, hatten sich drei Wölfe den Weg freigekämpft und griffen die Vampire an. Sie wurden angesprungen und totgebissen.

Victoria wich vor Schreck zurück. Schnell fing sie sich wieder und ließ den Vampir in sich frei. Schnell tötete sie zwei Wölfe mit ihren VampirkrallenDen dritten packte sie und biss ihn. Schnell saugte sie ihn leer und schmiss den Rest in eine Ecke. Ihre Hände und ihr Mund sowie ihr Kleid waren blutverschmiert. Von ihren Händen tropfte noch Blut.

Rasch kamen weitere Vampire angerannt, die ihre Königin in Sicherheit bringen wollten. Victoria brüllte sie an: „Ich schaffe es alleine in den Thronsaal! Tötet die Eindringlinge! Sofort!"

Die Vampire verneigten sich und rannten sofort zum Kampfgeschehen. Victoria selbst ging in schnellen Schritten zum Thronsaal. Dort versteckten sich schon sämtliche Vampirfrauen, die sich vor Angst zusammengekauert hatten. Wachen befanden sich auch dort und hielten sich für den Kampf bereit. Blutverschmiert sah Victoria jeden Vampir an und brüllte: „Verriegelt die Thronsaaltüren! Haltet euch bereit!"

Sofort führten die Wachen Victorias Befehl aus. Die Thronsaaltüren wurden geschlossen und verriegelt. Victoria beobachtete sie dabei. Gleich danach ging sie mir schnellen Schritten zum Knochenthron und setzte sich. Mit blutroten Augen sah sie zu den Thronsaaltüren. Still war es im Thronsaal. Jeder konnte die Kampfgeräusche hören. Ein lautes Brüllen folgte. Bis auf Victoria zuckte jeder Vampir zusammen. Bei Victoria löste das Brüllen plötzlich einen kurzen Erinnerungsschub aus. Leise flüsterte sie: „Adam."

Das Team erreichte die Türen des Thronsaals. Was jetzt folgte, war das Zerschlagen der Thronsaaltüren. Während die Wölfe, Kira, Elise, Razvan, Ronald, Sheng und Marcus die angreifenden Vampire ablenkten, schlugen Adam und Björn immer und immer wieder gegen die Thronsaaltüren. Sie wollten die Türen mit bloßer Kraft zertrümmern. Die Befreiung Victorias war zum Greifen nahe. Für ihren Sieg standen nur noch die Thronsaaltüren im Weg. Doch Adam und Björn hatten zu tun, die Türen aufzubrechen.

Die anderen hatten in der Zeit ihren Spaß. Kira und Elise töteten einige Vampire als Team. Dabei fiel Kira auf, dass Elise in dem ganzen Kampf keinerlei Angst zeigte. Marcus glänzte mit großer Erfahrung und tötete ohne Mühe gleich drei Vampire. Sheng wollte zeigen, dass er der Größte war und nahm es gleich mit sechs Vampiren auf, was ihm Probleme bereitete, denn er musste sich mit sechs Schwertern herumschlagen. Zum Glück waren die Wölfe da, um ihm zu helfen. Ronald hingegen kämpfte gegen einen Vampir. Er tötete ihn und kämpfte darauf gegen den nächsten Vampir.

Ganz anders als Razvan. Er nahm es gleich mit mehreren Vampiren auf. Mit einer Hand am Schwert und der anderen Hand auf dem Rücken tötete er die Vampire mit großer Eleganz. Die Vampire waren keine Gegner für ihn. Marcus hingegen wurde entwaffnet. Doch auch ohne Schwert konnte er sich prima mit den Fäusten wehren. Schließlich war er das Oberhaupt des Rates und des Ordens. Mit Aikido-Kampftechniken machte er die Vampire fertig. Sheng und Ronald begannen, Rücken an Rücken gegen die Vampire zu kämpfen. Dabei drehten sie sich im Kreis und töteten jeden Vampir, der sich ihnen nährte.

Gescheitert

Adam und Björn versuchten immer noch, die Türen des Thronsaals zu zertrümmern. Doch mit bloßer Kraft kamen sie nicht weiter. Sie schafften es gerade mal, ein paar Dellen reinzuhämmern. Zudem wurden sie auch wieder von Vampiren angegriffen. Dadurch, dass sie sich zu sehr auf die Türen konzentrierten, hatten sie nicht bemerkt, dass sich ein großer Haufen Vampire angesammelt hatte. Beide drehten sich um und Björn fragte: „Wo kommen die denn alle her. Das sind ja mindestens hundert Vampire." Beide sahen, wie ihr Team Probleme bekam, gegen die Vampire standzuhalten. Eine weitere Chance, die Türen aufzubekommen, bekamen sie nicht. Mehr und mehr Vampire folgten. Adam und Björn mussten dem Team helfen. Victoria sowie die Vampirfrauen und die Wachen freute es, dass kein Durchkommen möglich war. Voller Freude riefen die Vampirfrauen: „In den Thronsaal kommt keiner rein!"

Die Freude war so groß, dass sie schon anfingen zu feiern. Gelassen saß auch Victoria auf ihrem Thron und lauschte der Schlacht vor den Thronsaaltüren. Finster sagte sie: „Es ist nur eine Frage der Zeit, bis die Eindringlinge niedergemetzelt sind."

Plötzlich tauchte Mirena im Thronsaal auf. Sie war von dem Kampflärm überrascht und fragte Victoria: „Meine Königin, was ist hier los?" Siegessicher antwortete Victoria: „Das hörst du doch. Wir werden angegriffen. Unsere Vampire halten sich jedoch ganz gut. Die Eindringlinge dürften bald tot sein." Mirena wusste es besser. Sie war so begeistert davon, dass Victoria den Eindringlingen keine Träne nachweinte, aber es waren zwei Legenden vor den Türen. Über Adam wusste sie nicht viel. Von Björn aber wusste sie, dass er eine Legende war, die nicht so schnell aufgab. Victoria selbst sollte auch eines Besseren belehrt werden.

Adam reichte es. Die Vampire fingen an, ihn zu nerven. Laut

befahl er seinem Team: „Los bringt euch in Sicherheit!“ Die Worte wurden noch kaum rausgebrüllt, als Adam dabei war, sich zu verwandeln. Das wollte Kira aber nicht. Sie wehrte einen Vampir ab und tötete ihn mit einem Hieb: „Wir stehen das zusammen durch.“ Adam wollte keine Diskussion haben. Rau brüllte er Kira an: „Verschwinde!“

Bis auf Kira brachten sich alle in Sicherheit. Dennoch mussten sie weiter gegen Vampire kämpfen. Sie versteckten sich hinter Ecken und warteten auf das, was passierte. Neben Kira blieb auch Buran mit dem Rudel eisern an Adams Seite. Keiner von ihnen beabsichtigte, sich in Sicherheit zu bringen. Kira sagte noch: „Wir sind ein Team und halten zusammen.“ Adam hatte keine Wahl. Kira sollte ihren Willen bekommen. Mit einem lauten Brüller verließ der Werwolf seine menschliche Hülle und stand knurrend vor ihnen. Angespannt, mit scharfen, langen Krallen und spitzen Zähnen, stand er vor den Vampiren. Er brüllte ein zweites Mal und griff die große Menge an Vampiren an. Die Wölfe sowie Kira folgten ihm.

Björn und Razvan sahen es, dass Adam Kira kein Haar krümmte und stürzten sich wieder in die Schlacht. Gleich darauf griff der Rest des Teams auch wieder an. Jedoch wurden sie kaum beachtet. Die meisten Vampire stürzten sich auf den Werwolf. Doch Adam stieß sie alle von sich. Jeder Vampir, der sich in Adams nähe befand, wurde von den Krallen aufgeschlitzt oder totgebissen. Viele Vampire ergriffen deshalb die Flucht. Ehe sich die Vampirjäger versahen, waren alle Vampire geflüchtet. Plötzlich stand Adam dem Gestaltwandler Björn gegenüber. Zähnezeigend sah er ihn an. Björn ballte auch die Fäuste. Sollte jetzt Runde zwei kommen? Nein, er brüllte Björn bloß an. Er wandte sich den Thronsaaltüren zu. Mit einem Anlauf sprang er gegen die Türen und riss sie um. Der Thronsaal war nun offen. Als Nächstes folgten die Wölfe. Sie rannten an dem Werwolf vorbei und griffen die nächsten Vampire an. Adam selbst erhob sich und sah wütend zu Victoria und der Hexe. Von seinem Maul und seinen Krallen floss das Blut jenes toten Vampirs, der ihm unterlag. Panik brach im Thronsaal aus. Laut schrien die Frauen und wollten sich in Sicherheit bringen. Die Wachen richteten ihre Schwerter auf den Werwolf und warteten auf den Befehl, ihn zu töten. Ein Brüller des Werwolfs folgte und die Wachen gingen ein paar Schritte zurück. Während Mirena leicht geschockt war, stand Victoria langsam mit dem Gesicht des Vampirs von ihrem Thron auf. Sie war wütend. Jeder ihrer Muskeln war angespannt und ihre Vampirkrallen zeigten sich. Mirena beobachtete beide und hoffte, dass es zu einem Kampf kam. Doch dann kam alles anders. Victoria beruhigte sich und sprach leise: „Du bist wirklich am Leben?" Mirena gefiel es gar nicht, wie die Königin der Vampire den Werwolf ansah. Victoria schien sich wieder an Adam zu erinnern. Als dann noch das Team neben dem Werwolf auftauchte, wusste Mirena, dass sie schnell handeln musste. Denn Victoria sollte böse bleiben. Mit dem Erscheinen von Adam bestand die Gefahr, dass sich Victoria aus der Dunkelheit befreien könnte. Daher brüllte Mirena: „Tötet den Werwolf!" Sofort brüllte Victoria hinterher: „Nein! Lasst ihn in Frieden!" Die Vampire hörten nicht auf Victoria. Egal ob Victoria die Königin war, wenn Mirena da war, dann hatte sie die Oberhand, egal ob Victoria es wollte oder nicht. Die Wachen griffen Adam an. Doch Adam wich nicht zurück. Er rannte ihnen entgegen und tötete sie. Sein Team half ihm natürlich dabei. Sie wollten ihm den Spaß nicht alleine überlassen.

Dieses Mal kämpften Razvan und Björn als Team. Zusammen machten sie einen Vampir nach dem anderen fertig. Genauso taten es auch Kira und Elise sowie Marcus, Sheng und Ronald. Mirena war sehr erbost darüber, dass ihre Vampire keine Chance gegen die Eindringlinge hatten. Selbst gegen die Wölfe verloren ihre Vampire jeglichen Glanz. Zwei Wölfe wagten es sogar, die Hexe anzugreifen. Mirena jedoch reagierte schnell. Mit einer Handbewegung ließ sie zwei Schwerter in der Luft schweben und ließ sie wie Pfeile auf die Wölfe zufliegen. Die Schwerter trafen ihr Ziel und nagelten die Wölfe sogar noch an der Wand fest. Adam bekam den Tod von den zwei Wölfen mit und wollte Mirena selbst angreifen. Doch auch ihn wehrte sie ab. Ein Zauber stieß den Werwolf zurück. Sehr zum Missfallen von Victoria. Sie wollte zu Adam. Doch hielt Mirena sie mit einem Zauber fest und warf sie auf den Thron.

Ein weiterer Zauber von Mirena ließ dem Knochenthron zwei Knochenhände wachsen, um Victoria an den Thron zu fesseln. Egal, wie sehr Victoria sich anstrengte, freizukommen, gegen Mirenas Zauber kam sie nicht an. Da konnte nur Björn helfen. Er kämpfte sich den Weg zur Hexe frei und stand ihr nun unmittelbar gegenüber. Ein Kampf war unausweichlich. F

inster grinste Björn und griff nach seiner schwarzen Doppelaxt. Mirena war von der Axt nicht eingeschüchtert. Sie holte ihren Zauberstab hervor und verwandelte ihn in einen pechschwarzen Dolch. Finster grinsend sagte: „Mehr brauche ich für dich nicht."

Der Kampf begann. Die große Axt von Björn prallte auf den kleinen Dolch von Mirena. Während Björn mit geballter Manneskraft kämpfte, kämpfte Mirena mit Schnelligkeit und ihrer Zauberei. Mirena nahm sogar eine Hand auf den Rücken. Sie kämpfte nur mit der Hand, in der sich der Dolch befand. Mirena fand es richtig lustig, wie sehr sich Björn anstrengte. Mit was sie nicht gerechnet hatte, war, dass Elise ihr von hinten mit beiden Beinen in den Rücken trat. Mirena ging zu Boden. Verwundert sah sie Elise an. Die junge Vampirjägerin sagte nur wütend darauf: „Niemand lacht über den legendären Gestaltwandler." Wieder lachte Mirena: „Wie süß. Das kleine Mädchen ist in den Gestaltwandler verliebt. Richtig putzig."

Mirena pustete einmal und stieß Elise so wieder zurück. Mithilfe von Zauberei stand sie wieder auf und wehrte erneut mit ihrem Dolch die Axt von Björn ab. Nur dieses Mal wendete Mirena einen Zauber an. Während sie Björns Hieb abwehrte, ließ sie ihren Dolch zu einem Schwert werden. Die Spitze des Schwertes traf Björn direkt in die Schulter. Björn ging mit einem Knie auf den Boden und stützte sich mit der Axt ab. Mirena fand es lustig. Fröhlich tanzte sie um Björn herum und schlug ihn jedes Mal mit flacher Hand ins Gesicht. Sie wollte ihn so weiter demütigen. Nur passte sie wieder nicht auf. Dieses Mal war Adam da. Er sprang Mirena an und hielt sie am Boden fest. Mirena war richtig überrascht. Doch bevor Adam was machen konnte, verschwand Mirena per Zauber. Sie wollte sich nicht vom Werwolf beißen lassen. Adam erhob sich. Ein lautes Gebrüll des Werwolfes ließ alle aufhören zu kämpfen. Adam verwandelte sich zurück und eilte sofort zu Victoria. Auch Victoria konnte vom Knochenthron aufstehen und sie fiel Adam in die Arme. Sie umarmten und küssten sich. Leise flüsterte Victoria: „Ich habe nicht gedacht, dass du noch lebst. Ich sah deinen Tod." Ein weiterer Kuss folgte. War der Kampf jetzt vorbei?

Kira trat an beide heran und freute sich für sie. Beide erwachten aus ihrer Verliebtheit und sahen Kira an. Victorias Blick war dabei richtig finster: „Hallo Schwester." Auch realisierte Victoria die anderen Personen. Victoria klatschte in die Hände und sprach: „Wie schön, dass alle gekommen sind." Lächelnd sah Victoria alle an: „Legt eure Waffen nieder." Kira verstand nicht, warum Victoria so reagierte. Erneut sagte Victoria: „Legt eure Waffen nieder!" Dieses Mal brüllte sie die Worte.

Björn trat zu Kira und flüsterte: „Es ist der Einfluss von Edward, der sie reagieren lässt." Victoria wandte sich dem Gestaltwandler zu: „Ach, der fette Gestaltwandler lebt auch noch. Du musst einen starken Willen haben, denn du warst schon fast tot." Kira wollte etwas sagen. Jedoch brüllte Victoria sie gleich an: „Halts Maul!" Adam ging dazwischen. Mit ernsten Blick packte er Victoria an den Armen und sagte: „Verpiss dich aus ihren Gedanken und ihrem Körper, Edward." Victoria lächelte und streichelte Adam sanft über die Wange: „Niemand ist in meinen Gedanken. Ich bin einfach nur böse und finde es richtig gut." Sie befreite sich aus Adams

Griff und sah ihre Wachen an. Ein Blick von ihr genügte und die Wachen passten auf, dass sich keiner rührte. Selbst auf die Wölfe hatten die Wachen ein Auge. Jeder Wolf knurrte die Wachen an. Nur Adam wurde in Ruhe gelassen.

Victoria sah in die Runde und fragte jeden: „Wieso tötet ihr die Vampire?“ Kira antwortete: „Sie haben uns angegriffen. Wir wollten dich befreien.“ Victoria war richtig überrascht, als Kira ihr den Grund verriet. Zumindest tat Victoria so: „Wolltet ihr mich wirklich befreien?“ Sie fasste sich dabei an die Brust, um ihr Herz zu fühlen. Victoria war richtig gerührt von den Vorhaben. Ihr Onkel Razvan trat heran und sagte: „Ja, wollten wir. Adam kam zu mir und bat um Hilfe.“ Ihr Blick ging zu Adam. Verliebt sah sie ihn an und küsste ihn sachte auf die Lippen. Sie berührte seine muskelbepackten Arme und sagte leicht verführerisch: „Mein Adam. Es erregt mich fast, wie groß er in Sorge ist.“ Mit einem Finger streichelte sie langsam von seiner Brust runter zu seinem Penis und packte ihn kurz. Von Adam kam keine Reaktion. Sie lächelte verführerisch und flüsterte in sein Ohr: „Das gefällt dir. Ich spüre, wie dein Blut anfängt zu kochen.“

Adam schien Victoria verfallen zu sein. Razvan flüsterte daher zu Kira: „Wir müssen vorsichtig sein. Wenn sie Adam auf ihrer Seite hat, haben wir ein Problem.“ Das wollte Kira sofort verhindern. Sie trat an Adam heran und wollte ihn wachrütteln. Victoria gefiel es nicht und sie schlug ihre Schwester mit dem Handrücken zurück. Kira hielt sich ihre Wange und sah ihre Schwester an. Wütend sagte Victoria: „So schön der Gedanke auch ist, dass ihr mich befreien wolltet. Ich glaube euch aber nicht. Für euch alle war ich doch immer nur das Monster. Anders war es mit Adam doch auch nicht. Kaum wusste jeder, dass er ein Werwolf ist, schon sahen ihn alle mit anderen Augen.“ Elise kam dazu: „Das stimmt nicht. Adam und du, ihr wart immer unsere Freunde.“ Zornig antwortete Victoria: „Ach ja? Als Adam sich das erste Mal verwandelte, sahen ihn alle mit anderen Augen.

Jeder in diesem Orden hatte Angst vor ihm. Denn niemand kann ihm die Stirn bieten. Warum sonst wurde er eingesperrt …" Kira sprach Victoria ins Wort: „Vergiss nicht, dass ich auch eingesperrt war und Elise ebenfalls. Elise war diejenige, die dich aus dem Kerker geholt hat." Victoria fügte hinzu: „Und Adam blieb eingesperrt. Warum, weil sie Angst vor ihm hat. Wir wurden von euch als Monster bezeichnet. Doch was passiert, wenn diese Monster gegen euch sind?"

Auf diese Frage sah Adam mit seinen Werwolfsaugen sein Team an. Darauf veränderten sich auch die Wölfe. Sie gingen zu Adam und stellten sich vor ihn. Buran und jeder andere Wolf im Thronsaal sah Kira, Razvan, Björn und Elise knurrend an. Elise wollte nicht glauben, dass Buran gegen sie war. Der Wolf war doch ihr Freund. Vorsichtig wollte sie ihn streicheln. Doch Buran drohte ihr, zuzubeißen. Schnell wich sie zurück. Ebenso wie Razvan. Nur Kira und Björn blieben vor den Wölfen stehen. Kira ging sogar noch dichter ran und sagte zu Adam: „Lass nicht zu, dass dieser Vampirgeist auch deine Gedanken vergiftet." Victoria stieß einen Lacher aus: „Seine Gedanken vergiften? Ich tue das nicht. Es ist Adams freie Entscheidung."

Victoria sah Adam an und flüsterte: „Töte sie." So sollte es geschehen. Auf ihren leisen Befehl hin hetzte Adam die Wölfe auf seine Freunde. Buran griff sofort Elise an. Zwei Wölfe stürzten sich auf Razvan. Ebenso wurde Kira von zwei Wölfen angegriffen. Björn bekam das Vergnügen, gleich gegen fünf Wölfe kämpfen zu dürfen. Im selben Zug griffen die Vampire Ronald, Sheng und Marcus an. Selbst die Vampirfrauen griffen zu Waffen und attackierten die Vampirjäger.

Victoria und Adam sahen nur zu, wie alle kämpften. Adams Interesse galt dabei Björn. Er schaffte es, die Wölfe abzuwehren. Jedoch ließen sie nicht von ihm ab. Ein Wolf wollte ihn anspringen. Björn packte ihn am Hals und schleuderte ihn weg. Sofort griffen zwei weitere Wölfe an. Jedoch bissen sie auf den Stiel von Björns Axt.

Gleichzeitig stand der andere Wolf wieder auf und sprang Björn von hinten an. Er biss ihn in die Schulter. Ein vierter Wolf kam dazu und biss ihn in den rechten Arm. Der fünfte Wolf sprang frontal gegen Björn und riss ihn um. Der fünfte Wolf wollte Björn in die Kehle beißen. Jedoch schaffte er es mit ganzer Kraft, alle Wölfe von sich zu schleudern. Die Wunden an seiner Schulter und seinem Arm bluteten stark. Björn bekam aber keine Ruhe, sich zu erholen. Sofort sprang ihm wieder ein Wolf auf die Schultern. Doch dieses Mal packte Björn den Wolf, zog ihn über die Schulter und verpasste ihm einen gewaltigen Hieb mit seiner Faust. Ein zweiter Wolf wollte Björn anspringen. Björn griff seine Axt und warf sie dem Wolf entgegen. Tot landete der Wolf vor Björns Füßen. Das gefiel Adam gar nicht. Sofort verwandelte er sich und ging auf Björn los. Kira kam ihm dazwischen. Noch bevor Adam was machen konnte, kam Kira von der Seite und trat ihn mit beiden Beinen weg.

Dann sah sie sich kurz um. Jeder hatte Probleme. Elise wurde von Buran umgerissen und in den Arm gebissen. Laut schrie sie auf. Razvan schaffte es, zwei Wölfe zu töten und musste gleich drei Vampire abwehren. Ronald, Sheng und Marcus wurden von den Vampiren überrannt. Marcus wurde k. o. geschlagen. Ronald wurde schwer von einem Schwert verletzt und Sheng wurde von drei Vampirfrauen getötet. Sie sprangen ihn an, bissen ihn und saugten ihn leer. Razvan tötete die Vampire und wollte Elise helfen. Jedoch stellten sich ihm weitere Vampire in den Weg. Elise schaffte es selbst, sich von Buran zu befreien.

Schnell versuchte sie aufzustehen. Auch sie blutete stark aus ihrer Schulter. Geschwächt stützte sie sich auf ihr Schwert und flüsterte dem knurrenden Buran zu: „Bitte, bitte nicht." Buran hörte nicht und wollte Elise wieder angreifen. Jedoch war wie aus heiterem Himmel Björn da. Wie eine Mauer stand er vor Elise und fing Buran ab. Er packte ihn und warf ihn hart zu Boden. Kira wusste, dass sie es nicht schaffen würden. Sie mussten abhauen. Gerade als sie es rausbrüllen wollte, griff Adam sie an. Kira konnte gerade so ausweichen. Schnell richtete sie ihr Schwert auf Adam und sagte zu ihm: „Ich will dir nichts tun. Wir sind beste Freunde, Adam.“ Adam reagierte. Er brüllte und griff Kira erneut an. Durch Victorias Worte hatte er sich total verändert. Kira versuchte gegenzuhalten. Adam schlug ihr jedoch ihr Schwert aus den Händen und kratzte sie gleichzeitig über den Bauch. Das Blut seiner besten Freundin klebte an seinen Krallen. Geschockt von dem Schmerz sowie von Adams Reaktion ging sie zu Boden. Elise sah das und wollte Kira helfen. Björn hielt sie jedoch zurück: „Nein, wenn du Adam angreifst, stirbst du.“

Elise versuchte, sich freizuzappeln: „Ich muss ihr aber helfen.“ Björn ließ Elise nicht los. Die junge Vampirjägerin sollte dem Werwolf nicht auch zum Opfer fallen. Stattdessen sagte er: „Ich helfe ihr.“ Er stellte Elise hinter sich und wollte Kira helfen. Es sollte jedoch zu spät sein. Adam stand über seiner besten Freundin und wollte zum letzten Schlag ausholen. Kira konnte sich nicht mehr wehren. Geschwächt sah sie Adam an, wie er zum letzten Schlag ausholte. Es war vorbei. Kira würde sterben. Björn war nicht schnell genug bei ihr, um ihr zu helfen. Jeder sah nur noch, wie die Pranken von Adam auf Kira niederfielen. Noch bevor sie Kira erreichten, brüllte sie ein letztes Mal: „Adam!“

Plötzlich hielt er an. Jeder Wolf hörte ebenso auf zu kämpfen. Was war los? Adam beruhigte sich wieder und verwandelte sich zurück. Das letzte was Kira sah, war sein normales Gesicht. Dann fiel sie in Ohnmacht. Adam war geschockt von seiner Tat. Er hielt Kira fest und sah die Wunde am Bauch. Zusammen mit Kira auf den Armen stand er auf und sah ratlos und hilflos zu den anderen. Kira wirkte wie tot. Der Anblick ließ es sie auch alle glauben. Schnell eilten Björn und Elise zu ihr. Geschockt sagte Elise zu Adam: „Was hast du getan? Du Monster.“

Adam sagte nichts. Björn konnte Kira nehmen und er sagte zu Elise: „Wir müssen abhauen.“ Elise nickte. Björn rief es Razvan zu. Er packte sich schnell Ronald und floh mit Björn. Elise blieb noch kurz stehen und sah Adam vorwurfsvoll an: „Sie war deine beste Freundin.“ Adam wusste gar nicht, was er sagen sollte. Er wollte was sagen, brachte aber kein Wort heraus. Elise würdigte Adam keines Blickes mehr und floh. Adam tat nichts. Während die Vampire versuchten sie einzuholen, blieb Adam stehen und sah ihnen hinterher. Victoria trat zu ihm. Ohne Worte umarmte sie ihn und flüsterte: „Gut gemacht.“ Ein Kuss ohne Erwiderung folgte.

Neue Hoffnung

Björn, Razvan und Elise flohen aus dem Schloss. Dazu trug Björn Kira und Razvan trug Ronald. Sie waren stark verletzt und ohnmächtig. Die Atmung war schwach bei beiden. Schnell rannten sie in den finsteren Wald. Direkt hinter ihnen waren die Vampire, verwandelt als Fledermäuse. Ein Entkommen sollte es nicht geben. Gierig nach Tod und Blut jagten die Vampire Björn, Razvan und Elise durch den Wald. Schon im Flug versuchten sie, die drei zu attackieren. Doch Björn, Razvan und Elise wehrten sie ab. Einige Vampire landeten vor ihnen und verwandelten sich zurück.

Die Vampirjäger ließen sich davon nicht aufhalten. Elise und Razvan schmissen ihre Schwerter und trafen die Vampire direkt am Kopf. Beim Weiterrennen zogen sie die Schwerter wieder raus und ließen die Vampire zu Asche werden. Björn nahm Kira auf die Schulter und empfing die Vampire mit seiner geballten Faust. Doch all das sollte nicht helfen. Sie wurden von den Vampiren umzingelt.

Jede Fledermaus landete und verwandelte sich zurück. Gierig starrten sie mit ihren funkelnden rubinroten Augen. Sie fauchten und zogen ihre Schwerter. Den Jägern sollte ein Kampf nicht erspart bleiben. Vorsichtig legten Björn und Razvan die Schwerverletzten auf den Waldboden und machten sich erneut zum Kampf bereit. Razvan und Elise hielten ihre Schwerter und warteten nur darauf, dass ein Vampir den ersten Schritt machte. Björn wartete nicht so lange. Er zog seine Axt hervor. Fest umfasste Björn den Griff und sagte wütend: „Ihr Blutsauger geht mir auf die Nerven."

Den Vampiren war es herzlich egal. Sie fauchten erneut und griffen die Vampirjäger an. Björn reichte es. Gepackt von seiner Wut schmiss er mit voller Kraft seine Axt und tötete zwei Vampire mit einem Hieb. Den nächsten Vampir packte er am Hals und hob ihn hoch. Mit voller Wucht schmiss er den Vampir mit dem

Gesicht voran gegen einen Baum. Den nächsten Vampiren rannte er entgegen und trat sie mit beiden Beinen weg. Natürlich landete Björn auch auf dem Boden. Das nutzten die Vampire gleich aus. Zehn Vampire schmissen sich auf Björn und schlugen auf ihn ein. Das wollte Elise nicht zulassen. Die junge Vampirjägerin schmiss sich ebenfalls in die Prügelei. Dank ihres Kampftrainings von Kira wehrte sie die Vampire schnell ab. So konnte Björn wieder aufstehen. Schnell griff er nach seiner Axt. Zusammen töteten sie die Vampire.

Mit einer Aktion hob Björn Elise hoch und schmiss sie auf einen Vampir. Elise umfasst den Kopf des Vampirs mit ihren Beinen und wollte ihn mit Schwung nach unten ziehen. Der Vampir verhinderte das und hämmerte Elise hart auf den Boden. Schnell reagierte Björn. Mit lautem Geschrei kam er angerannt und schmiss sich mit dem ganzen Körper gegen den Vampir und riss gleich noch fünf Vampir mit. Zusammen standen Elise und Björn auf. Der Gestaltwandler half der jungen Vampirjägerin noch beim Aufstehen. Mit viel Schwung landete Elise plötzlich in einer Umarmung von Björn. Elise war völlig geschockt, sich in den starken Armen Björns wiederzufinden. Björn lächelte ihr zu und sagte: „Vorsichtig, fall nicht." Elise brachte kein Wort raus. Völlig verlegen wurde sie ganz rot und befreite sich aus Björns Umarmung.

Björn zwinkerte sie zu und kämpfte weiter. In Elise explodierte ein Feuerwerk. Innerlich freute sie sich wie ein kleines Kind, von dem legendären Gestaltwandler umarmt worden zu sein. Elise konnte es nicht glauben. Den Moment genießen konnte sie aber nicht, denn ein Vampir riss sie zu Boden. Das brachte Elise richtig in Rage. Schnell befreite sie sich von dem Vampir und sprang auf. Der Vampir wollte ebenfalls aufspringen, bekam jedoch mit voller Wucht den Fuß von Elise ins Gesicht. Sofort stürzte Elise auf den Vampir und schlug ihm mit beiden Fäusten immer und immer wieder mit schnellen Hieben ins Gesicht. In ihrer Wut brüllte sie den Vampir an: „Du hast meinen glücklichen Moment kaputt gemacht!“ Elise kriegte sich gar nicht mehr. Für einen kurzen Moment wurde der Kampf unterbrochen. Elise zog mit ihrem Wutanfall die komplette Aufmerksamkeit auf sich. Jeder war sprachlos, wie die junge Vampirjägerin den Vampir verprügelte. Das ging so lange, bis Razvan den Vampir von seinem Leid erlöste. Er stach ihm sein Schwert in den Kopf. Sofort zerfiel der Vampir zu Asche. Elise bemerkte das auch und stand auf. Sofort bemerkte sie die Blicke jeder anwesenden Person. Ihr Blick ging richtig durch die Runde. Was folgte, war ein leises Kichern gefolgt von den Worten: „Das ist mir aber peinlich.“ Dabei wurde sie wieder leicht rot.

Der Kampf sollte weitergehen. Björn rammte einem Vampir seinen Ellenbogen ins Gesicht und spaltete einem anderen Vampir mit seiner Axt den Kopf. Im selben Moment benutzte Razvan Björn als Sprungbrett. Er kam hinter Björn angerannt, sprang hoch auf Björns Kopf und sprang erneut. Im Flug machte er eine Drehung und tötete mit seinem Schwert gleich drei Vampire. Mit beiden Beinen landete er auf den Boden und erntete einen bösen Blick von Björn. Ihm gefiel es gar nicht, dass Razvan ihn als Sprungbrett benutzte. Razvan sah ihn an, zuckte mit den Schultern und sagte: „Das erschien mir gerade passend.“

Björn sparte sich jeglichen Kommentar. Er packte erneut einen Vampir am Hals und hob ihn hoch. Doch bevor er den Vampir zu Boden hämmern konnte, wurde er plötzlich in zwei Teile geschnitten. Auf diesem Vampir folgte der Rest. Björn, Elise und Razvan sahen, wie die Vampire in zwei Hälfte geschnitten wurden. Es war aber keine Person anwesend. Waren es Geister. Die Vampire, die noch lebten, flohen rasch zurück zum Schloss.

Fragend sahen Björn, Razvan und Elise sich an. Sie konnten sich keine Erklärung darauf geben. Jedoch sollte die Erklärung kommen. Nebel tauchte auf. Er umkreiste die Vampirjäger. Leises Gelächter ertönte aus dem Nebel. Björn, Elise und Razvan waren angespannt. Besonders Razvan war unruhig. Denn er wusste, was der

Nebel zu bedeuten hatte. Leise flüsterte er es aus: „Nebelvampire." Eine männliche tiefe Stimme hallte aus dem Nebel: „Die Vampire sind tot. Sie werden euch nicht mehr verfolgen." Björn fragte laut: „Wer bist du?" Die Stimme lachte. Plötzlich wurde Elise von etwas Unsichtbarem festgehalten. Es wollte sie wegziehen. Doch Björn ließ es nicht zu und hielt Elise fest. Die unsichtbare Gestalt ließ von Elise ab. Erneut brüllte Björn: „Zeig dich, du Feigling. Wenn man unsichtbar ist, kann jeder eine große Fresse haben."

Die Stimme lachte: „Wieso so unhöflich? Wir haben euch das Leben gerettet." Björn wollte gerade darauf antworten, als Elise ihm dazwischenfuhr. Sie hatte keine Lust auf diese Spielchen: „Hört auf damit! Wir haben zwei schwerverletzte Freunde! Sie brauchen Hilfe, ansonsten sterben sie!"

Die Stimme lachte nur. Razvan fügte leise hinzu: „Nebelvampire sind nicht gerade für ihre Hilfsbereitschaft bekannt. Auch wenn sie das Gegenteil behaupten."

Plötzlich löste sich der Nebel auf. Er hatte sich in schwarz gekleidete menschliche Gestalten verwandelt. Kalte, blassblaue Augen starrten die Vampirjäger an. Umzingelt waren sie bestimmt von fünfzehn Nebelvampiren. Aus der Menge traten zwei Nebelvampire Hand in Hand hervor. Der Nebelvampir stellte sich vor: „Mein Name ist Leordean van Blutstein und das ist meine Gattin Adelina van Blutstein. Mein Bruder war Lord Arthur van Blutstein. Daher war Nebula van Blutstein meine Nichte. Jetzt, wo mein Bruder, seine Gattin und meine Nichte tot sind, bin ich Lord über die Nebelvampire."

Leordean war ein muskelbepackter, glatzköpfiger Hüne. Einen Bart trug er nur um seinen Mund herum. Seine schwarze Kleidung war ärmellos. Seine muskulöse Gestalt war furchteinflößend, genauso wie sein Blick. Sein Blick hatte etwas Gefährliches an sich. Seine Gattin sah nicht anders aus. Auch sie wirkte äußerst finster. Für eine Frau war sie äußerst gut durchtrainiert. Ihre Haare waren blond und ihre Augen hatten ebenfalls ein blasses Blau.

Sie trug nicht wie andere Nebelvampirin ein Kleid. Ihre Kleidung war ein schwarzes Oberteil, eine schwarze Hose und ein langer schwarzer Ledermantel. Natürlich trugen beide auch ein Schwert. Aus Höflichkeit stellte Elise sich und alle vor: „Mein Name ist Elise Lefevre, meine Freunde heißen Björn Stone und Razvan van Darkblood …“ Elise hatte noch gar nicht ausgesprochen, da wurde Razvan von Adelina k. o. geschlagen. Björn und Elise rückten näher zusammen. Abwertend sagte Adelina: „Ein Vampir … wie schwach und doch ist er ein Feind meines Volkes.“ S

ie stellte sich mit einem Fuß auf seine Brust. Sofort wollte Björn ihm helfen. Jedoch hielt Elise ihn zurück und erklärte Adelina: „Er ist ein Freund. Er hat uns im Kampf gegen die Hexe geholfen.“ In dem Moment sagte Leordean: „Ihr seid Feinde der Hexe. Dann seid unsere Gäste. Wir werden euren Freunden helfen und auch der Vampir darf mitkommen.“ Die Antwort kam so plötzlich und ließ die Vampirjägerin und den Hexenjäger misstrauisch denken. Dennoch mussten sie wegen Kira und Ronald mitgehen. Auf Befehl von Leordean trugen Nebelvampire Kira und Ronald. Nur Razvan fasste keiner an. Der ausgeknockte Vampir wurde Björn über die Schultern gehängt.

In der Mitte zwischen den Nebelvampiren gingen Björn und Elise Seite an Seite. Ihre Augen waren wachsam auf Kira und Ronald gerichtet. Elise rückte sogar ganz dicht an Björn heran. Sie wollte in seiner Nähe sein, falls die Nebelvampire umdachten. Denn diese Nebelvampire wirkten anders. Sie sahen finster aus und neigten zu Gewalt. Elise fragte Björn leise: „Ich traue diesen Nebelvampiren nicht. Sie sind anders als Nebula. Was ist, wenn sie uns töten?“ Björn sah sich Leordean und Adelina genau an und antwortete leise: „Vorher sterben sie. Niemand wird uns töten.“ Das schien Adelina gehört zu haben. Rau antwortete sie: „Ihr wärt schon längst tot, wenn wir wollten. Ihr hättet es nicht mal bemerkt.“ Darauf sagte Elise: „Björn hättet ihr nie besiegt. Er ist eine Legende.“ Adelina antwortete darauf: „Ich weiß. Ich kenne die Geschichten von dem legendären Hexenjäger. Doch auch eine Legende kann sterben. Jede Legende ist eine Laune der Natur. Auch wenn sie angeblich das Geschenk Gottes erhalten haben sollte, ist es eine schöne Geschichte für kleine Kinder." Leordean fügte noch hinzu: „In der Prophezeiung kommen jedoch nur zwei Legenden vor. Zwei Legenden, die den Frieden auf Erden bringen sollen … die Prinzessin und der Werwolf."

Elise und Björn wussten genau, von wem die Rede war. Dennoch glaubten Björn und Elise nicht mehr an die Prophezeiung. Den Frieden sollte es nicht es geben. Victoria war böse und Adam war nicht anders. Die Personen von denen man am meisten dachte und von denen jeder davon ausging, die Prophezeiung zu erfüllen, scheiterten. Das sagte Elise auch: „Ihr redet von Adam und Victoria. Sie werden die Prophezeiung nicht erfüllen. Sie haben sich gegen uns gestellt. Aus dem Grund sind wir gescheitert. Aus dem Grund sind zwei unserer Freunde schwer verletzt. Einer wurde getötet, einer ist gefangen und Björn und ich sehen ebenfalls nicht besser aus."

Leordean erklärte: „Die Prophezeiung kann nicht verhindert werden. Sie ist ein Teil ihres Lebens. Die Prophezeiung führte sie zueinander." Elise glaubte der Sache trotzdem nicht. Sie sparte sich aber auch jedes weitere Wort. Dafür redete Björn: „Die Prophezeiung wurde von meiner Großmutter Agatha gemacht. Meine Großmutter war die mächtigste Hexe auf Erden. Doch in der Prophezeiung hat sie sich getäuscht. Wir glaubten alle an die Prophezeiung, bis der Fall Victorias kam." Leordean sah beide lächelnd an: „Das soll euch heute nicht mehr kümmern."

Sie erreichten das Schloss der Nebelvampire. Noch nie hatten Björn und Elise dieses Schloss gesehen. Genau vor ihnen öffneten sich zwei riesengroße Schlosstüren. Voller Staunen betrachtete Elise das Schloss. Bei der Pracht des Schlosses wirkte Elise leicht eingeschüchtert. Obwohl das Schloss zu finster wirkte, hatte es doch etwas Magisches an sich. Björn hingegen würdigte dem Schloss keinen Blick. Zeit, es zu bewundern, hatten sie sowie nicht. Die Nebelvampire drängten Björn und Elise geradezu in das Schloss.

Von innen wirkte alles so kalt. Blaues Feuer an den Wänden spendete Licht. Wärme gab es nicht. Zumindest wirkte es nicht so. Elise sah hinter sich und sah, wie die Schlosstüren langsam zugingen. Der Atem von Björn und ihr wurde sichtbar. Egal, in welchen Raum oder Gang man sich befand, überall war es kalt, als wäre man tot. Zitternd sagte Elise: „Ich habe mir das Schloss der Nebelvampire immer anders vorgestellt. Warm, fröhlich und wunderschön. Leordean antwortete: „Dieses Schloss fiel mit dem Tod von Nebula und ihren Eltern. Dieses Schloss wurde aus ihrer Zauberkraft erschaffen. Es ist ein totes Schloss." Darauf fragte Elise: „Könntet ihr es nicht wieder mit Wärme erfüllen?"

Adelina antwortete darauf: „Das könnten wir. Doch was würde es bringen? Lange Zeit war das Schloss das Herz der Erde. Jeder kam hierher und fühlte sich sicher. Bevor die Vampire kamen, gab es keine Sorgen. Es war ein friedliches Miteinander. Doch dann kam der Hexenzirkel."

Elise wusste nichts über den Hexenzirkel. Dafür aber Björn. Als Hexenjäger kannte er den Hexenzirkel: „Der Hexenzirkel besteht aus zehn boshaften Hexen. Eine ist schlimmer als die andere. Mirena Dragomir ist eine davon. Die restlichen neun Hexen sind ihre Schwestern. Ihre große Stärke ist es, andere zu manipulieren. Damit sie die Drecksarbeit machen." Leordean erzählte weiter: „Das erste Opfer war ein kleines Kind namens Edward Dragonheart. Mit ihm begann der Fluch. Jedoch kann der Fluch nicht einfach gebrochen werden. Vlad van Darkblood hat versucht, den Vampir zu töten, mit Erfolg. Jedoch ging der Fluch auf ihn über…"

Elise sagte darauf: „Victoria hat ihren Vater getötet, als sie versuchten, den Geist von Edward Dragonheart zu töten."

Die Nebelvampire nickten. Adelina erzählte weiter. Der Fluch ging auf sie über. Jedoch ist der Werwolf da, um sie zu retten."

Elise zerstörte die Hoffnung der Nebelvampire: „Der Werwolf ist böse geworden.“ Leordean verneinte es: „Das stimmt nicht. Der Werwolf ist der Beschützer der Prinzessin. Er wird bei ihr sein und sie vor der Hexe beschützen.“ Darauf sagte Björn: „Na toll. Dann kriegt Adam den ganzen Spaß.“

Die Nebelvampire brachten die Vampirjäger in den Heilungsraum. Sofort kamen ihnen zwei Nebelvampirinnen entgegen. Beide hatten lange weiße Haare, hellblaue Augen und eine schneeweiße Haut. Ihre Kleidung war ebenfalls weiß. Ganz anders wie bei Leordean und Adelina. Die zwei Nebelvampirinnen waren Zwillinge. Gleichzeitig verneigten sie sich vor Leordean und Adelina. Rau befahl Adelina: „Helft ihnen. Sie sind alle verletzt und brauchen Hilfe.“

Dann wandten sie sich Björn und Elise zu: „Wenn es euch besser geht, dann müssen wir weiter reden.“ Ohne Reaktion verschwanden sie aus dem Heilungsraum. Kira und Ronald sowie Razvan wurden gleich auf Tische gelegt. Die Zwillinge machten sich sofort an die Arbeit. Eine der Zwillinge holte eine große weiße Schüssel, gefüllt mit einer dickflüssigen blauen Substanz. Zuerst wollten sie sich um Ronald kümmern. Kurz sahen sie sich die Wunde an. Dann sahen sie sich an und sprachen gleichzeitig: „Das ist eine einfache Wunde. Zugefügt von einem Schwert.“ Sie begannen zu lachen. Björn und Elise verstanden nicht warum. Gleichzeitig sagten die Zwillinge: „Das ist zu einfach. Björn zog eine Augenbraue hoch und Elise sah die Zwillinge mit offenem Mund fragend an. Sie kamen den beiden etwas skurril vor. Elise fragte die Zwillinge leicht genervt: „Tut ihr nun etwas?“

Entsetzt über den Tonfall von Elise, stemmten sie ihre Hände in die Hüften und sagten: „Bitte rede nicht so mit uns. Das ist nicht nett. Wir sind zwei freundliche Wesen mit dem Drang, jedem zu helfen. Denn wir helfen immer und gerne.“ Björn wies mit seinen Händen auf Ronald und Kira: „Ja, dann tut das bitte, bevor sie sterben.“ Die Zwillinge nickten und sagten: „Ja, ja, ja. Wir helfen immer. Es ist uns eine Freude zu helfen. Denn jede Verletzung ist ein Kinderspiel. Wir helfen immer, ja, ja, ja." Elise wirkte mit jedem Wort der Zwillinge genervter: „Ja, dann macht es endlich! Sie brauchen Hilfe!" Sofort machten sich die Zwillinge ans Werk. Eine hielt die weiße Schüssel und die andere tauchte ein weißes Tuch in die dickflüssige Substanz. Das blau gefärbte Tuch wurde auf die Wunde von Ronald gelegt. Keine Sekunde später trat die Wirkung ein. Die dickflüssige Substanz heilte seine Wunde und ließ Ronald die Augen öffnen. Verwirrt sah er sich um: „Wo bin ich?" Björn und Elise traten zu ihm. Die junge Vampirjägerin war froh, dass er noch lebte. Eine vorsichtige Umarmung folgte. Zudem half Elise Ronald, aufzustehen.

Björn erklärte ihm: „Wir sind bei den Nebelvampiren." Ronald sah die Zwillinge. Fast schon schüchtern sahen sie zu Ronald zurück und kicherten leicht. Leise sagten sie: „Der ist vielleicht süß. Ja, den wollen wir haben."

Lächelnd traten sie an Ronald heran. Schüchtern sagten sie: „Wir haben dir geholfen." Ronald lächelte ihnen leicht zu: „Danke sehr." Die Antwort ließ die Zwillinge vor Freude aufschreien. Elise, Björn und Ronald erschreckten sich und auch Razvan wachte von dem kurzen, lauten Freudenschrei auf. Rasch stand er auf seinen Beinen und fragte: „Was ist los?"

Björn antwortete ihm: „Wir sind bei den Nebelvampiren." Razvan sah sich um und beruhigte sich wieder. Sofort richtete er sich seine Kleidung am Körper und trat zu ihnen. Elise wollte die Zwillinge wieder auf ihre Aufgabe lenken: „Könnt ihr mit eurer Heilung weitermachen?" Die Zwillinge nickten und kümmerten sich um Elise und Björn. Wie bei Ronald wurde auch bei ihnen ein Tuch mit der Substanz auf die Wunden gelegt. Sofort heilten auch diese Wunden. Gleichzeitig nahmen Elise und Björn die Tücher von ihren Wunden. Sie waren komplett verschwunden. Es blieb nicht einmal eine Narbe zurück. Auch die Zwillinge waren erfreut: „Sie sind geheilt. Die Flüssigkeit hat geholfen. Ja, nur weil wir geholfen haben. Das freut uns." Vor Freude umarmten sie Björn und Elise. Dann war da noch Kira. Immer noch lag sie ohnmächtig auf den Tisch. Mit großer Sorge stand Elise neben ihr und hielt ihre Hand. Björn und Ronald traten neben sie. Mit einer Berührung an ihren Schultern trösteten sie. Ronald sagte sogar noch leise: „Kira wird wieder gesund werden. Ich kenne sie. Sie ist eine starke Frau."

Razvan trat vorsichtig heran, streichelte Kira vorsichtig über den Kopf und sagte: „Viel Zeit hat sie nicht mehr." Jeder sah die Zwillinge an. Sofort halfen sie Kira. Sie sahen sich die Wunde an. Vorsichtig berührten sie die Wunde und sahen jeden geschockt an: „Das sind die Spuren eines Werwolfes. Sie ist von dem legendären Werwolf verletzt worden."

Elise nickte. Ihre Augen wurden glasig. Die schockierten Gesichter der Zwillinge machten Elise große Angst. Ronald bat die Zwillinge: „Bitte, ihr müsst ihr helfen. Wir kennen sie schon sehr lange."

Die Zwillinge nickten. Sie tauchten ein weißes Handtuch in die dickflüssige blaue Substanz und legten es dann auf die Wunde. Die zugefügte Wunde war anders, als wenn sie durch ein Schwert verletzt worden wäre. Es blieb nur zu hoffen, dass die Substanz bei der Wunde anschlug. Gespannt warteten sie darauf, dass Kira die Augen aufmachte. Jedoch geschah nichts. War Kira tot? Björn berührte ihren Arm und sah, dass ihr Geist sie verlassen hatte. Still sah er Elise an. Sie merkte an Björns Blick, dass Kira gestorben war. Sofort brach sie in Tränen aus. Ronald nahm die junge Vampirjägerin in die Arme und vergoss selbst auch ein paar Tränen. Björn selbst hatte noch nicht viel mit Kira zu tun, genauso wenig Razvan und doch empfanden sie ebenfalls Trauer. Elise wandte sich Kira zu. Weinend sah sie ihre Trainerin, Freundin und ihr Vorbild an. Langsam nahm sie ihre Hand und versprach: „Ich werde nicht ruhen, bis dein Tod gerächt ist."

Björn stellte sich dazu und berührte Elises Hand. Lächelnd und weinend sah sie ihn an. Auch Ronald stellte sich dazu. Sogar Razvan trat zu Elise.

In dem Moment wurde es um Elise vollkommen ruhig. Wie durch Magie erstarrten alle außer ihr. Verwundert sah Elise sich um und fragte sich, was das zu bedeuten hatte. Plötzlich hörte sie eine bekannte Stimme, die ihren Namen rief: „Elise. Elise." Verwirrt fragte Elise: „Wer ist da?" Vor ihr, auf der anderen Seite des Tisches tauchte ein Mann, gekleidet in einem weißen Anzug, auf. Er hatte schulterlanges braunes Haar. Seine Augen hatten ein warmes Blau und ein Vollbart verzierte sein Gesicht. Elise bekam ein komisches Gefühl bei dem Anblick des Mannes. Kein Gefühl der Angst oder Furcht. Es war eher ein Gefühl der Wärme und Sicherheit. Ahnungslos fragte Elise: „Wer bist du?

Der Mann lächelte und antwortete: „Ich bin Gott." Elise wollte dem Mann nicht glauben. Sie wollte einen Beweis sehen. Der Mann schnipste einmal mit seinen Fingern und sofort erstrahlte ein helles, warmes Licht. Elise wich zurück. Sie hatte keine Ahnung, was gerade geschah. Jedoch sollte sie es schnell erfahren. Links und rechts von dem Mann tauchten die Eltern von Elise auf, Marek Lefevre und Miranda Lefevre. Elise traute ihren Augen nicht. Dennoch freute sie sich, ihre Eltern wiederzusehen: „Mama, Papa?" Ihre Mutter streckte die Hände aus. Elise kam ihr entgegen und empfing sie in einer Umarmung. Für einen Moment war Elise froh, die Umarmung ihrer Mutter zu spüren. Marek kam dazu und umarmte seine Tochter ebenso. Es war ein wunderschöner Moment. Jedoch realisierte Elise schnell, dass ihre Eltern tot waren. Sie befreite sich aus der Umarmung. Marek und Miranda sahen ihre Tochter an. In ihren Gesichtern zeichnete sich ein Lächeln ab: „Wir sind sehr stolz auf dich."

Elise lächelte darauf und zeigte Freudentränen: „Ich vermisse euch." Miranda sagte darauf: „Wir wissen das. Doch bitte denk daran, dass wir nie fort sind. Wir werden immer in deinem Herzen sein." Marek sagte darauf zu seiner Tochter: „Du bist eine mutige starke Frau geworden ..."

Elise unterbrach ihren Vater: „Ich bin nicht mutig. Ich habe Angst. All meine Freunde sind verändert." Marek erzählte seiner Tochter darauf: „Aus Angst entsteht Mut. Wir haben es von oben gesehen. Mutig hast du dich dem Kampf gegen die Vampire und die Hexe gestellt. Du hast die Hexe sogar angegriffen. Zweifel nicht an dir. Du bist mutig." Elise nickte. Aus reiner Höflichkeit entschuldigte sie sich bei dem Mann im weißen Anzug: „Es tut mir leid. Ich hätte an euch nicht zweifeln dürfen."

Gott beruhigte sie und sagte: „Elise, du bist die Liebevollste unter den Menschen. Mut zeichnet deine Taten aus. Obwohl die Dunkelheit ein mächtiger Gegner ist, hast du dich ihr gestellt. Die Welt braucht dich, deine Freunde brauchen dich. Zwei von ihnen sind Gefangene der Hexen. Hilf ihnen." Ratlos fragte Elise: „Wie soll ich ihnen helfen? Victoria und Adam sind böse. Ich komme gegen sie nicht an."

Gott sprach weiter: „Weder Adam noch Victoria sind böse. Sie sind zwei Gefangene der Dunkelheit. Die Hexe Mirena Dragomir ist das Böse. Sie zieht die Fäden. Denn sie weiß, wie mächtig Adam und Victoria sind. Sie sind Legenden, genauso wie dein Freund Björn Stone. Werde auch du eine Legende. Ich gebe dir das Geschenk des Schwertmeisters. Schnelligkeit und Mut sollen dein Schwert sein. Auf der Welt sollst du als die beste Schwertkämpferin wandern. Deine Kraft soll den Wehrlosen helfen. Reihe dich als Legende neben dem Werwolf, dem Gestaltwandler und der halb Mensch, halb Vampirin ein."

Ein helles Licht schoss aus den Händen von Gott und traf das Herz von Elise. Elise schreckte auf und spürte, wie eine unbekannte Kraft ihren Körper durchströmte. In jeder Ader spürte sie die Kraft, die Gott ihr schenkte. Gott sagte laut dazu: „Auf der Welt soll man dein Geschenk erkennen! Du erhältst das Geschenk des Schwertmeisters!“ Das Licht erlosch und Elise fühlte die Kraft von Gott in ihren Herzen. Sie verstand, wie sich Adam und Björn fühlen mussten. Jedoch hatte sie noch eine Frage: „Gott, wie kann Victoria eine Legende sein? Sie hat doch nie dein Geschenk erhalten.“

Gott beantwortete ihr die Frage: „Victoria ist die erste Legende überhaupt. In der Nacht, als sie geboren wurde, erhielt sie mein Geschenk.“ Elise verstand und sagte: „Ich werde beide retten. Das verspreche ich.“

Gott sowie ihre Eltern nickten ihr lächelnd zu. Dann lösten sie sich auf. Alles wurde wieder so, wie es war. Elise befand sich bei ihren Freunden und schaute wie die anderen auf Kira. Das Geschenk von Gott fühlte sie immer noch in sich. Es stimmte wirklich. Elise war jetzt wie Adam, Victoria und Björn eine Legende. Sie wirkte entschlossen und zeigte es an ihrem Gesichtsausdruck. Durch ihre Entschlossenheit schenkte sie Björn, Razvan und Ronald ebenfalls Entschlossenheit. Sie sah jeden ihrer Freunde an und sagte entschlossen: „Lasst uns eine Hexe töten.“

ENDE